これからも読みたい！

もっと少女小説ガイド

〈人気作家に独占インタビュー〉

野村美月

Mizuki Nomura

構成・文＝**七木香枝**

取材＝七木香枝・三村美衣・嵯峨景子

のむら・みづき　福島県出身。１９９５年に、第25回コバルト・ノベル大賞にて香山暁子名義でノベル大賞受賞。翌年２月に『リフレイン！』で書籍デビュー。コバルト文庫で、受賞作を連作短編化した『りんご畑の樹の下で』、悪役専門女優が主人公の『薔薇の主張』、シンデレラを下敷きにした《屋根裏の姫君》、王家の血を引く生き残りの姫と二人の少年を描いた《森の祈り》を上梓。２０００年から翌年にかけてティーンズミステリー文庫から刊行した《ミステリー作家・朝比奈眠子》を最後に、少女小説からライトノベルへと活躍の場を移す。２００１年に、第三回ファミ通エンタテインメント大賞にて野村美月名義で『赤城山卓球場に歌声は響く』で最優秀賞受賞。魅力的なキャラクター造形と繊細な感情描写、古今東西の物語を組み込んだ作風がマッチした《文学少女》が好評を博しアニメ化。２０１６年から２０２０年にかけて二度の休筆後、ポプラ文庫《ものがたり洋菓子店月と私》で執筆活動を再開。

❖コバルト時代のデビューと小説の神様

――『少女小説ガイド』の出版時、さまざまな反響が寄せられる中、野村さんがｎｏｔｅで「『大人だって読みたい！少女小説ガイド』出版に寄せて。～私を支える世界で一番美しい言葉。」＊という記事を書いてくださいました。そんなご縁があり、今回は特別に記事では秘されていたかつてのペンネームを明かしてお話しいただけることになりました。当時、どうしてあの記事を書こうと思われたのでしょうか？

野村　『少女小説ガイド』の発売前の予告で、今の野村美月とコバルトで書いていた時代の香山暁子の名前を見つけて、ドキドキしながら発売日を迎えました。私は作家をめざしたときから今まで、ずっと少女小説を書いているつもりでいます。なので、まず野村美月の《文学少女》を少女小説として認めていただけたことが、とんでもなく嬉《うれ》しかったんです。さらに、あんなに売れなかった昔の作品を覚えてくださってる方がいるんだ、と読みながら涙腺が決壊してしまって、それはもうぼろぼろ泣きました。こんなに幸せで嬉しいことがあったことを記録に残しておきたいと思い、あの記事を書きました。

――どうしてコバルト・ノベル大賞に投稿されたのでしょ

＊野村美月 note「『大人だって読みたい！少女小説ガイド』出版に寄せて。～私を支える世界で一番美しい言葉。」
https://note.com/harunosora33/n/n11892bd30305

うか？

野村　コバルトには、私の神様がいたからです。神様と出会ったことで少女小説を書きたいと思うようになりましたし、当時は少女小説といえばコバルト文庫という時代でした。だから、コバルト以外は考えていませんでした。

　投稿歴はとても長くて、最初に挑戦したのは中学生の頃でした。中学生〜大学生にかけては、入学時から書き貯めたものを卒業前にどさっと出す方式で投稿していました。中高生の頃はこんなものかなと思っていましたが、大学生のときに7作出して全部一次すら通らなかったときは、さすがにショックでした。

——野村さんにとっての神様とは？

野村　氷室冴子さんです。私が初めて読んだ少女小説は、中学の部活の先輩が薦めてくれた氷室さんの『シンデレラ迷宮』でした。先輩があらすじを最初から最後まで語ってくれて、登場人物の境遇が可哀想で泣きました。そのあと本を借りて読んでまた号泣して……。複数のエピソードが最後にぱっとつながって希望に変わることにも感動して、読んでいる間はもう泣きっぱなしでした。自分でも購入して何度も繰り返し音読するうちに全ページ暗記してしまったほど、私にとってとても大切な1冊です。

　そんな私に、先輩が次に薦めてくれたのが『雑居時代』です。氷室さんの作品はどれも本当に素晴らしくて大好きなんですけれど、この2作が私にとっての永遠のワンツーです。何度でも泣けるし笑えるし、今でも読んでいます。氷室さんから少女小説を知って、雑誌Ｃｏｂａｌｔを定期購読するようになって……。新井素子さんの《星へ行く船》、久美沙織さんの《丘の家のミッキー》など、たくさんの少女小説を楽しむようになりました。

——記事の副題でもある「私を支える世界で一番美しい言葉」とは、氷室さんの言葉だったのですね。

野村　『りんご畑の樹の下で』という作品でコバルト・ノベル大賞を受賞したときに、氷室さんがとても綺麗《きれい》な言葉で講評してくださったんです。

『作品全体のトーンが明るい潔さに満ちていて、（中略）登場人物のすべてが〝愛嬌《あいきょう》〟のある愛すべきキャラクターで、読後に切ない幸福感がこみあげてくるような、ほんとうにいい物語でした。（中略）この〝愛嬌〟とかチャーミングさは技術では出てこない作家としての得がたい資質、魅力で、大好きです。』（引用：『Ｃｏｂａｌｔ』１９９５年６月号）

「明るい潔さに満ちている」だなんて、もう最高じゃないですか！　この美しい言葉が、私の創作の指針になりました。私の、一生の心の支えです。

——氷室さんとは、実際にお会いになったことが？

野村　コバルトのパーティーでお会いするのを楽しみにしていたんですけれど、氷室さんが執筆活動を休まれていた時期と私が受賞した時期がちょうど重なっていて、一度もお目にかかれないままでした。氷室さんは私にとってかけがえのない存在で、お亡くなりになったとき、ずっと気になっていたことを知りたい気持ちが高まってしまって……。文章も構成もキャラクターの心情描写も本当に素晴らしくて。これほどの筆力があれば何でも書けるのに、どうして執筆をやめてしまわれたんだろう、と。コバルトの最初の担当さんに、お会いできませんか！　とお願いして、うかがってみたんですが、担当さんもほとんど交流がなかったそうで、私が知りたいことはわからないままでした。

❖香山暁子作品について

――氷室さんの『シンデレラ迷宮』は、白雪姫の継母、白鳥の湖のオディール、『ジェーン・エア』のジェーンなど、物語の人物たちがいる別世界を彷徨《さまよ》う少女の物語です。《文学少女》も既存の物語を下敷きにしていますし、香山名義の作品にも氷室さんのエッセンスを感じます。

野村　今思うと、コバルト時代からこれまで、本や演劇、語りという形を通して、物語の焼き直しをたくさんやってきたのだと思います。もともと童話やお姫様ものが好きだったと頃に『シンデレラ迷宮』を読んだことで、創作上でもすごく影響を受けました。ノートに童話の焼き直しばかり書いていた時期もあったほどです。デビュー前もお姫様が出てくるファンタジーばかり書いていたので、デビューしたら当然、お姫様の作品を書いて、ひらひらのドレスを着た女の子のイラストを付けてもらえると思っていたんです。でもいざデビューしたら、担当さんに「現代ものを書いてください、お仕事ものとかいいですね」と言われてしまって。当時はリアルな現代小説を書いた経験もほぼなく、社会人経験も乏しすぎて、書けと言われても到底無理で、苦労しながら書いた原稿も没になってしまったんですよね。最初から「お姫様が書きたいです」と言えていたらよかったんですけど、新人の分際で言えませんよね。仕方なく完成済みのノートから、そこそこ現代っぽい『リフレイン！』を引っ張り出してきて、これが1作目になったのですが、全く売れなくて……。担当さんに明るく「空振り三振でしたね。でも、見逃し三振よりいいんじゃないですか？」と言われて、ショックでしたね。結局、3作目まではファンタジーを書かせてもらえませんでした。

――2作目は、受賞作の『りんご畑の樹の下で』ですね。昭和初期を舞台に繰り広げられる、友愛のようでその枠には収まりきらないような女性同士の関係性が魅力的な作品で

す。今の読者にこそ響く物語ではないかと、『少女小説ガイド』編者の間でも話題になりました。香山作品の中でも、少女小説好きから熱い支持のある作品ではないでしょうか？

野村　受賞作に2編加えて本にしていただきましたが、これも全然売れなかったんです。今思い返すと、作中の女の子同士の関係は当時としては挑戦的だったかもしれませんね。でも、しっかり考えてそうなったというよりは、それまで読んできた少女小説のエッセンスが自然に出たんだと思います。氷室さんの作品も女の子同士の関係が密なものがありますし、やっぱりそこの影響だと思います。

――3作目の『薔薇の主張』は、悪役専門として顔が売れているせいで、本当は優しいのに誤解されがちな女優・あやかが主人公の現代ものです。今でこそ悪役的な存在を主人公に据えるのも珍しくありませんが、当時は新鮮だったのでは？

野村　確かに、当時は珍しかったかもしれません。『薔薇の主張』は、雑誌に掲載された短編と中編が好評で、順位もとてもよかったことで、本にしてもらえました。熱烈な手紙を送ってくれる読者の方がいたくらい、たぶん香山名義の中で一番読者受けがよかった主人公ですね。担当さんも気に入ってくれていて、続編も書き上げてはいたのですが、やっぱり売れなくて出せずじまいでした。

――香山名義で思い入れのある作品は何でしょう？

野村　一番思い入れがあるのは、4作目の『屋根裏の姫君』とその後編にあたる『裸足の花嫁』です。ここから担当さんが変わって、この方が良くも悪くも少女小説へのこだわりや先入観が全くない方でした。「よくわからないから好きに書いていいよ」と言われたので、完成済みのノートを5冊持っていって「これを出したいんです」と訴えたんです。ノートは読んでもらえなかったんですけど、そこまで情熱を持っている作品ならということで、まずは前編にあたる『屋根裏の姫君』を出してもらえることになりました。「よくわからないから、あらすじもコピーも香山さんが考えて」と言われ、小説以外の雑用もかなりこなしました。イラストも「わからないから」と私が本文から抜き出して。チェックはさせてもらえなかったんですよ。チェックしていたらこうはならなかったのにという挿絵もあります。でもこの本で、初めて重版がかかったんです。おかげで『裸足の花嫁』を出すことができました。だから、この2冊への思い入れは半端ないんです。同時に、最初からこの路線で行けたらよかったのにと悔

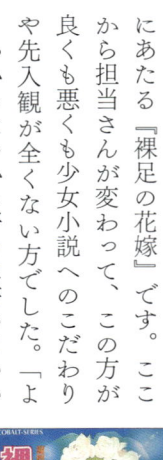

やんでいます。

——香山名義では、コバルト以外にもポプラ社のティーンズミステリー文庫から《ミステリー作家・朝比奈眠子》を出されていますね。どういった経緯で執筆されたのでしょう？

野村　『裸足の花嫁』の後、完成済みの原稿の中から担当さんに「次はこれで！」と持っていったのが《森の祈り》全3巻でした。最終巻まで読むことに意味があるお話でしたが、2巻までしか出せず、相当落ち込みました。担当さんは「香山さんの話ってどれも薄くて軽くて印象に残らないって編集長が言ってたよ」なんて余計なことは教えてくれるのに、私の原稿は全く読んでくれなくて……。

読んでもらえない原稿が10冊分溜まって、連絡も途絶えていたときに来たのが、ティーンズミステリー文庫のお話でした。最初は友人の作家さんに来た話だったのですが、当時のコバルト作家は、他社のお仕事どころか集英社の別部署のお仕事さえ許されなかったんです。コバルトで受賞が決まった同時期にジャンプノベルの最終選考に残ったというお知らせをいただいて、担当さんに喜び勇んで伝えたら、ジャンプの編集部に連れて行かれて直接辞退するはめになったくらいです。だから本当なら私も断るところですが、当時は次にコバルトで本が出せるのかわからない状況でしたし、いいやと思ってお引き受けすることにしました。

——ティーンズミステリー文庫はイラスト数も多く、力が入っていることがうかがえます。《ミステリー作家・朝比奈眠子》のイラストも、今でも受けるようなテイストですよね。

野村　曽我ひかりさんのイラスト、本当に素敵ですよね！　イラストだけでもう大満足で書いてよかった〜！　というくらい表紙も挿絵も、今でも大好きです！　レーベルは1年足らずでなくなってしまったのですが、5冊出していただけました。

❖野村美月としての再デビュー

——《ミステリー作家・朝比奈眠子》の5巻を2001年に出されていますが、野村美月名義で再出発されたのもこの年です。『赤城山卓球場に歌声は響く』で第3回ファミ通エンタテインメント大賞〈最優秀賞〉を受賞されましたが、なぜライトノベルに応募されたのでしょうか？

野村　もうコバルトでは続けていけないだろうと思い、投稿して一から出直そうと決めました。何しろ、完成原稿だけは山のようにあったので（笑）。ライトノベルに応募したのは、最初の担当さんに「男の子書くの下手だねぇ」と言われたことと、ジャンプノベルの編集の方に、「女の子がとっても

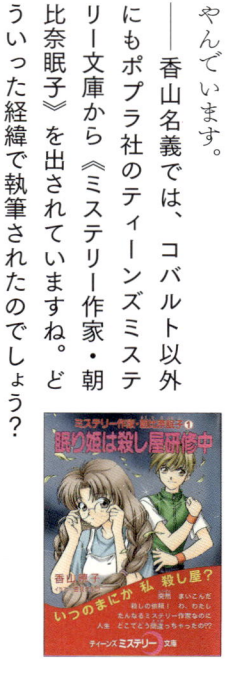

可愛いですね」と褒めていただいたことが胸にあったからです。投稿先をファミ通にしたのは、当時、コバルトのほかに富士見ファンタジア文庫と電撃文庫で下読みをしていたからですね。今考えると、直接編集さんに「原稿を読んでください」とお願いすればよかったのですが、当時は思い至らなくて。投稿するならお付き合いのないレーベルにしなくちゃと思い、ファミ通文庫に原稿を送りました。コバルト時代のことは経歴に含めませんでしたが、受賞のお電話をいただいたときにはきちんとお話ししています。

　そうして野村美月としての作家人生が始まるのですが、このときの選考委員の一人が久美沙織さんでした。香山暁子のときが氷室さん、野村美月のときが久美さんと、私に少女小説の魅力を教えてくれた方々に作家として送り出していただいたことになります。やっぱり、私は少女小説と縁があるんだな、と思いました。

――《文学少女》で野村さんを知った方も多いと思います。作家・野村美月の転換点となった作品ですが、どういったきっかけで生まれたのでしょうか？

野村　4シリーズめの《うさ恋。》の終盤で担当さんが変わって、「今までとは違うシリアス路線でお願いします」というところから始まったのが《文学少女》です。刊行時には

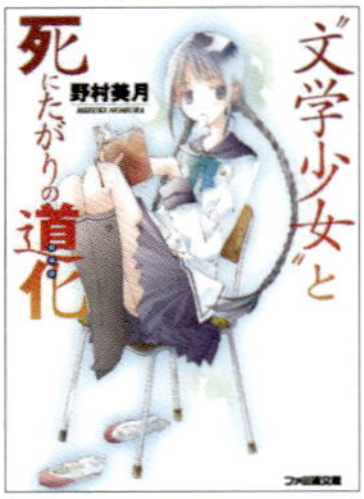

なぜか「ビター&ミステリアス・学園コメディ」と銘打たれていましたが（笑）。《文学少女》以降は同じ担当さんで、とても信頼していました。

コバルト時代は担当さんに直しをいただくことがなくて。『うさ恋。』の2だけは改稿指示がありましたが、あとは自分で直した2稿を担当さんに初めて読んでもらって、そのまま完成稿という流れでした。投稿作もどちらも改稿していません。この担当さんになって初めて「直さずに初稿から提出してください」と求められ、一緒に改稿してゆくスタイルになりました。「もう、この人じゃないとだめだ」と思っていたくらい、よい担当さんに恵まれたと思います。

――コバルト文庫からファミ通文庫に移って、こんな違いがあるのかと驚いたことはありますか？

野村　少女小説やライトノベルを書く醍醐《だいご》味《み》って、イラストを描いてもらえることじゃないですか。でも、私がいたときのコバルトでは本になるまでどんなイラストが入るのかわからなかったですし、イラストレーターさんと直接連絡を取らないでくださいねと釘《くぎ》を刺されていたんです。だから、ファミ通文庫でイラストレーターさんの候補を見せられたときは、そこから意見を聞いてもらえるんだ！　と驚きました。キャラクターデザインやイラストをチェックさせてもらえたこと

※書影　3～4ページ：集英社、5ページ上・7ページ：ポプラ社、5ページ下・6ページ：KADOKAWA

で、一緒に本を作る喜びを感じましたね。竹岡さんのイラストはいつも素敵で、見るたびにうっとりしていました。ありがたいことに《文学少女》はヒットして、アニメ化もされました。出したかった画集も出してもらえましたし、作家人生が大きく変わった作品です。

❖休業からの再出発

――年4～5冊のペースで精力的に執筆されていましたが、2016年から2020年にかけて二度休業されていました。この期間についてうかがってもよろしいでしょうか？

野村　2014年から2016年にかけて、手術を3回しています。3回目の手術の後は自分の身体が全く別物になったようで、小説が書けなくなってしまいました。2019年頃から執筆を再開して、2021年まで16冊お仕事をさせていただきましたが、実はそこからまた丸2年書けなかったんです。このときは身体的なことより精神的なことが大きかったと思います。全然売れないし、感想サイトのお言葉にへこむことも多くて、もういいかな……と、資料や昔の原稿を全部処分して、今度こそ引退という気持ちでいました。

　でも、2023年に以前ポプラ社さんから出した本を文庫にしていただいたんです。それが《ものがたり洋菓子店　月と私》ですね。すぐに重版がかかって、担当さんから「続きを書いてみませんか」とお話があり。この担当さんが無類の褒め上手で、また書きたいという気持ちにさせてくださいました。休業前にPCを変えていて、慣れないMacで本当に書けるかも不安だったのですが、無事に続刊を出すことができました。

――改めて香山名義の作品を読み返すと、食事や食器をはじめとする細やかな描写を通して、折々に野村さんの好きな要素が垣間見えるように思います。noteの記事では、「コバルト時代のペンネームがわかったとしても内緒にしてほしい」と書かれていました。なぜ今回取材を受けてくださったのか、改めてうかがってもよろしいでしょうか？

野村　コバルト時代のことは私にとっては黒歴史で、一生言わないでおこうと思っていました。でも『大人だって読みたい！　少女小説ガイド』で香山名義の作品を取り上げていただいて、あの頃の作品をもう一度世に出してもよいのではと思えるようになったんです。最近は個人で電子書籍を出されている作家さんも増えてますよね。私もKindleで昔の作品を出版できないかなと……。そのタイミングで取材のお話をいただいたので、お受けすることにしました。ご連絡をいただいたときに、編集さんのお名前が《文学少女》の遠子と同じ天野さんだったことにご縁を感じたことも、取材を受けた理由の一つです。

コバルト時代に出せなかった《森の祈り》の3巻も、『薔薇の主張』の続きの原稿もありますので、皆さんに届けられるよう準備を進めています。とは言ってもデジタルが大の苦手で、データの作成時点でつまずいて、ぐるぐる悩みまくっているのですが……なんとか公開できるよう頑張りました。kindleで香山暁子名義の作品の電子書籍を販売し始めました。読んでいただけたら嬉しいです。『ものがたり洋菓子店　月と私』の3巻も10月発売の予定です。甘く仕上げてありますので、こちらもどうぞよろしくお願いします。

〈人気作家に独占インタビュー〉

高殿円 *Madoka Takadono*

構成・文＝**三村美衣**

取材＝三村美衣・嵯峨景子・七木香枝

撮影：迫田真実

たかどの・まどか　兵庫県神戸市生まれ。２０００年に「協奏曲〝群青〟」で第４回角川学園小説大賞奨励賞を受賞。同年角川ティーンズルビー文庫から『マグダリア三つの星　－暁の王の章』でデビュー。《遠征王》、《そのとき》、《銃姫》、《プリンセスハーツ》など、パルメニアを舞台にした異世界ファンタジーや、20世紀初頭のインドを舞台にした少女小説《カーリー》などを少女小説やライトノベル・レーベルから上梓。シェアードワールド《神曲奏界ポリフォニカ》ではホワイトを担当している。２００６年の『カミングアウト！』より一般向けの小説にも進出。働く女性を主人公にした《トッカン》、《上流階級》はベストセラーとなりドラマ化もされた。舞台脚本や漫画原作なども多数。歯に衣着せぬ痛快なエッセイも人気で、コロナ禍に購入した温泉付きリゾートマンションの物件選びから購入までを綴った同人誌『98万円で温泉の出る築75年の家を買った』も話題を呼んでいる。

——デビューのきっかけからお話いただけますか？

高殿　はい。２０００年に角川学園小説大賞の奨励賞をいただいたのが始まりです。当時はテレホーダイなどの環境もあって、初めてネットで、遠くに住んでいる趣味つながりの友だちができるようになった頃です。そうやってできた友だちと、交換日記のように書いた小説を見せ合っていたら長編が１本書き上がり、「どうせだからどこかに応募しよう」と、コンビニで『公募ガイド』を見て学園小説大賞に応募しました。締め切りが１週間後で、テーマが「学園」ってあるし、という軽いノリで応募したので、送ったことすら忘れていました。

その後、職場の飲み会の最中に編集部から電話がかかってきたときは、最初は意味がわからなくて……。「あなた、小説を書いた記憶はありますか？」って言われて、ようやく投稿したことを思い出しました。

——耽美《たんび》系の作品だったとうかがいましたが。

高殿　木原敏江さんの『摩利と新吾』のような旧制中学の寄宿舎ものをやろうとしたんですが、少し毒を入れようと思い、戦争前夜に寮の地下室で敵対音楽であるジャズを弾く高校生の話にしました。最後は、特攻が踏み込んでくるというので、寮生みんなでアメリカ製のピアノを担いで海まで捨てにいくんです。

――学園小説大賞が求めていたのは、多分、もっとライトノベルっぽいものですよね。

高殿　そうです、明らかなカテゴリーエラーですよね。編集さんからも「なんでうちに送ってきたの？」って何度も言われました。でも、スニーカー文庫の賞をいただいたこと自体は嬉《うれ》しかったんですよ。田中芳樹先生が《アルスラーン戦記》を出してるところじゃん～、と。ファンタジーや戦記物が書けると思ってワクワクしました。

――しかしデビューは、スニーカー文庫からではなかった。

高殿　そう。いきなり「お前はソフトBLレーベルに行け」って言われました（笑）。新人賞に送った作品もBLじゃないし、今だったら「えっ、話がちがいますよね？」って言えますけど、その頃はまだ若くて、編集部から言われたことは絶対だと思ってたので、だいぶショックだったけど従うしかなかった。

――デビューなさったティーンズルビー文庫は、ルビー文庫の妹分として創刊されながら、その後ファンタジーへと路線変更し、ビーンズ文庫にリブランドした。

高殿　たしか《まるマ》（『今日からマのつく自由業！』から始まるシリーズ）がすごく売れて、レーベル自体がファンタジー路線もいけるという雰囲気になったことを覚えています。もうずいぶん昔のことなのでこのへんの記憶はあやふやですが。

❖レーベルを跨《また》いだシリーズ展開

――ビーンズ文庫で始めた《遠征王》も、ティーンズルビーから出した作品も同じパルメニアという異世界を舞台としている。

高殿　パルメニアのベースは、大学のときに作ったTRPG（テーブルトークRPG。テーブルを囲んで会話しながら遊ぶ、アナログなロールプレイングゲーム）の設定なんです。当時、関西の界《かい》隈《わい》では、女子に対してちょっと排他的な雰囲気があって。「女子はストーリーに恋愛要素を絡めてくるからウザい」って男子から言われムカついたので、「なら私がマスターやってやるよ、世界観もぜんぶオリジナルで」と作ったのがきっかけ（笑）。シナリオは概念フランス革命後くらいの近代のパルメニアだったんですが、けっこう頑張って地図も作ったのでそれを転用しました。

――初期の作品だけでなく、《プリンセス・ハーツ》も《銃姫》も、異世界ファンタジーはすべてパルメニアの物語ですね。なぜそういうスタイルを選んだのですか？

高殿　例えば永野護先生の《ファイブスター物語》は、最初から年表があって、この世界に脈々と続く長い歴史があることが明示されていた。そういう一つの世界を太古から近未来

まで作り上げるような長い歴史ものが好きなんです。誰々の先祖は実は誰々で、みたいなことを考えるのが楽しくて、これはもう性癖としか言いようがない（笑）。大好きな《スター・トレック》シリーズもそうですが、最初は低迷していたものが、続けることで人気が出て、一大ブランドとなった。老舗鰻《うなぎ》屋のタレみたいに、継ぎ足し、継ぎ足しで使い続けるうちに、旨味が出るものもあると思います。

　私は、というかほとんどの作家さんがそうだと思いますが、売れなかった作品もやっぱりかわいくて、〝死なせ〟たくないんです。でも個々の作品は〝点〟なので、そのままだと生命力が弱くて消えてしまう。だから縦や横の関係性を創ってやることで、時代に合わなくて消えてしまう子にこの世界とのつながりを残してやろうと思ったんです。いつかどこかでパルメニアに出会った人が、糸をたぐってその子を探してくれるかもしれない。

――シリーズものならではの効用ですね。

高殿　実際はパルメニアものに、大ヒットした作品はありません。不思議と大負けもなくて、低空飛行ながらずっと続いている。でも、私がお婆さんになったときに、何かで大当たりして、全巻復刊になるかもしれないでしょ（笑）。そのときに、すべての読者さんに向かって「50年かかりました。すみません」って、インタビューに応えてる自分の姿を妄想してます（笑）。売れもしなかった作品のことを考えることってとことんつらいんです。でもそのつらさより、自分が産んだ子への愛情のほうがずっとずっと強いんですね。

――レーベルを跨いで同一設定を使うことを、編集部から反対されませんでしたか？

高殿　特に相談していません。説明すると完全新作でないことを編集部が嫌がるのは肌で感じていたので、そうは見えない形で始めて、途中でしれっと仕込みます。それが売りになるわけでもないので、「わかる人にだけわかる」ご褒美みたいな感じです。

――2023年に刊行された『忘らるる物語』は一般向けの単行本ですが、ここもパルメニアだと気づいたときには驚きました。

高殿　角川書店の書籍の編集部は、たぶん私のライトノベルは読んでいなくて、そのことに気がついてないと思います。最初にいただいたオーダーは、家父長制度やジェンダーを題材にした小説ということでした。物語が生まれたきっかけは《カーリー》を書くためにインドについて調べる過程で、女性の地位の低さに愕然《がくぜん》としたんです。夫の死後に寡婦が殉死するサティという風習だとか、アシッドアタックとか、なんでここまで女性が虐げられないといけ

ないんだろうと、資料を読むたびにムカムカして。それで、どうやったら女性を人並みに、平均値より少し上ぐらいにまで持ち上げることができるか、あれこれシュミレーションして、「女を犯せぬ国」というアイデアを思いつきました。

　パルメニアを続けてきた中で、いつか家父長制やジェンダーの問題を扱いたいと思っていたので、これはもう両方盛り込んじゃえ、と。私としてはあれは、パルメニアであり、少女小説だと思っているんですが、それで山田風太郎賞の候補にもしていただけたので、ちょっとだけ自分に自信が持てました。そもそも、《銃姫》のときだって、《遠征王》を読んでいる男性読者なんてほとんどいなかったわけですし、なんだかんだと物語の生まれるまま好きに書くのがいちばんいい気がします。

――その《銃姫》ですが、ライトノベルのMF文庫Jからの刊行です。少女小説やライトノベルでは、複数のレーベルから書籍を出す作家がまだ少なかった時代に、少女小説からライトノベルへの越境は敷居が高かったのではないでしょうか？

高殿　こういう話を公にしていいのか迷うのですが、24年前、新人作家はたいてい角川さんでの印税率が低かったんです。私の場合7パーセントですね。重版がかかれば上がるという話を作家仲間から聞いたんですが、それでも全然上がらなかった。私は根っからの関西人で昔からお金にうるさいし、権利は主張するタイプなんで、「重版もかかったんだから印税を上げてほしい」って言っていたんですが、結局フルではもらえなかった。そんなとき、在阪作家の飲み会で「MF文庫Jという新レーベルが立ち上がるから、書いてみないか」というお話をいただきました。今はないと思いますが、その頃「新人3年奉公説」というのがあったんですよ。

　3年はデビューした版元から出てはいけないという、年季奉公みたいな話です。だからきっかり3年は我慢しました。

――それまでの女性向けと意識的に変えた部分はありますか？

高殿　男性向けライトノベルに進出するにあたり、読者のニーズがどこにあるのか自分なりにリサーチはしました。当時はハーレムパターンが主流でしたから、主人公は複数の女性からモテないといけないし、無意識のチート能力者でなければいけない、というフォーマットは意識しました。そのへんは今とあまり変わっていないかも。

――女性の造形は男性読者向けを意識していますか？

高殿　一応しましたが、ヒロインはどちらも強くて、私の好きなタイプの女性でもあります。ちょっと頭の弱い巨乳なお姉ちゃんなんて、モロに好みです。

――あれは、サービスじゃなく趣味だったんですか（笑）。

高殿　編集さんからは「姉キャラは男には受けない」って言われてたのですが、蓋を開けてみるとお姉ちゃん萌《も》えが多かったですね。そうだろみんな、甘やかしてくれる姉のことが好きだろ、私も好きだ！　大好きだ！　って（笑）。でも、女性作家が男性向け萌えを掲げて戦うのは難しいと感じていたので、自分が勝負できるところはどこかを考えました。そこで決めたのが「詠唱魔法」。なんかすごくポエミーだけど、みんな一度は言ってみたいような、中二病全開な詠唱魔法ってあるじゃないですか。「誰もここまでは書けまい」という、複雑で意味のある手加減なしの詠唱をやろうと決めました。あれは自分の語彙との闘いで、語彙を増やすために、フランス古典文学とか必死に読みましたね。

――同じくライトノベルレーベルのファミ通文庫から刊行した《カーリー》は、『小公女』を思わせるクラシカルな少女小説のスタイルと、現代的な冒険の要素が1冊に詰まっている夢のようなお話です。これを読んだときに、この著者は少女小説が好きに違いない、と感じたんですが。

高殿　私は氷室冴子先生がすごく好きで、それも《ジャパネスク》ではなく《ざ・ちぇんじ！》派です。たとえ私が死ぬことになっても、あちらの世界で氷室先生の新作が読めるなら、まあいいか、と思うくらいリスペクトしてますし、影響も受けています。氷室先生は当時からものすごく下調べをして書いていてらっしゃっても、惜しげもなく捨てて、次の作品では別のことを始める。これ、すごくないですか？　私なら、《ジャパネスク》があれだけ売れたら、瑠璃姫の子孫を主人公にした続編シリーズを書いてしまいますよ。

――氷室冴子さんも寄宿舎ものを書いていらっしゃいますね。

高殿　少女小説をやるからには、寄宿舎ものをやりたいと思っていました。でも『小公女』はおっしゃるとおりで、後半が不満なんです。「そこ詳しく」というところがすべてすっ飛ばされている。だからその部分をきっちりと書こうと思ったのが《カーリー》です。

――ただファミ通文庫では、やはりカテゴリーエラーだったと思うんです。

高殿　あのときも傾向と対策は練ったんです。練ったんですが、最後にわがままな自分が出てきて、どうしても好きなように《カーリー》が書きたくなってしまった。作家としてのだめな性ですが、マーケに合わせていると心が死んじゃいそうで、わかっていてもやってしまうときがあります。

――ただあの当時、《カーリー》を出せたのは、少女向けを合わせてもファミ通文庫しかなかったかもしれませんね。ライトノベルの中では、最も自由なレーベルでした。

高殿　それでもというか、やっぱりというか、売れずに打ち切りになりました。でも、担当編集さんや関係者のみなさまからも愛されたし、ほかにもいろんな方から「《カーリー》が好きだ」って言っていただけました。ド中心のストライクではなかったけど、自分が書きたかったものを書けて、それが人の記憶に残りました。いつも反省はするんですよ。産むときを間違えたんじゃないか、産む場所を間違えたんじゃないか、って。そんな私の後悔よりも、産まれた子のパワーのほうが強くて、スタスタ歩き始めることがある。《カーリー》はそういう子でした。だから私がやるべきことは、その子の生命力を信じて、「書いていい」って言われたらいつでも書ける準備をしておくということなんだと思ってます。『忘らるる物語』もそうだったけど、チャンスって不意にやってくるんです。

――『カーリー』は先頃、未収録短編集を同人誌で刊行されましたね。

高殿　椋本夏夜先生にオファーして漫画まで描いていただいたのに、コロナでコミケがとんでしまって、その間に世界が電子中心にシフトしてしまい、今いろいろ勉強しながらセルフパブリッシングに挑んでいます。『カーリー　商業誌未収録短編集』と同時に出した『98万円で温泉の出る築75年の家を買った』のほうが、発売から3日で1000部売れ、3000に届こうとしているので、続きは商業ベースの個人出版としてやっていこうと思って、自分で販路のネットワークを形成中です。それで営業ばかりしてて、ちょっと今、小説を書いてないかも（笑）。

――《カーリー》は講談社文庫から復刊されました。で、その続きなんですが……。

高殿　内容的にはあと1巻で終わるんですが、取材に行きたい先が特に危険な地域で、子育ての責任が終わるまでは行けないなと思っていたら、コロナやなんやらでますます難しくて。あとは時代や政治的な部分を考証してくださる人、私と同じ資料ではなく、別の資料を持っている人を探す必要があります。ここがいちばんハードルが高いかも。なので、気長にお待ちいただけると嬉しいです。

❖社会に異を唱える

――デビューから一貫して作品の中にジェンダーの揺らぎが含まれていますね。中心テーマに据えた『忘らるる物語』はもちろんですが、現代社会を描いた《上流階級》でも、家族や結婚に対する社会の固定概念に意義を唱えている。

高殿　思えば私は、スニーカー文庫でデビューできなかったときから、ずっと自分の居場所を与えられずに作家を続けている気がしています。それが女性が置かれてきた状況と重

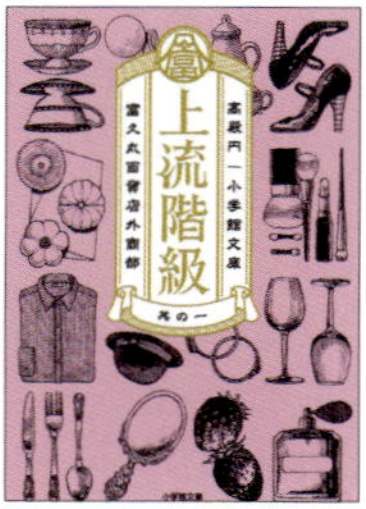

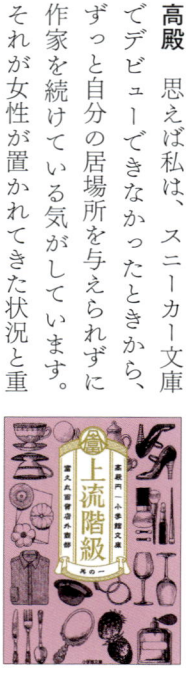

なる。今まで女性は生家も自分の場所ではなく、就職しても同様で、嫁ぐための場つなぎ、誰かの家に入るまでの待機場所みたいに扱われる。そういう状況で溜《た》め込んできたものが当然私にもあり、小説には漏れ出てしまうんでしょうね。《遠征王》が男装の麗人なのもそうだし、『忘らるる物語』は特にその不満や絶望感が濃縮された小説です。居場所がない、居心地が悪いという思いは、もちろん男性だって抱えている方がいると思います。でも女性はみんなですよ。私が作家デビューした24年前なんて、パワハラが当たり前に横行していました。会社だって女性は1時間早く出社して、灰皿の片付けをする。飲み会は必ず上司のとなりでお酌をするし、おかずを取り分ける。何かあったら怒鳴り散らされるのに、間違っているのが上司でも謝られない。情報を与えられないことで都合よくコントロールされる。でもあの当時、それを「おかしい」と言ってくれる人はいなかった。

——作家になってもそれは変わらなかった?

高殿　学園小説大賞の授賞式の名物に、あかほりさとるさんと水野良さんの「説教部屋」というのがあったんです。部屋から編集者を追い出して、新人にいろんなアドバイスをくださったんですが、「書き続けろ」と「困ったことがあったら俺たちに言え」という二つの言葉が印象に残っています。作家は20万部超えたら一人前みたいな時代で、先輩方は新人作家がパワハラにさらされることもご存じだったんでしょうね。ずっとビクビクしていた私はこの言葉で救われました。それから脇目もふらずに書き続けて、ふと周りを見回したらもう売れない新人じゃなくなっていることに気がつきました。

　以前は、偉くなったら、それこそ直木賞とか取ったら物申せる作家になれると思っていたんですが、最近、そうじゃないことに気がつきました。物申すには、そのための準備や訓練が必要で、それなしでは偉くなっても、言える人になるわけではないんです。その訓練を怠ってはいけないと思い、最近はいろいろ発信するように努めています。

——どういったことを?

高殿　さっき読書歴を聞かれましたが、実は私は難読症《ディスクレシア》なんです。以前からそうだとは思っていたんですが、最近、はっきりと診断が出ました。症状の説明が難しいんですが、例えば本を開いたときに、文字に重い軽いがあるように見えて、ページの端から順に読むことができないんです。だから見えたものを脳の中で再構成しながら読んでいるので、本を読むにもかなりのパワーが必要になります。書くのも苦手で、学校でノートを取ることもできなかった。

——小説を書くのは?

高殿　頭の中でお話を作っても、外に出すことができなかったんですが、高校のときにワープロを手に入れたことで世界が変わりました。ノートに書くのと違って、ワープロを使うと容易にアウトプットができることに気がつき、それが楽し

※書影　10～11、13ページ：KADOKAWA、15ページ下：小学館

かった。「ディスクレシアでも作家になったやつがいる」って聞くと、同じ病の人の助けになるんじゃないかと思い、最近はこのことを積極的に発信するようにしています。

❖少女とは

――ご自身の小説が「少女小説」と言われること、反感や違和感はありませんか？

高殿　少女小説という言葉に抵抗を持つ人は、多分〝少女〟という言葉に時代的なエラーを感じるのだと思います。でも少女小説の〝少女〟は実態や性的な商業価値のある存在のことをさすのではなく、完全な概念としての〝少女〟をさすのだと思うんでです。

――ご自身のことではない？

高殿　私自身はオタクだったので、自分のことを〝少女〟だとは考えていなかったですね（笑）。だからこそ、手が届くようで届かなかった存在への憧れや、自分がニアミスをしてしまった過去を〝少女〟という言葉に託しているんだと思います。《カーリー》なんてまさにそうで、例えば私たちにイギリス人の少女のことがわかるわけがない。インドの詳しい政情だってそうです。《カーリー》の中にあるのは物語であって事実ではない。あれは私の完全な想像の物語なんですが、私たちはそれでも愛することができる。

本当のこと、真実に重みと価値があるとされているこの社会で、私たちはフィクションの中の曖昧さを愛する。存在しない存在を愛する。

すごく勝手で乱暴な愛情なのかもしれないけど、でも愛さざるを得ない。このどこか懐かしさに似た感情の発露を生み出す稀有《けう》な対象、私は少女小説をそういうふうに捉えています。

ただ言葉というのはいろんなものを孕《はら》んでいて、ルールも変化する。〝少女〟という言葉から、人によってはハイソックスや白いブラウスのような、絶対領域的なものを思い浮かべる人もいるだろうし、一般的には〝少女〟という言葉の使い方は難くなってくるでしょう。最近は文化の盗用もよく問題になりますよね。突き詰めれば、日本人である私が《カーリー》を書くことが難しくなってしまう。でも誤解を恐れずに言うと、フィクションは、その書かれた内容が完全に正しくなくていいと思っています。

私たちが愛してきたものを、今の時代にそぐわないからといって、それが表現してきたものの歴史をここで諦めてしまうのは、むしろ多様性社会に反することなんじゃないでしょうか。私たちはわかっているぞとひと言断ってから、愛情の発露を、物語を生み出すことを恐れずに続けていきたいですね。

目次　これからも読みたい！　もっと少女小説ガイド

IX 異世界……183

作品紹介ページの表記について

《　》……シリーズ名

『　』……書名

e-book ……電子書籍あり

※書誌情報は、2024年8月30日までに公開された情報をもとにしています。

Ⅰ 妖・異形

世界遺産候補となった内気な少女の青春

《RDG レッドデータガール》荻原規子 *Noriko Ogiwara*

key word▶［現代］［青春］［山伏］［神霊］［群像劇］

（上）装画：酒井駒子／2008-2017年／全6巻＋番外編1巻／カドカワ銀のさじ（2011-2019年／角川文庫）、（下）装画：岸田メル／2013-2014年／全6巻／角川スニーカー文庫

熊野古道に接した玉倉山、その山頂にほど近い場所に位置する玉倉神社に暮らす泉《いず》水子《みこ》は、引っ込み思案で内気な中学3年生。

泉水子は、地元の高校に進学して普通の女の子として暮らしたいと考えていたが、父によって幼馴染《おさななじみ》の深行《みゆき》と共に、東京の鳳《ほう》城《じょう》学園へ入学すると決められてしまった。

反発心から前髪を切ったことをきっかけに、泉水子の周囲では不思議な出来事が起こる。そして、自分が山伏たちに「姫神」と呼ばれる存在――人類を滅亡させた未来を変えるために過去を遡り、「やり直し」をする助けとなる「器」であると知らされる。

神霊と接する異能を持つ人材を見極め保護する目的で作られた鳳城学園に入学した泉水子は、迷いながらも成長していく中で、運命に翻弄されたくないと思うようになるのだが……。

2013年にアニメも放映された、荻原規子の現代ファンタジー。

修験道や陰陽道、忍術など、さまざまな特殊能力を持つ子どもたちが集まる学園で繰り広げられる青春群像劇を通して、泉水子の成長を描く。

《勾玉》シリーズで知られる著者らしい、日本神話をベースとした世界観で綴《つづ》られる物語には、一方で破滅を防ぐためにそれぞれの思惑を持って暗躍する大人たちの姿や利権争いも複雑に絡む。

「普通になりたかった」泉水子の成長の緩やかさには、彼女にきつく当たる深行でなくともやきもきさせられる。だからこそ、周囲から姫神の最後の器として大切に守り育てられてきた彼女が、怯《おび》えながらも自分の運命に向かい合おうとする様に胸を打たれるはずだ。

山伏の家系に生まれ、自分の意思のほかで泉水子の側に付かされた深行と泉水子の関係もまた、なかなかにじれったい。外面は良いが泉水子だけには冷たい深行が彼女を守りたいと思い、深行を巻き込みたくないと悩んでいた泉水子が素直に言いたいことを言えるようになる変化にも注目だ。

本作は、姫神が未来を変えようとして時間遡行を繰り返す「逆行もの」としての側面を持つ。物語の途中で明らかになる泉水子と姫神の関係を知ったうえで読み返すと、泉水子に憑依《ひょうい》した姫神の言動も違った見え方をしてくるだろう。

番外編は、泉水子の親友・宗田真響《そうだまゆら》を主人公に本編の少し後を描いた中編と、本編では語られなかった心情が垣間見える深行視点の短編3編を収録。宗田三姉弟の秘密が紐《ひも》解かれる3巻と併せて読みたい1冊だ。

（七木香枝）

鬼の一族の跡取り息子に見初められる少女

《鬼の花嫁》クレハ *Kureha*

装画：白谷ゆう／2020年-／8巻～／スターツ出版文庫

　本当に私でいいの？　そんな不安につきまとわれて自分を解放できない人に、《鬼の花嫁》シリーズに綴《つづ》られた少女の生き方が、一歩を踏み出す勇気を与えてくれる。

　大きな戦争で被害を受けた日本に、それまで陰の中で暮らしてきたあやかしたちが救いの手を差し伸べた。人間ならざる能力を使って復興を支え、そのまま政治や経済、そして美貌を活かせる芸能の分野にも勢力を伸ばして、日本を掌握するまでになる。

　そんなあやかしには希に人間の中から花嫁を選ぶことがあって、女性や家族にとって名誉なこととされた。柚子《ゆず》の妹の花梨《かりん》も妖狐《ようこ》のあやかしに見初められ、両親から丁寧に扱われるようになった。柚子はないがしろにされ妹からも軽く見られ、祖父から贈られたワンピースに傷を付けられる。

　嘆いて家を飛び出したとき、「見つけた」と言って柚子に近寄ってきた超絶美形の男がいた。それが鬼龍院玲夜《きりゅういんれいや》。あやかしの世界でも最上位にある鬼の一族の跡取りで、柚子を花嫁として見初めて家に連れ帰る。もはや人生に勝ったも同然の境遇なのに、なぜか柚子は喜ばない。本当に自分を愛してくれているのかと迷い、自分を虐げていた両親に申し訳ないと思ってしまう。

　鬼龍院家の強大さを知って、余計にどうして自分なのかといった思いに囚われる。玉の輿《こし》に乗ったにもかかわらず、アルバイトすら続けようとする柚子の、シンデレラストーリーのヒロインにあるまじき自己肯定感の低さが気にかかる。もっとも、現実にそうした幸運に直面して、素直に信じられるかというと難しい。その意味で庶民感覚を持った等身大のヒロインといえる。

　玲夜が愛しているのは男性秘書の高道《たかみち》だという噂《うわさ》も聞こえてきて、それもあり得る話と信じてしまうところも、そうしたジャンルを見知った普通の女子ならでは。実際に薄い本も作られていて、あやかしも含めた女子たちの間で流布されているというから相当にお似合いだったのだろう。そこに割って入るなんてと尻込みしていた柚子が、巻を重ねる中で玲夜の一途な思いに気づいていく。そうした心情の変化に沿って、読者も自分を肯定できるようになる。

　鬼龍院の一族の中で柚子を花嫁と認めたくない勢力による襲撃も起こって、結婚までの道のりは決して平坦《へいたん》ではない。〈新婚編〉に入っても、関係を揺さぶる事態が起こるが、そこまで来れば不安はない。波乱も絆《きずな》の強さを確かめる試薬に過ぎない。後は柚子がつかんだ幸せがどこまで続くのかを追っていくだけだ。（タニグチリウイチ）

key word▼［不遇］［結婚］［鬼］［異能］［溺愛］

若き日の小泉八雲が友人と共に怪異にかかわる

《奇譚蒐集家 小泉八雲》 久賀理世 *Rise Kuga*

装画：市川けい、六七質／2018年～／4巻～（※2巻まで講談社タイガ文庫、3巻以降は講談社文庫）

e-book

実在架空を問わず、有名人のヤング時代を描いた作品がある。本シリーズも、その一つだ。後に『怪談』で知られるようになる小泉八雲《こいずみやくも》こと、ラフカディオ・ハーンの怪異に満ちた少年時代が綴《つづ》られているのである。

物語の視点人物は、複雑な事情を抱え、北イングランドのダラムにある神学校「聖カスバート」に送られた、オーランド・レディントンだ。「聖カスバート校」は訳ありの子どもの吹き溜《だ》まりであり、環境はあまりよろしくない。編入生としてダラムに向かう列車に乗り込んだオーランドは、一等客室で「聖カスバート」の生徒と相席になる。嬉々《きき》として怪談を話す、その少年こそパトリキオス・レフカディオス・ハーン、通称パトリック・ハーン（ラフカディオ・ハーン）だった。ハーンの話に引き込まれながらオーランドは、自分の心の裡《うち》をさらけ出す。

この第一話を経て、神学校の同室になったハーンとオーランドが、さまざまな怪異に介入する。「聖カスバート校」に出没するという〝砂男〟の噂《うわさ》。オーランドの指が動かなくなった原因らしい、日本の人魚の木乃伊《ミイラ》に隠された秘密。訳ありの死者ばかりが眠っている墓地に供えられた、首を吊《つ》られたように見える人形の謎。どの話の怪異にも、根底に人の想いがある。切ないけど温かな想い。それが伝わってくるから、読んでいるこちらも、しみじみとしてしまうのである。

また、ミステリのテイストを盛り込んでいる点も見逃せない。例えば砂男の真実が明らかになったとき、上質なミステリと同等のサプライズを味わった。目が悪い代わりに別のものが視え、「ロバート兄さん」と呼ぶこの世ならざる大鴉《おおがらす》が身近にいるハーンは、怪異の側にいる。その大鴉が視えるようになったオーランドも、怪異の側に片足を突っ込んだようなものだ。だからといって、すべての事象を怪異に押しつけることはない。二人とも合理的思考の持ち主であり、入り混じった現実と怪異を切り分けるのだ。だから本シリーズは、ホラー・ミステリといっていい。

さらに、ハーンとオーランドの、友情と青春の物語という側面もある。オーランドの複雑な事情は第一話でわかり、ハーンの複雑な生い立ちも、話が進むにつれて徐々に明らかになっていく。孤独な魂を抱えた二人が、さまざまな体験を通じて友情を深めていく過程も、シリーズの見どころになっているのだ。なお、2巻までは講談社タイガ文庫、3巻以降は講談社文庫で刊行されている。（細谷正充）

key word▼［北イングランド］［神学校］［怪異］［友情］

温かくもさみしい痛みを抱くあやかしもの

《あやかし双子のお医者さん》椎名蓮月 *Rengetsu Seana*

装画：新井テル子／2016-2020年／全9巻／KADOKAWA富士見L文庫

e-book

高校生の速水莉莉《はやみりり》は、肝試しの最中に忽《こつ》然《ぜん》と姿を消した弟の理人《りひと》を探すため、不思議な出来事を解決してくれるという噂《うわさ》を頼りに十六夜ビルを訪れる。そこで出会ったのは、全く同じ顔を持つ双子の兄弟だった。見るからに不機嫌そうな桜木晴《さくらぎはる》と愛想はいいが幽霊だという弟の嵐《あらし》は、傷ついた人ならざるものを治す「あやかしのお医者さん」だというのだ。

弟の行方を相談した莉莉は、自分に怪我をした猫又が憑《つ》いていると教えられる。その猫又こそ、弟の理人だった。理人はあやかしを癒す仕事をしていた祖母に頼まれて、影ながら莉莉を守護してくれていたという。仕事を受け継いでほしいという祖母の遺言を聞いた莉莉は、晴に弟子入りすることになる。

今やすっかり人気ジャンルとなった「あやかしもの」だが、何を読めばいいのか迷う人も多いはず。そんな人には、不思議な双子と弟子があやかしの傷を癒すと共に、彼らが抱える事情を解きほぐしていく本作をおすすめしたい。

透明感のある柔らかな文章が浮かび上がらせるのは、一人ではどこか足りない「温かなさみしさ」だ。本作には、幽霊の嵐を憑依させなければ力を使えない晴や、莉莉と猫又のリヒト、3巻から登場する靫正《ゆきまさ》と烏天狗《からすてんぐ》のサクヤを中心に、相棒的な関係を結ぶ人とあやかしの姿がさまざまに描かれる。似ているようで同じではない存在が、欠けている何かを埋めるように寄り添って補い合う。そんな彼らのつながりは、時に深い執着を覗《のぞ》かせながらもしんみりと心を温めてくれる。

また、大人びて芯の強い莉莉と少女小説家を生業とする晴の、ファンと作家で師弟ではあるが恋愛には結びつかない関係性も魅力的だ。時に呆《あき》れ、時に互いを案じる二人のつながりは、自分ではない誰かに対する優しさの上に成り立っている。

繊細な心の機微を描く物語に色を添えるのは、「1作1もふ」を心がける著者のもふもふ描写へのこだわりだ。作中には刀の付喪神や雪女などさまざまなあやかしが登場するが、もふもふしたあやかしが見せる可愛さには格別なものがある。

著者の作品は、レーベルを越えてクロスオーバーしているのも特徴だ。成長した靫正が主役の『あやかし主従のつれづれな日々』をはじめ、散りばめられたつながりをたどると物語同士が地続きの世界であることが見えてくる。本作が気に入ったなら、ぜひ他の作品にも手を伸ばしてリンクする椎名ワールドを楽しんでほしい。(七木香枝)

key word ▼［**相棒**］［**猫又**］［**もふもふ**］［**しんみり**］

公務員陰陽師とフリーの拝み屋が怪異に挑む！

《陰陽師と天狗眼》歌峰由子 *Yoshiko Utamine*

装画：カズキヨネ／2020年-／3巻～／マガジンハウス社 ことのは文庫

e-book

怪異やもののけが今もなお強い力を残す広島県巴市《ともえ》。市役所には危機管理課特殊自然災害係（通称「もののけトラブル係」）という部署があり、住民からさまざまな怪異現象にまつわる問題が持ち込まれる。

500倍の倍率を突破して、その特殊自然災害係に新規採用された青年・宮澤美郷《みやざわみさと》。ところが引っ越し当日、契約していたアパートのダブルブッキングが理由で住む予定だった部屋から追い出されてしまう。公園で途方に暮れていたところ、金髪ピアスにサングラスという派手な出で立ちの男・狩野怜路《かりのりょうじ》が声をかけてきた。この世ならざるものが視える「天狗眼《てんぐがん》」を持つフリーの拝み屋の狩野は、同業者のよしみで自宅の離れを格安で提供すると申し出る。当初は胡《う》散臭《さんくさ》い怜路を警戒するも、金銭的に困っていた美郷は彼の家に下宿することになった。

怜路は幼い頃に記憶喪失になり、「天狗」を名乗る養父に育てられた過去を持つ。今はフリーの拝み屋として生計を立てながら、市内の居酒屋でアルバイトも続けていた。一方の美郷は、出雲の高名な陰陽師一族の出身だが複雑な立場に置かれ、高校卒業後は実家と縁を切り、出自を隠して巴市に就職する。エリートだが苦労の多い公務員陰陽師の美郷と、面倒見のよいチンピラ山伏の怜路。育ちも性格も正反対な二人は、以後さまざまな怪異事件と向き合う中で友情を結んでいくが――。

《陰陽師と天狗眼》は、訳ありの呪術者がさまざまな怪異事件を通じて互いに助け合いながら、それぞれの過去を乗り越えていくバディ×もののけ×お仕事小説である。

〝公務員の陰陽師〟という意外性のある設定がユニークで、リアルなお役所事情が登場するお仕事小説としてもおすすめのシリーズだ。

美郷は陰陽師として高い能力を持つが、背負うものがあまりに大きく、職場でも自身の事情を打ち明けられず引け目や孤独感を抱えている。だが相棒となる怜路や、美郷が抱える事情を汲《く》み取ったうえでさりげなく手を差し伸べてくれる職場の上司など、巴市でのさまざまな出会いを経て、今の自分を必要としてくれている人たちの存在に心を救われていく。対照的な性格である怜路と問で結ばれる深い信頼関係も見どころで、バディ小説の醍醐《だいご》味《み》を味わえるのも本作の大きな魅力の一つだ。

シリーズは継続中で現時点では3巻まで発売。第2巻では美郷の家庭の事情、第3巻では怜路の過去が掘り下げられ、そこに土地にまつわる怪異が絡む。三戸によるコミカライズも展開中だ。（嵯峨景子）

key word ▼［オカルト］［広島］［バディ］［仕事］［怪異］

妖怪の子預かりをする少年の成長

《妖怪の子預かります》廣嶋玲子 *Reiko Hiroshima*

装画：Minori／2016年-／第一部全10巻、第二部4巻〜／東京創元社 創元推理文庫

徳川幕府の政が続いて、まもなく200年になろうかという頃。江戸の太鼓長屋に、按摩《あんま》の千弥《せんや》と、その養い子の弥助《やすけ》が暮らしていた。千弥は盲目で美貌の青年だが、なぜか女性に騒がれることはない。弥助は千弥にベッタリで、他の人とはほとんど話をしない。勝手に二人の空間に割り込んでくる、図々しい大家の息子の久蔵《きゅうぞう》を、弥助は激しく嫌っている。

そんな弥助が12歳のときに、とんでもないことが起こった。烏天狗《からすてんぐ》に攫《さら》われ、妖怪奉行所に連れていかれたのだ。妖怪奉行所東の地宮の奉行・月夜公《つくよみのぎみ》によれば、悪夢を見た弥助が鬱憤晴らしに割った石が、妖怪うぶめの住まいだったとのこと。しかも、どこかに消えたうぶめは、妖怪の子預かりをしていたのだ。うぶめに代わり、妖怪の子預かりを月夜公から命じられた弥助は、さまざまな騒動を経て、少しずつ変わっていくのだった。

主人公の弥助は、幼い頃に山中で千弥に拾われ、それから一緒に暮らしている。拾われる以前の記憶はない。それもあってか、〝千にい〟と呼ぶ千弥にしか親しまない。彼がいれば、他のことはどうでもいいと思っている。一方の千弥も、弥助を異常なほど大切にしている。まるで共依存だ。

ところが無理やり、妖怪の子預かりを命じられたことで、弥助は変わっていく。妖怪たちも、いろいろ事情があるらしい。まず、梅の妖怪・梅ばあの孫の梅吉を預かったのを皮切りに、次々と妖怪の子の世話をすることになるのだ。妖怪の子は人型とは限らない。どじょうの妖怪の子は、大きなたらいに入った100匹くらいのどじょうにしか見えない。それを久蔵が持ち出し、ひと騒動となったりする。玉雪《たまゆき》という謎の女妖が、子預かりの手助けをするため、長屋に出入りするようになる。彼の周囲は、一気に賑《にぎ》やかになるのだ。

弥助の本質は善良であり、それが妖怪の世話を通じて露わになる。いくつもの騒動を通じて、自立心も芽生えてくる。そんな少年の成長が読みどころ。第1巻の終盤では、妖怪を喰《く》らう妖怪との闘いもあり、ストーリーが盛り上がる。千弥や玉雪の正体、弥助の過去も明らかになり、物語は綺麗《きれい》にまとまった。だけどシリーズは、ここからがスタートだ。巻を重ねるごとに増えていくバラエティ豊かな妖怪たちと、どんどん広がる物語世界を堪能してほしい。

なお《妖怪の子預かります》シリーズは、2020年刊行の第10巻で第一部完結。翌年より第二部となる《妖怪の子、育てます》シリーズが始まった。（細谷正充）

key word▼［江戸］［妖怪の子守］［成長］［ほっこり］

歪な世界で踊る王女と悪魔が手にした願い

《王女コクランと願いの悪魔》入江君人 *Kimihito Irie*

key word▼［後宮］［王女］［悪魔］［お伽話］［陰謀］

装画：カズアキ／2014-2015年／全2巻／KADOKAWA富士見L文庫

読書の愉しみを知っている人は、目の前の本が自分にとって特別だと感じる瞬間を知っている。

《王女コクランと願いの悪魔》は、まさにそんな喜びを味わえる作品だ。

物語は、後宮で暮らす孤高の王女コクランが、何でも一つだけ願いを叶《かな》えてくれるという伝説のランプの悪魔を偶然喚び出してしまうところから始まる。しかし、地位も美貌も知性も備えたコクランには願いごとなど存在しなかった。

「とっとと帰って、二度と私の前に現れないで」

150年ぶりに眠りから醒めた悪魔はコクランに興味を抱き、何とかして願いを聞き出そうとするもうまくいかない。

後宮に落ちていた紅玉のブローチの謎。チェスの腕を競い合う駒遊杯でのひと騒動。宮姫たちがお芝居を披露する演物会。後宮で起こる出来事を共にするうちに、コクランは昔飼っていた小鳥たちと同じレクスという名で悪魔を呼ぶようになる。

やがて、レクスはなぜコクランが死んだように大人しく生きていたのかを知る……。

本書には、コクランが手にする書物に綴《つづ》られたランプの魔人の逸話や作中劇『狐《きつね》と虎の結婚』など、複数の物語が入れ替わり立ち代わり登場する。「物語さま」の名で呼ばれるコクランと、狂言回しを務めるレクスの会話はさながら芝居の台詞めいて読者の好奇心を絡め取り、惹《ひ》きつける。何度も舞台装置を切り替えながら演じられる劇のように進む物語は、作中に散りばめられた違和感を拾い上げていきながら、次第に軽妙な会話の下に隠されていた世界の歪《いびつ》さを露わにしていく。

コクランが抱える孤独やレクスが悪魔となった経緯が暴かれると、物語はクライマックスへと加速する。二転三転する物語には痛みと孤独が色濃く影を落とすが、共に欠けた王女と悪魔が「たった一つの願い」を挟んで、互いを傷つけながらも向き合う様は心を揺さぶってやまない。

本作は2巻で惜しくも打ち止めとなったが、続刊がないからと手に取らないのはあまりに惜しい。いくつもの物語が装置として組み合わされた舞台で、与えられた役割や設定を超えていく王女と悪魔の姿を、ぜひ読んでみてほしい。著者のｐｉｘｉｖ ｆａｎｂｏｘによれば、本作の再始動が検討されているそう。楽しみに続報を待ちたい。（七木香枝）

呪禁師とは？ 蘊蓄もおもしろい伝奇アクション

《カナリア・ファイル》毛利志生子 *Shiuko Mori*

装画：潮見知佳／1997-2001年／全9巻＋外伝4巻／集英社スーパーファンタジー文庫

東京の高円寺。住宅街の中にひっそりとたたずむ若宮神社の裏手。ワンショット・バー「辻」で働くバーテンダーの有王《ありおう》は、代々、呪禁師を受け継ぐ家系の生まれだが、今一つやる気もなければ気概もない。そんな彼にある日、虫形の特殊な呪物「金蚕《きんさん》蠱《こ》」にとり憑《つ》かれた女性を救ってほしいという依頼が入る。

有王は払うこともできないため、虫を他人に転嫁させる方法をとるが、その際に綾《あや》瀬《せ》と名のる謎の一族から逃げてきた女性・真実夜《みみや》と出会い、古族の人狼《じんろう》少女・花映《かえ》の保護と、行方不明になっている花映の弟で言霊使いの耀《よう》の捜索を頼まれた。ところが、その耀は何と現在の金蚕蠱の飼い主である少年のもとに身を寄せていた……。

呪禁師なんかになりたくなかったし、人間嫌いで、その嫌いな人間に蹂躙《じゅうりん》される古族も嫌い。ところが嫌いだと言いながらも、人間のことも古族のことも見捨てることができない。さらに好きな女性を失い、それがトラウマとなっている。力を持ちながら、屈折を抱え、術師としても人としてもどこか中途半端な有王が、人狼の少女と言霊使いの少年を守りながら、綾瀬という謎の一族を相手に戦い成長していく、呪術アクション小説だ。

人気のある陰陽師ではなく、道教をベースにした呪言師という設定や蘊蓄《うんちく》のおもしろさが読者を引き込む。また、あまり活躍はしないものの空位だった神社に御霊神が入り込んで居座り、ワンショット・バーのオーナーとして人前に姿を現すという、人に交わる神様の設定が、発表当時にはたいへん斬新だった。

初刊はスーパーファンタジー文庫から刊行されたが、後に《風の王国》のヒットを受けてコバルト文庫から再刊された（未完）。読み心地としては夢枕獏や菊地秀行を彷彿《ほうふつ》とさせる懐かしい新書テイストで、伝奇バイオレンスのエロス抜きといった感触。主人公がバーテンダー、登場する女性の大半が妙齢（見た目年齢はだが）の美女でなおかつあくが強いのも、ライトノベルではめずらしい大人な設定である。登場人物それぞれにドラマがあり葛藤を抱えており、群像劇としては抜群におもしろいのだが、その反面、トラウマ持ちの有王には最後まで恋愛フラグがたたないのが少女小説的にはやや不満の残るところだ。（三村美衣）

key word▼［伝奇］［呪術］［人狼］［鬼］［バトル］

竜と契約した少女の過酷な運命の行方

《幻獣降臨譚》 本宮ことは *Kotoha Motomiya*

key word▼［幻獣］［竜］［精霊］［戦］［陰謀］

装画：池上紗京／2006-2012年／全19巻＋短編集 巻／講談社X文庫ホワイトハート

e-book

リスタル王国の辺境で育った14歳のアリアは、契約の儀を受けることになる。

リアラ女神を信仰する世界では、女性は生まれつき精霊に守られて育つが、初潮を迎えて結婚するまでの間は、幻獣を使役できるようになる。

しかし、アリアの前には幻獣は現れず、儀式は失敗に終わった。幻獣と契約できなかったうえに精霊を使役することもできない忌み女《いめ》となったアリアは大巫女《みこ》の助言に従い、王都の神殿で洗礼を受けて精霊の加護を得るべく聖従者たちと共に旅に出る。

旅の道中、アリアは聖従者の裏切りに遭い、忌み女に寄せられる偏見に晒《さら》されてショックを受ける。

そんな中、聖地を訪れたアリアは、誰かから呼ばれているような感覚を覚える。導かれるように走り出したアリアは、幻獣の中でも強力な力を持つ聖獣のドラゴン・光《こう》焔《えん》と契約を交わすことに成功するが……。

《幻獣降臨譚《たん》》は、精霊と幻獣が息づく世界で繰り広げられるファンタジー。

アリアは強大な力を持つ聖獣と契約したことで、過酷な運命に晒される。光焔の力を制御する方法を求めて騎士団に身を寄せたアリアは、否応なしに王権争いや国同士の戦争に巻き込まれていく。

普通の少女として育ったアリアは、大きな力を手に入れたからといってすぐに活躍できるわけではない。光焔の力を振るったことで多大な犠牲を生んでしまうなど、挫折も経験する。だからこそ、現実に直面して挫けそうになりながらも成長していくアリアの姿が胸を震わせる。

本作は、さまざまな思惑を持つ登場人物が交錯する群像劇でもある。アリアだけでなく、彼女の周囲にいる前国王の遺児シェナン、司祭の弟子ディクス、騎士ライル、鍛冶師のクルサードをはじめとする人物が、時にぶつかりながらもさまざまに変化していく様子も読みどころだ。

物語が佳境にさしかかると、なぜ女性だけが幻獣を使役できるのかなど、世界にまつわる謎が明かされていく。同時に、アリアはずっと行動を共にしてきたある人物の変貌を目の当たりにするのだが……アリアを信じて、最後まで読み進めてほしい。

本宮ことはは、本作がデビュー作。他の著作に、女子禁制の音楽学院に入学した男装の少女が主人公の《聖鐘の乙女》や、清少納言や頼光四天王が活躍する平安もの《魍魎《もののけ》の都》などがある。（七木香枝）

少女と古木の神が織りなすロマンスと戦い

《花咲かす君》山本瑤 *Yo Yamamoto*

装画：たむら純子／2003-2005年／全6巻／集英社コバルト文庫

両親が海外赴任中の葉月《はづき》は、鎌倉に住む祖母の家に世話になっていた。ある日葉月は友人の真帆《まほ》から、花咲じじいにつかまると魂を抜かれて花びらされてしまうという奇妙な噂《うわさ》を聞かされた。葉月は真面目に取り合わないが、後日真帆は倒れて昏睡《こんすい》状態となってしまう。

その頃から葉月は、どこかに閉じ込められた真帆と謎の翁、そして桜の古木の夢を繰り返し見るようになった。葉月は友人を助けるため、祖父に教えてもらった「どうしても困ったときに使う手段」を試してみることにする。白鷺《しらさぎ》神社の鎮守の森にたたずむ桜の古木に真の名で呼びかけたところ、家に白水干姿の少年が現れた。彼こそが桜の古木の神・夜薙王《やちおう》なのだった。

千年の時を生きてきた夜薙王は人間嫌いで、彼の名を掌握して縛りつける葉月に対して不機嫌な態度を隠さない。昼間は白カラス、夜は少年の姿になる彼はしぶしぶ葉月を手伝い始めた。やがて真帆の事件の裏に、葉月たちが通う翠蘭《すいらん》学園創立時のトラブルと、ヒトを喰《く》らう神の存在が浮かび上がり——。

祖先の巫女《みこ》姫から神名を読む能力を受け継いだ葉月は、この事件をきっかけに夜薙王ら超人的な力を持つ古の一族と、彼らを狩ろうとする人間の戦いに巻き込まれていく。第2巻からは水穂流という、古事記の精神を現代に継承し、イザナミの復活を目論む古神道の一派が登場。第3巻は水穂流の巫女で逃げ出してきた少女・千沙子《ちさこ》を中心としたエピソードで、続く第4巻では水穂流の本拠地熊野を舞台に、7年に一度の「花鎮めの大祭」を阻止して千沙子を救い出そうとする葉月たちの戦いを展開する。

神話を下敷きにしたバトルファンタジー要素に加えて、葉月と夜薙王の種族を超えた恋も本作の大きな読みどころだ。人間嫌いの夜薙王は葉月に冷たい態度を取るが、ヒトとのふれ合いを通じてこれまでにない感情を知り、彼女への思いを深めていく。無神論者かつ現実主義者で平凡な高校生活を送りたい葉月と、当初は自分の恋情を認められない夜薙王の不器用な恋の行方にも注目。白猫姿の古岩の化身で人間好きの了庵《りょうあん》や、鎌倉に古くからある沼を本体とする神で怠け者かつ食えない性格をした天風丸《てんぷうまる》など、個性豊かな古の一族の面々も物語を彩る。

山本瑤は2002年度集英社ノベル大賞佳作を受賞してデビュー。他作品に正統派西洋風ファンタジー《鏡の国》シリーズや、日本古来の伝説を織り込んだ青春小説『きみがその群青、蹴散らすならば わたしたちにはツノがある』などがある。（嵯峨景子）

key word▼［鎌倉］［神話］［異種間恋愛］［バトル］［歴史］

死者の声を聴く司祭と村娘の禁断の恋の行方は…

《聴罪師アドリアン》吉田縁 *Yukari Yoshida*

key word▼［中世］［謎解き］［聖職者］［悪霊］［禁断の恋］

装画：なるしまゆり／1997-1999年／全5巻／集英社コバルト文庫

タイトルにもなっている聴罪師とは、カトリック教会で告解の際に信徒から罪の告白を聴きゆるしを与える司祭のことで、物語の舞台である中世ヨーロッパはもちろんだが、今も実在している。しかし本書に登場する聴罪師は、生者だけではなく死者の言葉にも耳を傾け、魂の汚れを落として帰天させ、逆に、罪深すぎる魂は断罪して地獄へと落とす特殊能力者だ。

アドリアンは修道院の門前に捨てられていたが、聴罪師・ヴェネット枢機卿《きょう》によって救われて養育院で育てられた。12歳で修道士の誓願を立て、やがて自らも聴罪師となった彼は、ヴェネットを師と仰ぎ研鑽《けんさん》を積んでいった。ところが、恩人であり、導き手でもあったヴェネットが亡くなると、アドリアンには死者の声が聞こえなくなってしまった。苦悩する彼は、新たな赴任先で一人の少女と出会う。漆黒の髪と漆黒の瞳のせいで村人から悪魔憑《つ》きと呼ばれ、避けられるビアンカ。彼女は何と、死者の姿を見、声を聴くことができる異能力者だった。そして、ビアンカと一緒であればアドリアンにもまた死者の声が届くのだ。ビアンカは、絶望するアドリアンの心に差し込んだ一条の光だった。

一夜にしてミイラと化した死体、両親を殺害した剣に取り憑かれた幼女、悪霊の憑いた首飾り。物語は基本的に一話完結で、ビアンカの助けを借りたアドリアンが、死者の声を聴き、怪事件を解決するミステリの形式をとる。しかしどの事件もその背後には、アドリアンに対して恨みを抱き、彼を殺そうと企む12人の死霊が絡んでおり、その死霊の追想によって、アドリアンの出生の謎が少しずつ明らかになっていく。さらに、並行して描かれるのが、妻帯が許されない聖職者アドリアンと、村娘ビアンカの禁断の恋だ。とはいえ、この二人、敬虔《けいけん》な聖職者と信徒すぎて、なかなか自分の気持ちを恋だと認識することができない。それでも気持ちは徐々にふくらみ、信頼が愛へと変わるのは必至。本格的でかなり怖いホラー描写を楽しみつつ、このまだるっこしくも尊い愛をゆっくりと愛でるというのが本シリーズ醍醐味《だいごみ》なのだが、残念ながらコバルト文庫での刊行は5巻で途絶。アドリアンの出生の秘密も明らかにされていないし、二人の愛も宙ぶらりんのままで終わっているが、同人誌にて続編が刊行されている。（三村美衣）

特異な力に悩む少女の成長譚

《わが家は祇園《まち》の拝み屋さん》望月麻衣 *Mai Mochizuki*

key word▼［ミステリ］［京都］［怪異］［前世］［和菓子］

装画：友風子／2016-2022年／全15巻＋番外編1巻／角川文庫

中学3年の半ばに急に学校に行くことができなくなってしまった小春《こはる》は、不登校のまま高校にも進学せずに16歳を迎えた。引きこもる小春を病院に通わせようかという話が出た頃、京都・祇園《ぎおん》で和雑貨店を営む祖母の吉乃《よしの》から、小春に店を手伝ってほしいと連絡がある。救いを求めるように東京から京都に移り住み、吉乃や叔父で和菓子職人の宗次朗《そうじろう》と共に暮らし始めるうち、小春は吉乃の店で出会った親戚・澪人《れいと》の端整でどこか浮世離れした雰囲気に惹《ひ》かれていく。また一方で、祖母の吉乃が「祇園の拝み屋さん」という異名を持ち、周囲の困っている人にちょっとした祓《はら》いを行っていることを知る。

実は小春が学校に行けなくなったのは、あるとき突然彼女の身に不可解な現象が起きたことに端を発していた。小春は祖母が「拝み屋」の資質を持っていることが、自身に生じた出来事と関係するのかもしれないと考え始める。やがて、京都の街に不自然な長雨が降り続く中、小春は自身が持つ特殊な力と向き合うことになる。

古都の風景を舞台に、特異な能力を秘める家系の少女・小春と、その家族や仲間たちが不可思議な怪異に出くわすストーリーを、優しいタッチで描く《わが家は祇園《まち》の拝み屋さん》シリーズ。巻を追うごとに、小春の前世をめぐるもう一つの物語も明かされ、現在の小春たちの関係性を解く鍵となってゆく。小春と惹かれ合いながらも、彼女との間に微妙な距離感を保とうとする澪人のミステリアスな魅力とその内面の葛藤もまた、シリーズを推進していく力として欠かせない。

逃げるようにやってきた京都で周囲の人々に心を開けるようになり、大切な関係を築いていった小春にとって、かつて疎ましいものだった己の特殊な力は、いつしか重要な意味を持つようになる。本シリーズはそんな小春自身が前向きにたくましく変化していく、ポジティブな成長譚《たん》でもある。シリーズ終盤、苦い記憶と共にあるかつての友人と出くわすふとしたシーンに、強くなった彼女の背中を見出すことができるだろう。

シリーズは第7巻で一つの区切りがついたのち、登場人物たちがより行動的になる後半戦へ向かう。小春や澪人とチームを組んで不穏な事件に挑む仲間たちや、人間ならざる存在たちもそれぞれにチャーミング。15巻で大団円を迎えたのち、番外編で5年後の物語が綴《つづ》られる。（香月孝史）

滅国の危機に抗う和風ファンタジー

《神招きの庭》奥乃桜子 *Sakurako Okuno*

装画：宵マチ／2020-2024年／全9巻／集英社オレンジ文庫

e-book

兜坂国《とさかのくに》では、男が外庭《とつにわ》で政を行い、女が斎庭《ゆにわ》と呼ばれる後宮で神をもてなし、国を守っている。人や獣、虫までさまざまな実体を持つ神々をうまくもてなせば豊穣《ほうじょう》と繁栄をもたらすが、ひとたび神の怒りを買えば厄災がもたらされ、ともすれば国が滅ぼされる事態を招いてしまう。

朱野《あけの》の郡領の娘・綾芽《あやめ》は、斎庭に采女《うねめ》として上がった親友・那緒《なお》の死の真相を探るために上京する。王弟の二藍《ふたあい》によって女孺《にょじゅ》として取り立てられた綾芽は、那緒の死についで教えられる。那緒は、各国の王と春宮《みや》の名を神書に記す理《ことわり》の神である玉盤神《ぎょくばんしん》・記神《きしん》への供物に、春宮の寵妃《ちょうひ》の首を紛れ込ませたというのだ。

あやうく記神が滅国《めっこく》を宣言する寸前までいったその日以来、誰も春宮の姿を見ていないというのだが……。

《神招きの庭》は、古代日本を彷彿《ほうふつ》とさせる兜坂国が舞台。王の名代を務める女性が神を宥《なだ》め、人の利となる恵みを引き出すという世界観で、神による滅国の危機に立ち向かう人の物語を描く。

親友の潔白を証明しようと奔走する綾芽は、彼女を利用しようとしていた二藍と行動を共にするうちに、神と人の狭間にある「神ゆらぎ」として生まれた彼の孤独を知る。神ゆらぎは人と交われば相手を殺してしまう恐れがあるだけでなく、人ならぬ力・心術《しんじゅつ》を使えば使うほど神に近づき、ともすれば荒れ神へと変じてしまう。

そんな二藍と共に那緒の死を引き起こした陰謀に立ち向かう中で、綾芽には神命に抗う物申《ものもうし》の力を継いだことがわかる。

二人は惹《ひ》かれ合うようになるが、神ゆらぎの二藍と物申の力を継ぐ子を産むことを期待される綾芽は添い遂げられない運命にある。一緒に生きていく道を模索する二人には次々と試練が立ちはだかり、何度も絶望してしまいそうな展開が訪れてハラハラさせられる。

最初は世界観をつかむのに時間がかかるかもしれないが、1冊通して読めば、神と人が息づく物語の中へ入り込めるはず。波乱続きの展開にページを繰る手が止まらない、読み応えのある和風ファンタジーだ。

（七木香枝）

key word▼［和風］［ファンタジー］［神］［陰謀］［じれじれ］

本と人に愛されまくるむすぶの日常

《むすぶと本。》野村美月 *Mizuki Nomura*

key word ▼［現代］［本］［学校］［ビブリオミステリ］

装画：竹岡美穂／2020-2021年／全5巻／KADOKAWAファミ通文庫

e-book

榎木《えのき》むすぶは、誰からも「地味めがね」と言われるくらい、これと言って特徴のない男の子。背が高いわけでも、スポーツに長けているわけでも、勉強ができるわけでも、名家の出でもない。だけどむすぶにはたった一つ、他の人と違う点があった。

本と話ができるのだ。

本たちはむすぶに話しかけ、むすぶも答える。むすぶの一番の親友は本たちだった。親友だけではない、恋人もまた本だった。

本の声が聞こえるむすぶが解き明かす、日常の謎、心の謎。そして少しずつ明かされる、本に取り憑《つ》かれる「罹患《りかん》」と呼ばれる現象、むすぶの恋人夜長姫《よながひめ》をめぐる暗い過去、むすぶとの出会い。

何よりもそれぞれの本が擬人化され、語り出すのがおもしろい。泉鏡花の『外科室』では登場人物貴船《きふね》伯爵夫人そのままの清楚でたおやかな女性、二村ヒトシ『すべてはモテるためである「キモチワルイ」が「口説ける男」になる秘訣《ひけつ》』では表紙に描かれたプリンプリンの美少女（でも中身ぉっさん）、『小僧の神様』の一途な小僧のまっすぐな思い。

児童文学からライトノベル、古今の名作に実用書まで、むすぶの読書の幅の広さに合わせて、本たちの見た目や個性もさまざまだ。

むすぶを取り巻く友人たちも個性豊か。彼らが抱える悩みや日常の謎を本との語らいから解き明かしていく。けれど、本の声はよく聞こえるむすぶだけど、現実の人の対しては何とも鈍感。そこがまた気になるらしく、むすぶの周りの女子たち（一部男子も）は次々にむすぶを好きになっていく。本からも人からも愛されるスーパーハーレム状態！ ヤンデレを通り越して、もはや立派な怨霊の夜長姫にも限りない愛情と忍耐を持って接しているので、それはまぁモテるよねぇ。

この夜長姫との関係性は、本シリーズにおける一番大きな謎であり、そして最大の読みどころ。巻を追うごとに少しずつ断片が集まっていき、そして「『夜長姫と耳男』のあどけない遊戯」でついに二人の出会いが明かされる。生涯を結ぶほどの本と出会えることの奇跡と、選ばれることも棄てられることも人次第な本の運命について考えてしまう。

作者と読者、本屋さんや図書館、そして登場人物たちをめぐる物語は、本を愛するすべての人におすすめ。（池澤春菜）

〝神の子〟を生きる姫宮が魔物狩りに挑む

《斎姫《いつきひめ》異聞《いぶん》》

宮乃崎桜子 *Sakurako Miyanosaki*

装画：浅見侑／1998-2008年／全15巻＋外伝1巻＋続編13巻／講談社X文庫ホワイトハート

e-book

藤原道長《ふじわらのみちなが》が権勢を誇る平安期、陰陽師・安倍晴明《あべのせいめい》は老いてその法力も衰え、都が魔物たちに魅入られて災厄が相次ぎ、多くの人々が犠牲になっている時世のこと。一介の中流貴族である源義明《みなもとのよしあき》のもとに、今上帝の妹宮を降嫁させたいという話が持ち上がる。分不相応な縁談に疑問を感じながらも婚礼の日を迎えた義明に対して、婚儀の相手である宮《みや》は自らが「神の子」であり、一生男と交わることはないと告げる。

ほどなくして義明は、宮が輿《こし》入れ以来たびたび夜中に屋敷の外へ抜け出していることを知る。聞けば宮は退屈しのぎに都に溢《あふ》れる魔物を狩っていたのだと言い、義明のもとに降嫁したのも彼が持つ破魔の能力を頼んでのことだという。高慢に振る舞いながらも背後に魔物退治への強い思いを見た義明は、その正体にいくばくかの疑いを抱きつつも、宮を護って差し上げたいという思いを強くしていく。その頃、都では首を喰《く》らう魔物が人々を脅かしていた――。

かつて亡母が神と交わって生まれたという宮が、自身の不可思議な能力をもって、義明と共に魔物たちに対峙《たいじ》してゆく《斎姫《いつきひめ》異聞《いぶん》》シリーズ。義明は宮と関わるうち、宮が両性具有の身体を持つことを知るが、宮自身はその事実を正確には理解できておらず、両者の認識には微妙なずれが生じている。また、宮が自分のもとに降嫁することがふさわしいのかと悩む義明と、常の人間でない自分が義明に疎まれているのではとどこかで感じている宮とが互いに抱く遠慮や気後れが、時にやるせないすれ違いのもととなり、じれったくも切ない関係性が続いてゆく。

宮の正体をいっそう謎めいたものにするのが、宮そっくりの容貌をもつ銀髪の少年・カゲの存在。義明たちに力を貸し協調するかと思えば、人間に対して残酷な一面も見せる、奇妙な魅力をたたえている。義明をまっすぐすぎるほどに慕う従妹の貴子《たかこ》や、僧の身でありながら多くの女性から思いを寄せられる重家《しげいえ》、宮と義明二人の場面に和んだ空気をもたらしてくれる飼い猫や宮を守護する式神たちなど、周囲を固めるキャラクターもストーリーを豊かにし、役者揃《ぞろ》いのロングシリーズとなっている。

その身を挺《てい》して邪神を封じようと宮が奮闘する15巻で物語に区切りがついたのち、第二部である《斎姫繚乱《いつきひめりょうらん》》シリーズに引き継がれて、二人の行く末は最終章を迎える。（香月孝史）

key word▼［平安］［神の子］［魔物］［歴史］［両性具有］

王国の歴史の陰に潜む吸血鬼一族

《スワンドール奇譚》剛しいら *Shiira Go*

装画：凪かすみ／2009-2011年／全7巻／KADOKAWA（エンターブレイン）ビーズログ文庫

e-book

暁を忘れてから300年経つというのに、人を襲うことができない心優しい吸血鬼のジュリアン。ある夜、彼は狼《おおかみ》が棲《す》む夜の森で一人の赤ん坊を拾う。アンナと名づけられた娘は、ジュリアンが吸血鬼であることも知らず、慈しみ育てられ、森の奥の領地で美しい娘へと成長していった。しかし実は彼女は、クーデターによって軍事支配を受けるスワンドール王国の皇女であり、やがて彼女の存在は王都で王権争いを続ける両陣営に知られることに……。

《スワンドール奇譚《きたん》》は、中世欧州風の架空の王国スワンドールを舞台に、その建国から王家断絶までの歴史を描いた各話読み切りの連作長編集だ。

物語を緩やかにつないでいるのは地理的縁ともう一つ、吸血鬼〝夜の女王〟イパネラとその眷属《けんぞく》存在だ。吸血鬼といえば人の血を吸い、闇を支配するというイメージだが、本書の吸血鬼はそういう恐怖小説的な魔物ではない。もちろん夜の生き物ではあるし、主食は人間の血ではあるのだが慎み深く協力者から少しずついただいており、むやみやたらに人の血を吸うわけでもなければ、吸血鬼体質も噛《か》まれたら伝染してしまうというものでもない。不死ではないが不老長寿であり、イパネラはいろいろな方法で人間を支援し、スワンドールを自分の箱庭のように育てている。人間への愛情もあるが、同時にビジネスの場として捉えている節があるのもおもしろい。

上下巻を含む全6話7巻。各話の主人公は『夜を待つ姫君』が王家の娘と吸血鬼の貴族、『針の魔法』が天才お針子と大学生、『姫を守る姫』が王女を守る姫騎士団の騎士団長と王女の叔父の騎士団長、『巣籠の歌姫』が元貴族の歌姫と皇太子、『目覚めの秘薬』『煌《きらめ》きの秘薬』は魔女と呼ばれる治療師と第二王子で脇役ながら人狼《じんろう》も登場する。そして最終巻『魅惑の饗宴《きょうえん》』は料理人志望の男爵令嬢と異国から呼ばれた天才料理人だ。

多くの作品のヒロインが何らかの職業的プロフェッショナルであること、緩やかではあるが身分違いの恋を描いているところが特徴なのだが、神のごとき吸血鬼の前で人間の身分差なんてゾウリムシの背比べと読者に思わせてしまう。好きなことを続けたい、好きな人と離れたくない、手をつないで同じ方向に向かって歩きたい。純真な心でふわっとすべてを飛び越えるヒロインの伸びやかさがとにかく楽しい。主人公だけではなく時代も違えば、さらに各話の刊行順と年代順も異なるので、どの巻から読み始めてもかまわない。各巻のイラストレーターが異なるのもおもしろい試みだ。（三村美衣）

key word▼［恋愛］［歴史］［吸血鬼］［仕事］［オムニバス］

四季を司る現人神と従者の残酷な運命

《春夏秋冬代行者》 暁佳奈 *Kana Akatsuki*

装画：スオウ／2021年-／6巻〜＋外伝1巻／KADOKAWA電撃文庫

e-book

春夏秋冬どれか一つの異能を授かり、現《あら》人神《ひとがみ》として四季に代わって大地に季節を届ける「四季の代行者」。春は生命促進、夏は生命使役、秋は生命腐敗、冬は生命凍結の異能を持つ代行者なしには季節はめぐらない。

大和《やまと》と呼ばれる島国には、春の代行者・雛菊《ひなぎく》が攫《さら》われて以来、10年春が来ていなかった。苦難を乗り越えて春の代行者として帰還を果たした雛菊は、従者のさくらと共に春を届けに向かう。6歳の頃に精神を壊され、今は新しい雛菊として生きる彼女の心には、ほのかな初恋の記憶があった。初恋の相手である冬の代行者・狼星《ろうせい》とその従者・凍蝶《いてちょう》は、10年前に雛菊を救えなかったことを悔やんでいた。大和が10年ぶりの春の訪れに沸く中、代行者を狙う襲撃が激しくなり……。（『春夏秋冬代行者 春の舞』）

アニメ『ヴァイオレット・エヴァーガーデン』の原作者として知られる著者による本作は、四季の代行者という運命を授かった現人神と、代行者を支える従者の関係を軸とした心揺さぶるファンタジー。現代と地続きにあるようで少し違う大和の国を舞台に、抗えない運命に左右されながらも心を通わせるさまが、流麗な文体で情感たっぷりに描かれる。

四季の代行者は、現人神と称されてこそいるものの、与えられた役目から逃れることはできず、否応なしに季節を届ける役目を担わされる。システムとして機能している反面、個人として尊重されることは少なく、行動はもちろん結婚も意のままにならない。そんな代行者たちが心の均衡を崩して神になってしまわないよう、心身共に支えるのが従者だ。春夏秋冬それぞれの主従が見せる相互依存の関係性は、どこか歪《いびつ》な甘やかさを帯びている。

代行者が歌と舞踏で季節を広げていく情景が美しければ美しいほど、彼らに訪れる悲惨な運命が色濃く浮かび上がってくる。安易な救いや平穏は訪れないとわかっているからこそ、残酷な運命の中から拾い上げられた彼らの小さな幸いが、できるだけ長く続くことを願ってやまない。

春と夏、それから朝をもたらす現人神の少女の物語を挟み、現時点では秋までの物語が刊行されている。原初にはたった一つしかなかったという冬のターンで、この美しくもひりつくような切なさを纏《まと》った物語がいったいどんな展開を見せるのか、期待して待ちたい。（七木香枝）

key word ▼［現人神］［主従］［異能］［相互依存］

恋を求める姫君と妖の雅な幻想冒険譚

『王朝懶夢譚《らいむたん》』田辺聖子 *Seiko Tanabe*

装画：いのまたむつみ／2019年／全1巻／文藝春秋 文春文庫（※書影は2019年の新装版。初出は1995年の単行本、最初の文庫化は1998年）
e-book

時は平安。内大臣家の美しい姫君・月冴《つきさえ》は入内《じゅだい》するはずだったが、東宮が急逝してしまう。父は新たに立太子した御年3歳の第二皇子が成長したら月冴を嫁がせるつもりだというが、入内まで10年あまりも独り身で過ごさないといけない彼女の気持ちは滅入るばかり。

そんなある夜、将来を憂えて涙を流していた月冴のもとに童子の姿をした小天狗《てんぐ》・外道丸《げどうまる》が現れる。なぜ泣いているのかと聞かれた月冴が事情を説明すると、外道丸は「好きな人を聟《むこ》に貰《もら》えばいいじゃないか」と言う。

月冴は外道丸とあやかしたちの手助けを借りながら、密かに恋していた仏眼寺《ぶつげんじ》の仁《にん》照阿闍梨《しょうあじゃり》や施薬院の医師・麻刈《あさかり》、なぜだかいじめたくなる東国の武者・晴季《はるとき》、危うい立場にある帝の弟・弾正宮《だんじょうのみや》、都を騒がす謎の悪党・悪来丸《あくらいまる》と出会う。果たして、月冴が手にした運命の恋の相手とは？

メディアミックスされた『ジョゼと虎と魚たち』で知られる田辺聖子は、少女雑誌『少女の友』を愛読していた元祖・少女小説読者でもある。著作は小説やエッセイ、古典の翻訳・翻案など多岐にわたり、どれから読めばいいのか迷うかもしれない。1巻完結の本書は、そんな人にぴったりだ。

古典文学への造詣と愛情の深さを感じる地の文には、古典好きならあれだとピンとくる説話が織り込まれている。といっても堅苦しさはなく、勝ち気さと優しさを併せ持つ月冴と「くちちち」という特徴的な笑い声が可愛い外道丸はしっかりキャラが立っていて、ライト文芸読者にも親しみやすい。ユーモラスな会話にはしばしばメタ的な現代要素が混じり、くすりとさせられる。天狗に狐《きつね》、河童、鮫《さめ》と人の間に生まれた鮫児《こうじ》など、作中に登場する人ならぬものたちが見せる活躍と幻想的な描写は、あやかしものや和風ファンタジーが好きな人にも刺さるはずだ。

本書を楽しんで読んだ後は、同じくいのまたむつみによる装画が目印の『おちくぼ物語』『とりかえばや物語』、古典の魅力を紹介するエッセイ『文車日記』（新潮文庫）を読んで、田辺聖子が古典へと注ぐ温かでこまやかな視点を楽しむのがおすすめだ。

（七木香枝）

key word▶［平安］［恋］［天狗］［古典］［幻想］

紫式部と亡き姉の霊が物の怪に立ち向かう

『源氏　物の怪語り』渡瀬草一郎 *Soichiro Watase*

key word▼［平安］［源氏物語］［和歌］［憑依］［人の心］

装画：酒乃渉／2012年／全1巻／KADOKAWAメディアワークス文庫

紫式部を題材にした作品が、大量に刊行されている。理由は今年（2024年）のNHK大河ドラマ『光る君へ』の主役が、『源氏物語』の作者として知られる紫式部だからだ。しかしそれ以前にも、彼女を題材にした優れた作品がいくつも上梓《じょうし》されている。その中でも、特にユニークなのが本書であろう。なにしろ藤式部《ふじしきぶ》（本書ではこう呼ばれている）が、愛娘の賢子《けんし》に取り憑《つ》く亡き姉の霊と一緒に、さまざまな〝物の怪〟に立ち向かうのである。

本書は全四話で構成されている。第一話「春の櫻《さくら》」の藤式部は、藤原道長の娘であり、帝の寵愛《ちょうあい》を受けている中宮彰子《しょうし》に仕えているが、『源氏物語』執筆のために邸宅に籠っている。だが、作品の人気が上がりすぎて、スランプに陥っていた。そんな藤式部のもとに、やはり中宮彰子に仕える赤染衛門《あかぞめえもん》が、新入りの伊勢大輔《いせのたいふ》を連れてやってくる。伊勢大輔が、蜘蛛《くも》と櫻の出てくる不思議な夢に苦しんでいるというのだ。物の怪関係のことに詳しいと思われている藤式部だが、頼りにしているのは姉である。だが、姉と一緒に伊勢大輔のもとに赴いた藤式部は、意外な真実を知ることになるのだった。

以下、「夏夜の逢瀬《おうせ》」では、やはり中宮彰子に仕える和泉式部から、亡き夫かもしれない物の怪が現れた件を相談される。「望月の候」では、藤式部自身が巻き込まれた不可解な夢が、中宮彰子のある想いへとつながっていく。本書は、ホラー小説のいちジャンルである、ゴースト・ハンターものということになるだろう。だが藤式部も姉も、物の怪を捕まえたり退治したりはしない。なぜならそれらの物の怪は、さまざまな人の心から生まれた、切ないものだからだ。ゆえに藤式部は、姉に教えられたり自分で気づいたりしながら、人の心に寄り添い、事態を鎮静化するのである（「夏夜の逢瀬」は、最終的に別人が鎮静化している）。

このような物語構造の意味が、ラストの「煙の末」で、より明確になる。赤染衛門が倒れ、物の怪の仕業かと思う藤式部に姉が伝えたこと。それにより本書のテーマが際立つのだ。連作として、見事な構成である。

さらに、多数の実在人物や『源氏物語』の巧みな扱い方、藤式部と姉の互いを想い合う気持ちなども、注目すべきポイントだ。随所で表明される、物語そのものへの言及も、作者の小説観がわかって、興味が尽きない。平安の四季に彩られた人の心の物語は、実に多彩な読みどころを持っているのである。（細谷正充）

新米猫又たちが躍動する猫好き必読の時代ファンタジー

『猫君』畠中恵 *Megumi Hatakenaka*

key word▼［江戸］［猫又］［学び舎］［仲間］［もふもふ］

装画：荒戸里也子／2020年／全1巻／集英社（※2023年／集英社文庫）

e-book

猫、大好き。猫だったら何でもいい。化け猫でもかまわない。そんな猫好きな人におすすめしたいのが本書である。なにしろ化け猫の〝猫又〟が大量に登場し、大いに躍動してくれるのだ。

主人公のみかんは、最初、猫として登場する。20歳にならなければ、猫又にはなれないのだ。とはいえ時期が近づいたことで、飼い主である吉原の髪結いのお香《こう》と話ができるようになった。しかしお香が死に、みかんは他の猫又たちの世話になる。みかんは知らなかったが、江戸には六つの猫又の陣があり、その内に猫又の暮らす里がある。四つが男猫又の陣、二つが女猫又の陣だ。ところが猫又の陣は、常に勢力争いをしていた。さらに猫又史の英雄の〝猫君〟が誕生するという噂《うわさ》が流れ、どうにも猫又たちが落ち着かない。

新米の猫又は、江戸城内にある学び舎「猫宿」で、いろいろ学ばねばならない。猫又の陣の一つ、祭陣出身となり、「明楽」という名前をもらったみかん。他の新米猫又たちと共に、猫又をよく知る徳川十一代将軍家斉《いえなり》から、いきなり猫宿の中の扉を開ける〝鍵の玉〟を探すよう命じられる。試験のようなものである。ここで意外と鋭いところを見せるみかん。素直で可愛らしいだけではない魅力を持つみかんは、仲間もできて、猫又のことをいろいろ学んでいく。だが曲折を経てみかんは、仲間たちと一緒に、六つの猫又の陣と勝負することになるのだった。

本書で一番感心するのは、細部まで作り込まれた猫又の世界だ。猫宿の長の驚くべき正体が判明すると、猫又の歴史がどんどん露わになっていく。一例を挙げよう。猫又には第一次から五次に至る、猫又危機があった。第一次猫又危機は、唐から来た猫が身分の高い人たちに可愛がられるようになり、対応の差に怒った猫又と争いになる。そして争いの最中に猫又が立ち上がった姿を人間に見られ、化け猫として猫狩り騒動が起きたのだ。

この猫又騒動を始めとする猫又の長き歴史は、本に添えられた「猫又史年表」を見れば、よく分かるようになっている。他にも「江戸猫又陣図」や「猫宿・学業時間割［十日分］」もあり、作者がノリノリで猫又世界を創り上げたことが理解できた。

そんな舞台の上で、みかんたち新米猫又が躍動する。猫君の噂も何のその、自分たちの力で新たな猫又人生を切り拓いていく、みかんたちが頼もしい。生きていくのに大切なことは何かを、教えてくれるのだ。猫好きな人は必読の、嬉《うれ》しくも楽しい1冊なのである。（細谷正充）

column

少女小説家としての赤川次郎——《吸血鬼》シリーズからの考察

文＝速水健朗

赤川次郎の小説は、ミステリ、ホラー、ユーモア、青春のどれもがふんだんに盛り込まれている。少女小説として書かれた『吸血鬼はお年ごろ』（コバルト文庫１９８１年刊行）から始まる《吸血鬼》シリーズにおいても、その四つの要素がバランスよく配合されている。

　僕が赤川次郎に初めてふれたのは１９８０年代の半ばである。こちらはこれからティーンになる少し前くらいの年齢。代表作・三毛猫ホームズシリーズが78年に始まっていて、僕が読み始め頃はまだ『三毛猫ホームズの騎士道』が最新刊だった（長編7作目）。つまり、１９８３〜84年頃。当時の赤川次郎は、すでに10代前半にも読者を持つ作家になっていた。

　三毛猫ホームズはすぐに読み終え、次に片っ端から別の赤川作品に振れるようになる。ちなみに、この直前にもっともふれていたのは、江戸川乱歩の少年探偵団シリーズ。怪奇めいたおどろおどろしい昭和初期の世界から、現代のさわやかな作品群。がらっと方向が変わったのだが、赤川次郎に初めてふれた記憶は鮮明に残っている。ちょっぴりだけ大人の世界を垣間見る感覚だった。それは少女小説シリーズとて同じである。

　物語は、主人公の神代エリカが一人で参道を走るバスに乗っている場面から始まる。降りたのは、もう人が住まなくなった廃村の廃止されたバス停だ。かつて村だった場所を抜けた裏山の谷の滝の奥に洞窟がある。その奥に、エリカの父親のクロロックが住んでいる。父のフォン・クロロックは、生粋の吸血鬼。エリカは、その娘。故郷を出て日本に来た父は、人間の日本人女性と恋に落ち、エリカが生まれた。

　エリカは都会で一人暮らし、父親は人里離れた場所に住む。吸血鬼2代で真逆の生活を選んでいるのだ。

　吸血鬼は、都市での生活に向いていない。人目につけば怖れられる。人を見れば血を吸いたい気持ちもつのる。人里離れた場所、山奥で暮らすのは必然。一方、人と吸血鬼のハーフであるエリカは、血を吸う欲求はない。人間の中で暮らすことに違和感はない。感覚が鋭いのは父親ゆずりだが、強いて人間との違いを上げるなら、彼女が夜型である点。

　エリカは、女子校に通っている。千代子とみどりという友だちもいる。彼女が吸血鬼の末裔《まつえい》であることを、周囲の人間は気づいていない。ただ夜中は一人で別の行動をすることがある。吸血鬼の末裔ゆえ深夜の方が感覚も研ぎ澄まされるのだ。

　親元を離れ都会のアパート（シリーズを経てマンションと表記）で一人暮らしをしている彼女は、千代子、みどりと違って夜中に出歩こうが、誰も咎《とが》めない。自由で少しだけ人と違う能力（主に5感の鋭さといった程度）と秘密を抱いて、自由に夜を歩く少女。ちょっぴりだけ大人の世界という感覚はまさにこれである。当時のティーン世代の読者も憧れの目でエリカの日常を眺めていただろう。『吸血鬼はお年ごろ』適度に分野配合された小説だが、主にミステリだ。エリカの通う高校のテニス部が合宿中に六人の部員が同じ場所で殺される凄惨な事件が描かれる。少女向け小説としては、ハードな事件だ。場所は軽井沢のバンガロー。どうやらこの事件には、吸血鬼が関わっているようだ。疑問を抱いたエリカは、父親のクロロックのもとを訪ねて事件の概要を伝えた。議論は、女子高生の奔放な性規範の話になる。

「外へ出ていてやられたのね、きっと」
「何しろいまの女子高生は乱れとるからな」
「あらそれは乱れてるとは言わないのよ」
「じゃあなんと言うんだ？」
「たとえば、もう結婚した女性がほかの男性と遊んだりすれば乱れてると言えるけど、まだみんな決まった相手がいるわけじゃないんですもの。それを言うなら、『翔《と》んでる』と言ってほしいわ」

「翔んでる」という言い方は、１９７０年代末に流行したものでかつて辞書に載ったいた言葉でもある。『三省堂国語辞典から 消えたことば辞典』（見坊行徳・三省堂編修所）によると、「伝統や世間の常識を気にしないで、自分がしたいとおりのことをして生きること」が「翔んでる」の意味。１９８９年発売の三省堂国語辞典第四版で立項され、消えたのは、２００８年の第六版。１９７９年の『男はつらいよ 翔んでる寅次郎』、胡桃沢耕史の『翔んでる警視』（１９８１〜１９９４）などの題名を持った作品が発表されている。そして、のちに死語となった。

エリカは、異性と交際する同世代の女の子擁護の立場を取り、積極的ではないが、自分もちょっとした相手を見つけることもある。恋愛に限らずとも、自由で現代的な彼女を「翔んでる女」に含めることもできる。

ちなみに前出辞書の「翔んでる女」の例文にはこうある。「自在に活動している女性」とある。もう一歩踏み込むなら、戦前から戦後にかけて強かった、女性の性は、家の制度に守られるべき、からはなれつつ時期に生まれた言葉として「翔んでる女」を見ることもできるだろう。

読者たちは、父親を言い負かすエリカに共感したはず。一方、実生活で娘を持つ赤川は、クロロックの側の気持ちに寄ってこの会話を書いたかもしれない。どの時代であれ、父親は娘を心配し、娘の周囲の同世代の性的な奔放さに心を痛めているもの。例え父親が吸血鬼で若い娘の血を吸うのが好みだったとしてもだ。『吸血鬼はお年ごろ』が刊行されたのは１９８１年。女子高生だったエリカは、数年後に女子大生になるが、現実の時間と小説内の時間経過は一致していない。シリーズは、２０２４年現在も続くが、エリカはまだ女子大生だ。

ただ、時代の背景として１９８１年にふれると、テニスや軽井沢、バンガローといったアイテムは、70年代に女性ファッション誌をきっかけとした軽井沢ブームの余韻が、まだ引き続き継続している。松田聖子のデビュー当時（１９８０年）の雑誌グラビアでテニスウェアを着たり、ラケットを持っている写真の印象が強く残っている。ただこの頃にブームを呼んでいたのは、「女子大生」だ。エリカの少し先輩の女性たち。田中康夫の『なんとなく、クリスタル』（１９８１年刊行）に登場する女性たちが女子大生。エリカたちの少し先輩に当たる。
ちなみに「女子大生」ブームのあとに「女子高生ブーム」が来る。１９８０年代半ばのおニャン子クラブの前後のこと。『吸血鬼はお年ごろ』で見れば、エリカは女子大生ブームのときに女子高生で、女子高生ブームのときに女子大生になった。

本作における吸血鬼とは何か。クロロックは、怪物というよりも前近代的な古いタイプの人間（というか吸血鬼）である。頭は固いところがあるが、人間社会に害を与えることもない。吸われた人間も吸血鬼にはなるという伝説をクロロックは「迷信」と鼻で笑う。吸血鬼が十字架を怖がるという設定もキリスト教を権威づけるためのものとクロロックは批判している。

怪物が迷信を笑い飛ばすのは可笑しいが、彼が迷信が嫌いなのにはわけがある。クロロックは追い出されて日本に追放されるようにやってきたという。吸血鬼を迷信の怪物と重ねて怖がる人々のせい。本来は、単に別の種族の知性的な生き物なだけなのに。つまり、吸血鬼は故郷を追われた難民であり、故郷喪失者であり、少数民族でもある。

だがクロロックにも意外と適応の早い面がある。自分の石棺をコンテナ鉄道で運んで、都市移住を試みたことがある。

「あんな石のお棺をどうやって持って行くのよ?」
「鉄道にいまはコンテナとかいう物があるんだろう」

赤川次郎は、現代の都市生活にある、ちょっとした小物、建築やテクノジーにまつわるアイテムの取り扱いに意識的なところがある。ゴシック時代と現代テクノロジー。つまり、ゴシックホラーとモダンホラーを橋渡しする。そして、ユーモアで味付けされている。

最後に、赤川次郎作品でずっと不思議に思っていたことがある。なぜ中年男と少女の年の差恋愛がここまで何度も描かれるのか。

角川映画として映像化された作品を例にとると『セーラー服と機関銃』では薬師丸ひろ子の星泉は、年上のやくざの渡瀬恒彦と恋に落ち、『愛情物語』の原田知世演じるヒロインは、やはり渡瀬恒彦演じる中年男と旅をして恋をする。『探偵物語』は薬師丸と松田優作（当時34歳）。どれもくたびれた中年男性にはつらつとした若い女性が思いを寄せるパターン。『吸血鬼はお年ごろ』でもクロロックには若い妻がいる。これは少女小説に必要な設定だったのか。むしろ少女小説だからこそ、加えた設定なのかもしれないが。

若い女性（の血）を好むのはドラキュラの趣味。もしかすると、赤川作品全般に登場する中年男と若い女のコンビの原型は、ドラキュラではないか。そう考えるなら、「吸血鬼シリーズ」は、赤川次郎の作家性の中核をなす重要な意味を持つかもしれない。

速水健朗（はやみず・けんろう）
ライター。近刊『これはニュースではない』。

II 魔法

指輪に選ばれし少女のバトルファンタジー

《ヨコハマ指輪物語》神崎あおい Aoi Kanzaki

装画：高橋千鶴／1988-2006年／全17巻／講談社X文庫ティーンズハート

横浜山手の聖シルク学園に通う北村千代子《きたむらちよこ》（通称チョコ）は、ごくごく平凡な高校一年生。ある日チョコは、密かに恋するクラスメイトの高島《たかしま》＝エドワード＝光《ひかる》（通称エディ）が落とした指輪を偶然手に入れてしまう。マリンブルーの石に魅了されて一度だけと指にはめたところ、なぜか指輪は外れなくなった。

実はこの指輪には、明治時代の〝魔女〟で学園創始者の黒田絹子《くろだきぬこ》が、妖魔から奪った魔力を封じ込めていたのだ。エディは絹子が指輪を託した執事エドワードの子孫にあたる。彼は完璧な乙女と見込んだ才色兼備のお嬢さま有栖川志真《ありすがわしま》（通称おシマ）に、指輪を手渡そうとしていた。

手違いで指輪に選ばれてしまったチョコ、一見お嬢だが実は極道の娘で元スケバンのおシマ、そして魔法使いのエディは、指輪の秘密を共有する仲となる。三人は妖魔との戦いに巻き込まれていくが、チョコを指輪の主と認めたくないエディは冷たく、彼女を失望させるのであった……。

《ヨコハマ指輪物語》は、魔法の指輪を手に入れた少女の戦いと成長を描くファンタジー小説。異国情緒溢《あふ》れる横浜の名所を舞台に、１００年の眠りから覚めた妖魔とのバトルや、指輪をめぐる因縁が繰り広げられていく。個性豊かなキャラクター造形、横浜の魅力を存分に打ち出したストーリー、そして作者のメタ語りが時折交じる軽快な文体がとにかく楽しいシリーズだ。物語が進むにつれて、魔法の指輪が一つではないことが判明し、さらには指輪に隠された真実も明らかになるなど、波乱万丈な展開は最後まで読者を飽きさせない。

チョコのかけがえのない仲間となるエディとおシマは、それぞれ一筋縄ではいかない魅力を持つ。当初、冷血漢ぶりが目立つエディだが、彼には指輪にまつわる悲劇的な過去があった。物語が進むにつれてチョコへの態度に変化をみせ、そのツンデレっぽさが目を引く。表と裏のギャップが激しいエセお嬢のおシマは、得意のムチさばきで妖魔と果敢に戦い、男装もこなすイケメンぶりをみせる。また敵役として登場する〈火炎《かえん》のアイン〉も人気が高く、あるときは敵対する妖魔として、またあるときはチョコの窮地を救うヒーローとして、複雑な立ち位置で物語を盛り上げていく。

著者の神崎あおいは少女マンガ原作も手がける小説家。学研レモン文庫の『Ｙｏｋｏｈａｍａポケベル同盟』など、他にも横浜を舞台にした作品を発表している。（嵯峨景子）

key word▶［ラブコメ］［横浜］［魔術］［妖魔］［ツンデレ］

男子高校生魔女と使い魔女子中学生の白魔女奉仕活動報告

《東方ウィッチクラフト》竹岡葉月 *Hazuki Takeoka*

key word▼［学園］［白魔女］［使い魔］

装画：飯田晴子／2001-2002年／全6巻／集英社コバルト文庫

e-book

「自分の目に見えるものだけが世界の全てだとしたら、こんな楽な話はねぇよ」

中3に進級したばかりの観凪一子《かんなぎいちこ》は、おつかいに出た商店街で、耳に飛び込んできたそんな言葉に足を止めた。高校生の一団の中で、その言葉を発した少年は、どこかずっと遠くを見つめるような冷めた目つきをしていた。

この一瞬のすれ違いで恋に落ちた一子は、ストーカーと化し、お年玉貯金をはたいて本格仕様の双眼鏡を購入、常に少年の姿を追い続ける。

物語の舞台は東京の北東部。一子の通う区立中学とその少年・滋賀柾季《しがまさき》の通う名門私立高校は、都電荒川線の線路を挟み、向かい合うように建っている。ある日、いつものように双眼鏡で向かいの高校を観察していた一子は、屋上で〝地獄の番犬〟と対峙《たいじ》する柾季の姿を発見。彼を助けたい一心で高校に駆けつけて犬を殴り倒した。ところが、一子が地獄の番犬と思った犬は柾季の飼い犬。実は、柾季は魔女で、愛犬を自分の使い魔にする儀式の最中だったというのだ。そしてあろうことか、儀式に乱入した一子は、柾季の使い魔になってしまったのだった。

誰よりも正しい魔女でありたい柾季は、日々、人々の役に立とうと社会奉仕活動に邁進《まいしん》しており、夜中だろうと使い魔の一子をこき使う。一子の身体をのっとって、不良相手に大立ち回りを演じることすら厭《いと》わない。

大好きな男の子の彼女ではなく、使い魔になってしまったおばか女子中学生の一子と、頭はいいくせに器用に生きられない柾季。恋にも友情にも、通りすがりの人にも、バカみたい真っすぐに相対する猪突猛進《ちょとつもうしん》カップル。二人のユーモラスなドタバタラブストーリーとして始まった物語は、やがて柾季の過去や正しい白魔女であることに拘る理由、さらにそもそも魔女とはどういう存在なのかといった問題が焦点となっていく。

地元ネタや受験勉強などの諧謔《かいぎゃく》を交えたセンスとテンポの良い語り口は格別。現代の日本を舞台に、魔女が跋扈《ばっこ》し、魔法バトルが繰り広げられるファンタジーながら、物語を無駄に大きくすることなく、リアルな生活にしっかり足をつけたまま、最後には恋と成長と受験に収束する。コバルト文庫の主流とはいささかテイストが異なるが、このジュヴナイルテイストな展開がこの時代の竹岡葉月の魅力だ。（三村美衣）

刺繍が彩る仮初の婚約から始まる恋

《指輪の選んだ婚約者》茉雪ゆえ *Yue Matsuyuki*

key word▼［契約婚約］［刺繍］［騎士］［溺愛］

装画：鳥飼やすゆき／2016年-／11巻～／一迅社アイリスNEO

e-book

暇さえあれば針を手にする伯爵令嬢アウローラは、夜会でも社交そっちのけで熱心にドレスを眺める筋金入りの刺繍《ししゅう》好き。今日も壁の花となってドレスを心行くまで眺めていたアウローラは、突然飛んできた金の指輪を額に受ける。驚きも覚めやらぬうちに、アウローラは氷の貴公子と名高い美貌の魔法騎士であり次期クラヴィス侯爵フェリクスから、「指輪が選んだこの人を妻にする！」と宣言されてしまう。

聞けば、フェリクスは縁談が集中するあまり自棄になり、酔いに任せて指輪を投げたという。縁談除けのために仮初の婚約を提案されたアウローラは、婚約すれば煩わしい社交や見合い話を避けて存分に刺繍に打ち込めると考えた。

婚約者として過ごすうちに、アウローラが刺繍に魔力を込められることがわかり……。

1巻では、刺繍好きの伯爵令嬢と美貌の魔法騎士が指輪をきっかけに婚約を結び、心を通わせていく様子が丁寧に描かれる。刺繍以外にはてんで関心のないアウローラの、少しのことでは動じない落ち着きには好感が持てる。また、二人の距離が変化するにつれて、見た目の印象に反して生真面目な不器用さを覗《のぞ》かせていくフェリクスの様子が微笑ましく胸をくすぐる。

世間から少しズレている二人が素のままの自分で隣にいられる関係を築いた1巻以降、巻を重ねるごとに糖度を増していくフェリクスの変化も必見だ。

5巻以降は、アウローラが持つ原初の魔女としての能力や、古くは建国神話に遡る魔法が物語に深く関わってくる。ファンタジーとしてのおもしろさが色濃くなると共にシリアスな展開も訪れるが、二人の甘々ぶりもたっぷり描かれるので、安心して読み進められるのも嬉《うれ》しいところ。

本作の独自の魅力は、何と言ってもアウローラの目を通した刺繍や衣装の描写だろう。糸の染めや布地の光沢、糸の継ぎなど、細かなディテールに支えられた描写に筆が割かれており、物語の端々で読者の想像を掻《か》き立てる。1巻のシロクロツグミのドレスを筆頭に、パリュールや小物にも目配りされた描写が楽しい。

落ち着いた中に心地よいユーモアを感じる筆致と、脇役までしっかりキャラ立ちしたコミカルな描写がちょうど良い塩梅の本作は、大人が初めて読む少女小説としてもおすすめ。早瀬ジュンによるコミカライズも好評連載中。（七木香枝）

宝玉に選ばれた少女の選択と契約

《レヴィローズの指輪》高遠砂夜 *Saya Takato*

key word▼［**宝玉**］［**精霊**］［**魔術**］［**契約**］

装画：起家一子／2001-2007年／全19巻＋アンソロジー1巻／集英社コバルト文庫

e-book

8年前に両親を亡くし、下町で暮らす孤児・ジャスティーンのもとに、ある日叔母の代理人が現れる。家族ができたと喜んだのもつかの間、連れて行かれた古城でジャスティーンを迎えた叔母の態度は冷ややかだった。ジャスティーンの世話係として付けられた物静かな少女シャトーはそっけなく、叔母の親類だというダリィは高飛車で、何かとジャスティーンを敵視する。

思っていたものとは違う城での生活をスタートさせたジャスティーンは、ルビィのような瞳が印象的な幽霊の少年・レンドリアと出会う。レンドリアと親しくなったジャスティーンは、彼の瞳と同じ色の宝石が付いた指輪・レヴィローズをもらうが、それは単なる装飾品ではなかった。レンドリアは幽霊ではなく、赤い王子と呼ばれる指輪の精霊だったのだ。聞けば、長年主を選ばなかったレンドリアが唯一認めたのは、亡きジャスティーンの父だったという。

半ば騙《だま》される形で指輪に選ばれたジャスティーンは、レヴィローズと契約を交わすことになるのだが……。

《レヴィローズの指輪》は、《姫君と婚約者》《レィティアの涙》と並ぶ高遠砂夜の代表作。強大な魔力を持つ指輪に選ばれたことで一変した少女の運命と成長を描いたファンタジーだ。

多少のことでは挫けないたくましさを持つジャスティーンと、自由気ままな指輪の精霊レンドリア。二人の掛け合いが楽しいのはもちろん、作中には個性溢《あふ》れるキャラクターが数多く登場する。その分小さな衝突も多く、大人が読むと複雑な気持ちを覚えるかもしれない。だが、すべてがすんなりとは進まないひと癖ある関係性もまた、本作に欠かせない魅力だろう。

宝玉たちは自分で主を選ぶが、必ずしも契約に至るとは限らない。人よりも長く生きるが宝玉たちにも寿命があり、時が来れば世代交代するさだめだ。それゆえに、人と宝玉たちのドラマはしばしば切ない展開を見せる。

物語の終盤で、ジャスティーンは世代交代の時を迎えたレンドリアと共に生きていくことを決めるが、その選択にはとある宝玉との別れも伴う。

物語は全19巻で完結。ほか、『コバルト名作シリーズ書き下ろしアンソロジー1 龍《りゅう》と指輪と探偵団』に短編「水の伯爵からの招待状」が収録されている。（七木香枝）

龍の想いは人に届くのか……

《龍と魔法使い》榎木洋子 *Yoko Enoki*

装画：後藤星／1993-2000年／全13巻＋外伝2巻／集英社コバルト文庫

舞台は火・風・水・地の四大元素を司る龍《りゅう》が魔法の源となっている龍と魔法の異世界。ひょんなことから、国を守護する風龍の子どもの孵化《ふか》に立ち会った魔法使いのタギは、誕生した龍の姫の名付け親を頼まれ、彼女をシェイラギーニと名付けた。成長の早い龍の娘はすぐに少女の人型をとるまで成長し、タギと共に冒険に出るまで成長する。しかし大きな力を持ち、長命と叡智《えいち》を誇る龍種ながら、シェイラは幼く、そして人間に近づきすぎた。彼女がタギに寄せる未熟で一途な想いは、やがてとんでもない悲劇を引き起こすこととなる……。

後に大賢人として歴史に名を遺す魔法使いタギの若き日々を描いた、龍と魔法の異世界ファンタジー。龍が魔法世界の源として敬われ、人や王国が龍によって守護されるという設定が読者を魅了し、ファンタジー路線へと舵《かじ》を切った１９９０年代のコバルト文庫を代表するシリーズとなった。タギとその親友で最年少の大賢人・レンとシェイラがフウキ国内で起きる陰謀や事件に奔走する第一部、フウキ国を離れたタギとシェイラが諸国をめぐる第二部、そしてタギとレンがシェイラを探す旅に出る《龍の娘》編の三部構成で全13巻。第二部以降には、人や龍だけでなく、天使族や巨人族など古の種族も登場し、世界はいっきに広くなり、幻想性も豊かになる。予定調和を裏切る筋運びも見事で、中でもシェイラが追いつめられていく第二部の終盤は圧巻の展開。読む者の心を打ち砕くような厳しさに、大好きなシリーズだが、あまりにつらくて、読み返すことができなかったと語る読者もいる。

本編完結後に2冊刊行された外伝の1巻は、タギとレンのコンビがタギの出生の秘密を解明する長編で、龍こそ登場しないが、彷徨《ほうこう》するタギの魂のルーツを解き明かす事実上のシリーズ最終巻だ。

また、コバルト文庫から刊行された《龍と魔法使い》《リダーロイス》《緑のアルダ》《乙女は龍を導く！》《ウミベリ物語》は、時代こそ違うが《守龍世界》という同一の世界を舞台としている。それぞれ単独でも楽しめるが、特に最初の3シリーズは、龍のシェイラを介してつながっているので、併読をおすすめする。（三村美衣）

key word▼［龍］［異世界］［宮廷陰謀劇］［天使］

ハッピーエンドの先で幸せを描く優しい物語

《魔法使いの婚約者》中村朱里 *Akari Nakamura*

装画：サカノ景子／2015-2022年／全14巻／一迅社アイリスNEO

e-book

平凡な貴族の娘であるフィリミナには、現代日本で暮らしていた記憶がある。しかし、今世で特別なのは彼女ではなく婚約者の方だった。婚約者のエギエディルズは王宮筆頭魔法使いの美しい青年で、強い魔力の表れである純黒の髪を持つことで忌避されてもいた。

幼馴染《おさななじみ》として育った二人には、高位の精霊を喚び出した結果エギエディルズを庇《かば》ってフィリミナが傷を負ったという過去がある。成長したフィリミナは、過去の負い目から美しく才あるエギエディルズを自分のもとに留めているのではと引け目を感じるようになる。

そんな中、封印されたはずの魔王が復活し、エギエディルズは勇者一行と共に旅立つが……。

本作は、孤高さゆえに辛辣なエギエディルズが、唯一自分を恐れないフィリミナにだけは甘い言葉を囁《ささや》く一途な溺愛ぶりが人気のシリーズだ。

溺愛や華やかな表紙のイメージが先行するが、そこで躊躇《ちゅうちょ》する大人にこそ1巻を読んでみてほしい。婚約者の帰りを待つフィリミナと魔王討伐に向かったエギエディルズ、彼の庭師や勇者といった異なる人物の目を通して描かれることで深みを持つ物語が、先入観を気持ちよく裏切ってくれるはずだ。

1巻は連作短編形式だが、2巻以降は主にフィリミナの一人称で物語は進む。「わたくし」と口で話しながらも内心では「私」と語る一人称には、転生者らしい達観や皮肉が入り混じる。そのアンバランスさに最初は違和感を覚えるかもしれないが、エギエディルズにとって「平凡で特別美しくはない」と評されるフィリミナが何にも替えがたい存在だと表すには、彼女の優しくも強情な心情を伝えるこの語り口でなければ成り立たなかっただろう。

ユニークなのは、「ハッピーエンドのその先」が描かれている点だ。本作では、1巻で結婚した二人の関係性が深められると共に物語が外へと開いていき、結ばれるだけで終わらない恋のその先が描かれる。

二人には、幸せだけでなくさまざまな困難も降りかかる。エギエディルズに課せられた「黒持ち」ゆえの災難や、フィリミナが前世の記憶を持つ理由が明かされていく中では、胸が痛む展開も多い。最終巻では二人を分かつ障壁が立ちはだかり、切なさを帯びながらも温かい結末が訪れる。

原作2巻までのストーリーをかづか将来、3巻以降をはいいろが担当する漫画でも物語を楽しめる。（七木香枝）

key word ▸［魔法］［幼馴染］［転生］［一途］［溺愛］

死に戻る恋人たちのすれ違い両片想い

《死に戻りの魔法学校生活を、元恋人とプロローグから(※ただし好感度はゼロ)》 六つ花えいこ *Eiko Mutsuhana*

key word▼［死に戻り］［青春］［竜］［両片想い］［じれじれ］

装画:秋鹿ユギリ/2021-2022年/全3巻/アース・スター エンターテイメント

竜の加護を受けた国・アマネセルにある、ラーゲン魔法学校。商家の娘・オリアナは、卒業を目前に控えた17歳のある日、待ち合わせをしていた談話室で恋人の公爵家嫡男・ヴィンセントが死んでいるのを見つける。甘い匂いに取り巻かれて意識を失ったオリアナの時間は、気づけば7歳の頃に巻き戻っていた。

13歳になったオリアナは、魔法学校に入学してヴィンセントと念願の再会を果たす。だが、ヴィンセントは何も覚えていないようで、冷たくあしらわれてしまう。ヴィンセントが心配でならないオリアナは、懸命に彼につきまとう。オリアナの好意に戸惑うヴィンセントだが、少しずつ彼女に惹《ひ》かれていき……。

「死にプロ」の愛称で親しまれる本作は、揺れ動く感情を繊細に描き分ける白川蟻んによるコミカライズ(FLOS COMIC)も絶好調の大人気作。3巻完結でありながら、一度死んで過去に戻る「死に戻りもの」の醍醐《だいご》味《み》である人生のやり直しと謎だけでなく、魔法学校でくり広げられる青春と切ない両片想いがたっぷり味わえる。

1巻では、二度目の人生ではヴィンセントを守ると決意したオリアナが、元恋人と距離を近づけていく様子が描かれる。オリアナから前の人生について打ち明けられたヴィンセントは、彼女が今の自分ではなく前の「ヴィンス」に恋をしていると考えて嫉妬してしまう。すれ違う二人の切なくもじれじれする両片想いには、やきもきさせられる。

ようやく想いが通じ合ったかと思えば、1巻のラストで物語は再び巻き戻されてしまう。2巻では、今度はヴィンセントだけが記憶を持ったまま死に戻り、恋を取り戻すために奔走することになる。

ヴィンセントの友人である伯爵家嫡男のミゲル、オリアナのルームメイトで隣国の第13王女ヤナとその護衛アズラクをはじめ、二人を取り巻く友人たちとの関係性の変化も見逃せない。最終巻には、オリアナとヴィンセントの後日談だけでなく、気になるあの人この人の事情がわかる番外編がぎゅっと詰め込まれているのが嬉《うれ》しい。

好感度ゼロから再スタートするプロローグを繰り返し、すれ違いながらもひたむきに恋を取り戻そうとする二人の奮闘には、愛おしさを感じずにはいられない。二人が恋を取り戻すために欠かせなかったある人の優しい尽力も、忘れてはならない読みどころだ。(七木香枝)

大正魔女学校に通う妖魅たちの冒険

《大正浪漫 横濱魔女学校》白鷺あおい *Aoi Shirasagi*

key word▶［大正］［女学生］［魔女］［友情］［南米］

装画：おとないちあき／2020-2021年／全3巻／東京創元社 創元推理文庫

e-book

時は大正。横濱《よこはま》は山手にある横濱女子仏語塾は、魔女のマダム・デルジュモンを創立者に持つ魔女学校。生徒はフランス語だけでなく、薬草学や水晶玉の透視やカード占い、ダンスという呼び名の竹箒《たけぼうき》で空を飛ぶ飛行術を学んでいる。さらに、横濱女子仏語塾にはもう一つ秘密がある。生徒のうち人間は半数で、残りの半数は妖魅《ようみ》と呼ばれる人ならぬ種族なのだ。

3年生の花見堂《はなみどう》小春《こはる》は、抜け首という妖魅。ある日小春のもとに、新聞記者の甥《おい》っ子が奇妙な噂《うわさ》話を持ち込んでくる。聞けば、横濱のあちこちで大きな化け猫——豹《ひょう》が出没しているという。甥っ子に頼まれた小春は、女郎蜘蛛《じょろうぐも》の宮子《みやこ》、幽谷響《やまびこ》の透子《とうこ》と共に豹の謎について探り始める。

そんな中、小春たちはシトロン坂の下にあるお屋敷に招かれて、南米から持ち帰ったという密林の絵を見る。聞けば、絵に描かれた獣たちが動くのだとか。そして、三人はお屋敷の温室で無愛想な車椅子の少年・千秋《ちあき》と出会う。（『シトロン坂を登ったら』）

《大正浪漫 横濱魔女学校》は、大正時代の私塾、それも魔女学校というユニークな舞台で、人ならぬ種族の仲良し三人組が活躍する三部作。芯の強い魔女の卵たちが、妖魅であることを活かしながら謎に向き合うさまがいきいきと描かれる。柔らかい語り口と作中に通底する優しさが心地良く、ジュブナイル的な読み味で読者を引き込む。

1巻は横濱を騒がす豹と動き出す不思議な絵の謎を、2巻では私塾の聴講生となった千秋も一緒に裕福な子女を狙う連続誘拐事件を追う。3巻は、千秋が持ってきた黄金の留め針の謎を探ろうと水晶玉を覗《のぞ》いた小春が、黄金都市・マノアに生きる少女トゥナの中に入り込む。予想外の展開に驚かされるが、シリーズを通して登場する、南米の密林を舞台にした悲恋を描いた小説W．H．ハドソン『グリーン・マンション』（邦題『緑の館』）と小春たちの物語が交錯し、1巻から続く謎が紐《ひも》解かれていくさまが魅力的に描かれる。

本作に登場する魔女学校・横濱女子仏語塾は、実は著者の別シリーズ《ぬばたまおろち、しらたまおろち》の舞台である魔法学校の前身となる学校。両シリーズを読めば、垣間見えるつながりににやりとできる。

（七木香枝）

詞《ことば》が世界を構築する類い稀な物語

《〈骨牌使い《フォーチュン・テラー》〉の鏡》　五代ゆう　*Yu Godai*

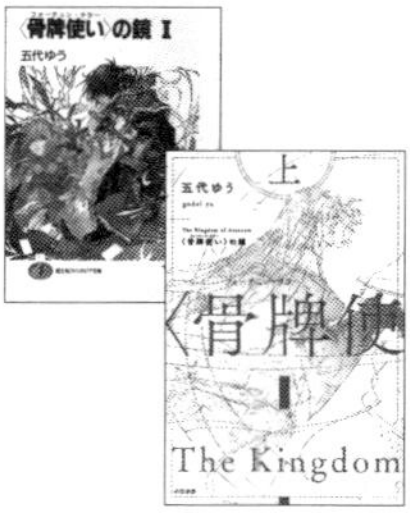

（上）装画：宮城／2006年／全3巻／KADOKAWA富士見ファンタジア文庫、（下）2015年／全2巻／早川書房ハヤカワ文庫JA（※2000年／富士見書房が初刊）

e-book

港湾都市ハイ・キレセスで暮らす少女アトリは、3年前に母を亡くして以来、〈詞《ことば》〉の力を操る〈骨牌《かるた》使い〉として生計を立てている。

アトリは専属の占い師として雇われている〈斥候館《せっこうかん》〉で、美しい瞳が印象的な青年ロナーを占うことになる。〈結論〉を示す札として出たのは、滅多に出ないとされる死と破滅を示す凶札〈月の鎌〉だった。

その日の夜、ロナーと共に異形の怪物の襲撃に遭ったアトリは、窮地を脱しようとしてロナーが持っていた白い〈骨牌〉に手を伸ばして意識を失う。

次に目覚めたとき、アトリは船の上にいた。創世の時に語られた〈真なる骨牌〉の一つである〈十三〉と融合してしまったというアトリは、ロナーと共に北の王国ハイランドへ向かうことになり……。

《〈骨牌使い〉の鏡》は、〈詞〉によって構築された世界の物語を描いた極上のファンタジー。

作中の世界は、はるか昔に生まれた十二の〈詞〉によって語り出された大きな物語であり、あらゆる存在は〈詞〉に支えられることで物語に組み込まれる。人は〈詞〉を壊すと世界（物語）とつながれなくなり、言葉ともつかぬ音を発する〈異言者《バルバロイ》〉になってしまう。

そんな世界の調和が歪《ゆが》んでしまわぬよう管理しているのが、代々のハイランド王だ。王は〈真なる骨牌〉を宿した優れた骨牌使いと共に、〈詞〉そのものを管理する役目を果たしている。主人公のアトリは、存在を秘されるほど強力な力を持つ〈真なる骨牌〉の〈十三〉に選定されたことで、〈詞〉に反逆する〈逆位〉たちに狙われるようになる。

世界の成り立ちや千年前の恋物語を縦糸に、アトリとロナーたちの物語を横糸として緻密に織り上げられた本作は、いくつもの物語が複雑に絡み合いながら進み、やがて世界の真実と滅びの危機に直面する。

物語で始まり物語で終わる本作は、アトリが母から教えられた「物語にはいつも、最良の結末を」という諭しの通りに締めくくられる。縺《もつ》れた糸が解けていくようにいくつもの物語が収束し、新しく語り出されようとするさまは、読書の醍醐味《だいごみ》を味わわせてくれる。

今から手に取りやすい五代ゆうの著作には《クォンタムデビルサーガ　アバタールチューナー》（ハヤカワ文庫）や《パラケルススの娘》（MF文庫J）があるが、少女小説好きには古き良きSF世界で音楽を奏でることで幻を描き出す〈幻奏《イリジオン》〉にまつわる事件を追う『ゴールドベルグ変奏曲』（HJ文庫）もすすめたい。（七木香枝）

key word▼［ファンタジー］［骨牌］［物語］［異能］

千の魔神を追うアラビアンファンタジー

《シャール・ラザラール》流星香 *Seika Nagare*

装画：凱王安也子／2001-2002年／全3巻／角川ビーンズ文庫（※1巻のみ電子あり）

e-book

満月を千回迎えるごとに建国を祝う祭りが開かれる、麗しの都ブドゥール。

　たった一夜きりの祝祭に合わせて人々が集う都に、白い梟《ふくろう》を連れた老人が訪れる。帝王《スルターン》のお召しを受けた老人が語るのは、千の魔神を生み出した魔術師シャール・ラザラールの物語。偉大な大魔術師が放った千の厄災が消えたと聞いた帝王は、老人の言う通りに千の蝋燭《ろうそく》に火を灯させて物語に耳を傾ける。

　最初に語られたのは、鍛冶屋の放蕩《ほうとう》息子・ユーリグが少女と見紛う美少年と出会うところから始まる「香水瓶の魔神と骸骨兵士の物語」。偉大な大魔術師だというシャールに巻き込まれる形で、ユーリグと妹のイハティスは、彼の魔神退治に付き合うことになる。

　《シャール・ラザラール》は、旅の老人が帝王に語り聞かせる形で進むアラビアンファンタジー。千の魔神が世界から消えさるまでの物語が連作形式で綴《つづ》られ、一つ物語が語り終えられる度に、消えた魔神の数だけ蝋燭の火が消されていく。帝王は物語を聞きながら浮かんだ疑問を老人に尋ね、あるときは解説が返され、あるときは続きの物語を待つよう促される。

　千夜一夜物語を彷彿《ほうふつ》とさせるスタイルだが、老人の語りはしばしばたいへん現代的で、ですます調の語りに混じるコミカルな表現にはくすりとさせられる。

　最初にシャールが取り戻した香水瓶の魔神フォーラ・フォーラを加えた一行の旅はドタバタと賑《にぎ》やか。「あい、御主人《シディ》シャール様、かしこまり♡」が合い言葉のフォーラ・フォーラを筆頭に、シャールが生み出した魔神たちには人間の一面を取り込んだかのような個性があり、それぞれが魅力的に描かれていて楽しい。

　コメディ色が強く軽やかに楽しめる一方で、《シャール・ラザラール》は物語の中に物語が込められた入れ子式の構成が光る作品でもある。謎めいた老人の存在がぐっと前面に押し出され、構成の妙が一気に花咲く最終巻は、語りの魅力が頂点に達したときに結末を迎える。

　残念ながら、電子書籍は1巻のみの刊行に留まるが、999体の魔神がこの世界から消え去った後、残り一体になった魔神の正体の謎が晴れると共に訪れる素晴らしい結末まで、ぜひとも通読してほしい。

（七木香枝）

key word▼［アラブ］［魔術師］［魔神］［語り部］

水晶の欠片を求めて異世界を旅する

《ヘルメ・ハイネの水晶の塔》井辻朱美 *Akemi Itsuji*

装画：めるへんめーかー／1991年／全2巻／講談社X文庫ホワイトハート

秋の初めの穏やかに晴れた日。辺鄙《へんぴ》な北の街に、ナップザックと魔法の箒《ほうき》を背負った一人の少女がやってくるところから物語は始まる。

世界中の孤児が集まる子どもの宮殿で育ったマーレンは、15歳ながら、メアリー・ポピンズ・ライセンスを持つ子守りとハウスキーピングのプロフェッショナルだ。しかし二組の男の子の双子が無双する家の切り盛りに疲れた彼女は、たまたま手にした家政婦募集広告にとびつき、飛行機に乗ってこの遠い北の国までやってきたのだ。ところが、雇い主の魔法使いは無口で怠惰で風変わりで、昼夜逆転した生活を送っているため、ほとんど顔を合わせることもなく、旅に出たらいつ帰ってくるかもわからない始末。働きもののマーレンは、暇に耐え切れず、下宿先の薬屋さんの配達も始める。やがて彼女は、街のあちこちでまことしやかに囁《ささや》かれる魔法使いの噂《うわさ》を耳にする。曰《いわ》く、ヘルメ・ハイネは人食いトロールで、先代のヘルメ・ハイネを食べた、というのだ……。

出だしはまるで『魔女の宅急便』と『赤毛のアン』と『ハウルの動く城』を足したような雰囲気で、海辺の街の風情と、手仕事や生活を楽しむ心地よいスローライフ系のエブリデイ・マジック小説だ。マーレンはヘルメ・ハイネに淡い恋心を抱き、ヘルメ・ハイネのことを誰よりもよく知る薬屋のミス・ダルシラにちょっぴり嫉妬したりもする。ところが坦々《たんたん》と運ぶ日常や何気ない会話の端々に、時折、微かな棘《とげ》が交じる。マーレンはなぜ夏の国を出てわざわざこんな辺鄙な街にやってきたのか、求人広告が彼女の手に渡ったのは偶然なのか、ヘルメ・ハイネは人間なのか、そして薬屋のミス・ダルシラとヘルメ・ハイネの間には何があったのか。やがて疑念は膨らんではじけ、物語は中盤で一変する。舞台はトロールや竜の棲《す》む森へと移り、マーレンは砕けた水晶の欠片を求めて異界を彷徨《さまよ》うのだが、時の流れからも外れた森で、無邪気な少女のままでいられなくなった彼女は急速に成長し、自分の中に潜む仄暗《ほのぐら》い欲求と向き合うこととなるのだが……。

海外ファンタジーの翻訳・評論で知られる井辻朱美が、創刊間もない講談社X文庫ホワイトハートから上梓《じょうし》した1冊。可愛らしい外見とは裏腹な自己の内的世界を旅する、お伽噺《とぎばなし》を煮詰めたような濃縮《コンデンスト》異世界ファンタジーだ。（三村美衣）

key word▼［異世界］［お伽話］［トロール］［スローライフ］

黒い森に包まれた惨劇の謎と秘密

『夜想』谷瑞恵 *Mizue Tani*

key word ▼［幻想］［悪魔祓い］［謎］［魔物］［狼］

装画：久下じゅんこ／1998年／全1巻／集英社スーパーファンタジー文庫

魔女狩りの名のもとに、異質なものがあぶり出され排除される時代。

額に赤い痣《あざ》を持つ悪魔祓《ばら》いの少女アンジェルは、助手の少年ベルと共に、亡き師宛てに届いた「息子に取り憑《つ》いた悪魔を祓ってほしい」という手紙に導かれてルビンスタイン城を訪れる。100年に一度狼《おおかみ》に息女を嫁がせる習わしが残るルビンスタイン家には代々変わり者の領主が立つと噂《うわさ》され、黒い森に囲まれた城は魔城と呼ばれていた。

アンジェルたちを迎えたのは、手紙を書いた先代領主の息子である侯爵フランツだった。聞けば、手紙を書いた先代領主は4年前に妻と先妻の子を惨殺した後、自殺したという。さらに、フランツの縁談相手は何かに怯《おび》えたように逃げ出し、中には殺された娘もいるそうで……。

話を聞いたアンジェルはフランツを悪魔憑きではないと断じるが、なぜか求婚されてしまう。フランツは、アンジェルに彼の周囲で起きた事件の謎を解けなければ自分の妻になれという賭けを持ちかける。

『夜想』は、《伯爵と妖精》《魔女の結婚》など、数々のシリーズを送り出してきた谷瑞恵の初期作品にして原点的作品だ。

アンジェルは悪魔祓いを生業としているが、彼女は特殊な能力の持ち主ではなく、悪魔の仕業に思える物事を種明かしする方法を採る。アンジェルに求婚するフランツは人を食ったようなところがあり、腹の内にとある目的を秘めた人物で、最初からすべての情報を明かすことはしない。助手のベルと共に城内を探る彼女は、4年前の事件で顔に傷を負ったフランツの妹カテリーネと出会い、かつて領地を治めていたという狼卿《きょう》の伝説を知る。

アンジェルが事件の謎に近づくにつれて、物語はさまざまな人の思惑を取り込んで二転三転する。過去に起こった事件と現在、夢とうつつ、光と闇が交差しあう物語は仄《ほの》暗《くら》くも魅力的で、読者を引き込む。アンジェル自身も知らないでいた秘密が明かされると共に辿《たど》り着いた結末は、古いものと新しいものが混ざり合いながら新しく開けていく予感を漂わせ、アンジェルが新しい生活に足を踏み出したところで結ばれる。

残念ながら絶版のまま電書化されていないが、静謐《せいひつ》な語りで綴《つづ》られる幻想と現実が入り交じる物語は、今も褪《あ》せない魅力を持っている。ぜひ一度手に取ってほしい、隠れた名作だ。（七木香枝）

成り上がり令嬢の数奇な人生

『嘘つきなレディ——五月祭《メイ・デイ》の求婚』白川紺子 *Kouko Shirakawa*

（上）装画：友風子／2012年／集英社コバルト文庫、（下）装画：田口奈津子／2023年／集英社文庫

メアリには秘密がある。

19世紀ロンドン、路上で花を売ってその日暮らしを送っていたメアリのもとへ、ハートレイ伯爵家の使いがやってくる。その日からメアリはレディ・メアリ・シーモアとなって新しい人生を送ることに。

けれどメアリは知っていた。自分が取り違えられた偽の令嬢だということを。本物はもう一人の花売り娘メアリ・スクワイア。メアリと同居していた彼女は猩紅熱《しょうこうねつ》で死んだ。同じ名前、同じ目の色と髪の色、同じ住居……メアリは間違えられたのだ。

だからメアリは、「まるで本当のお嬢さまみたい」だけど決して本物にはなれない。取り違えの真相を明かせば、惜しみなく注がれる愛情も、飢えや寒さに脅かされずにすむ生活も、友人も、すべてを失ってしまう。悪いこととは思いながらも、メアリは言い出せない。

そしてもう一つ、メアリには決して人には言えない秘密があった。ある日、その秘密を知るという美貌の青年貴族ジョシュアがメアリに近づき、ある頼みを持ちかける……。

秘密とロマンスに満ちた成り上がり令嬢譚《たん》。出てくる男性陣が全員漏れなく美形だったり、平凡でおっちょこちょいな主人公が万人から愛されたり、コバルトらしく安心して読めるセーフティネットが随所に。

主役もだけれど、脇役が魅力的。メアリの友人の意地悪でツンデレなヴィオレッタ、女性よりも美しくたおやかだけど一筋縄ではいかないデイヴィット、メアリの良き理解者で献身的な家庭教師のロジーナ、登場人物の多くに本当は表に出さない顔があり秘密がある……。

ロマンスが主軸だけれど、ロンドンの裏社会で暗躍する謎の組織〈黒つぐみ〉や、不思議な力を持った一族など大きな設定もおもしろい。シリーズ化してほしかった！

ドレスやお茶会のキラキラふわふわ描写にうっとりしたり、好みのイケメンを選んだり、メアリの成長を応援したり。自分がもしこの世界にいたら、とワクワク想像させてくれる。後半の展開とたたみ方はやや駆け足すぎるようにも感じたけれど、ジョシュアとメアリの恋心を丁寧に追う過程に引き込まれる。

２０１２年にロマン大賞を受賞し、２０１３年にコバルト文庫で刊行された、白川紺子のデビュー作。２０２３年に新装版で再刊。（池澤春菜）

key word▼［英国］［ロマンス］［取り違え］［秘密］［記憶］

column

ウェブ小説と少女小説

文＝飯田一史

ここではインターネットに投稿された小説（ウェブ小説、ネット小説）の中で女性読者に支持されているサイトの2024年現在の状況をざっと紹介し、少女小説との関係を考えてみたい。

日本最大の小説サイト「小説家になろう」では、2020年代以降、サイト内のジャンル分けでは「異世界〔恋愛〕」、異世界転生・転移でも悪役令嬢でもない、ファンタジー世界でのロマンスのランキング占有率が増えている。また、大ヒットした大正ファンタジー、顎木あくみ《わたしの幸せな結婚》もなろう発だ。

KADOKAWAのカクヨムにはなろうから流れてきた男性作家も含めて「ダンジョン配信」ものや、芦花公園、背筋らのブレイクもあってホラーが人気だが、女性読者が多い後宮ものファンタジーや悪役令嬢＋溺愛、聖女ものなどがビーンズ文庫などから書籍化されている。

2000年代後半からレジーナ、エタニティなど女性向けレーベルを展開してきたアルファポリスも、同名の投稿サービスの2023年の小説年間アクセスランキングの1位は異世界転生の育児＆溺愛もののトール《継母の心得》、2位は異世界恋愛、3位はBLゲームの悪役令息転生もので、やはり女性向けも強い（4位以下には男性向けもある）。

2010年代には金沢伸明《王様ゲーム》のようなデスゲームものや、望月麻衣《京都寺町三条のホームズ》のようなライト文芸系のミステリが人気を博したエブリスタも、近年は現代を舞台にした大人の恋愛ものがランキング上位を占める（昔から同ジャンルの梨里緒『Perfect Crime』などが人気ではあったが）。

2000年代に二度のケータイ小説ブームで一世を風靡《ふうび》したスターツ出版は、主にティーン向けの恋愛ものが中心の「野いちご」、泣ける青春ものやクレハ《鬼の花嫁》などのあかやしもののライト文芸が中心の「ノベマ！」、大人の女性向けの「ベリーズカフェ」を運営。TikTok売れとコミカライズの成功もあり、過去最高水準の決算が続いている。「少女が読む小説」という意味での「少女小説」を今もっとも体言するのはスターツだろう。全国学校図書館協議会の「学校読書調査」では毎年5月1カ月間に読んだ本のアンケートを小4～高校生に実施して上位作品を公表しているが、2020年代の中高生女子に人気の汐見夏衛『あの花が咲く丘で、君とまた出会えたら。』『夜が明けたら、いちばんに君に会いにいく』、櫻いいよ『交換ウソ日記』、此見えこ『きみが明日、この世界から消える前に』などはいずれも野いちごやノベマ！に連載または両サイトの出身作家による青春恋愛ものや余命ものだ。小中学生向けの「野いちごジュニア文庫」でも暴走族もの（総長・姫もの）の逆ハー、溺愛作品が支持されている。

ほかにも10代から20代の女性の利用者が多いと発表されている小説サイトとしてKADOKAWAの魔法のiらんど（現代もの

の大人の恋愛）やＧＭＯのプリ小説、テラーノベルの同名サイトなどがある。また、ピクシブ社のｐｉｘｉｖも、小説では二次創作が強いものの、オリジナルではＢＬや百合がよく投稿されている。

国内の主要な小説投稿サイトで男性にばかり使われているサービスはあまり思い当たらない。それくらい女性のウェブ小説ユーザーは多い。また、書籍化、マンガ化されて「もとはウェブ小説」だと認識されずに読まれている作品も多い。

これらの女性人気が高いウェブ小説は、かつての少女小説読者とはファン層が重ならない場合も少なくない。だから本書の読者には「自分たちが読んできたものとは別物」「読んでもよくわからない」という方もおられるかもしれない。だが実は共通点もある。

例えば主人公が異世界や本の中に転生・転移する話は氷室冴子『シンデレラ迷宮』や折原みと《アナトゥール星伝》がそうだ。

余命もの（難病もの）なら折原みと《時の輝き》がそうだ。

タイムトラベルして出会った男女が恋に落ちるが、生きる時代が違うがゆえに悲恋となる『あの花が咲く丘で～』タイプの時間恋愛ものも――原型は筒井康隆『時をかける少女』だろうが――花井愛子『夢の旅』や折原みと『２１００年の人魚姫』がある（断っておくと、筆者が折原みとファンだからゴリ押しで三度も言及したのではない。今もウェブ発で人気がある設定のパターンを30年以上前に複数手がけていた折原みとがすごすぎるのだ）。

暴走族ものは魔法のｉらんど発のユウ『ワイルドビースト』らによって様式が確立され、今でも＊あいら＊などの作家が発展・変化させ続けている。少女小説では筆者は思い当たらないものの、遡れば紡木たくなど不良が集まる夜の集会のような非日常での男女の出会いや恋愛を描いた少女マンガは存在した。

近年の10代女性に人気が高い青春恋愛ものでは、物語の冒頭に叙情的なポエム風の一節が置かれていることが少なくない。これは２０００年代のケータイ小説でもそうだった。２０１０年代にはツイッター（現X）やインスタグラム上で恋愛や生き方に関するポエム、エッセイを投稿して書籍化され、小説家になった書き手も現れた（燃え殻、F、カフカ、0号室など）。これも遡れば久保帯人『ＢＬＥＡＣＨ』や矢沢あい、紡木たくらのマンガにも見出せる特徴だし、銀色夏生らの作品も似た感性で書かれていた。

時代は違えど、少女・女性が惹《ひ》かれる表現には――意図的な継承にせよ、無意識的な類似にせよ――連綿と続くものがある。それらは文芸の世界の評価軸とは必ずしも合致しない。しかしウェブ小説サイトはランキングシステムによって、一般読者が最大公約数的に支持する作品を押し上げる。これは、文壇、小説業界からは軽んじられていたが、読者からの熱烈な支持で成り立ち、独自の文化圏を作り上げていた少女小説と構造的に似ている。

ただし、恋愛や性描写、理想のパートナー像は時代によって大きく変わる。そのあたりの不易と流行を見ながら読むのも、少女小説読者によるウェブ小説の愉しみ方の一つかもしれない。

飯田一史（いいだ・いちし）
著書に『「若者の読書離れ」というウソ』

Ⅲ 仕事

遺体から真実を見出す後宮検屍ミステリ

《後宮の検屍女官》小野はるか *Haruka Ono*

装画：夏目レモン／2021年－／6巻～／角川文庫

e-book

謀殺されたと噂《うわさ》される妃嬪《ひひん》・李美人《りびじん》の棺の中から、埋葬時にはなかった胎児の遺体が発見された。以後、死王として産み落とされた赤子が、母を亡きものとした首謀者を探し求めて後宮内を彷徨《さまよ》っているという幽鬼の目撃談が相次ぐようになる。美貌の宦官《かんがん》・孫延明《そんえんめい》は皇后の命を受けて、恐怖と混乱に陥った後宮の夜警支援に乗り出した。表向きは騒動の沈静化をはかりつつ、この機会を利用して女官を誘惑し、皇后と敵対する寵姫《ちょうき》・梅婕妤《ばいしょうよ》の牙城を切り崩す内通者に仕立て上げる。それが彼に与えられた真の任務であった。

延明は梅婕妤の侍女・姫桃花《きとうか》を籠絡すべく、甘い言葉を囁《ささや》いた。だが幽鬼騒動にも動じず、居眠りばかりするぐうたらな侍女は、一向に靡《なび》く気配を見せない。おまけに夜警を始めた最初の夜に李美人の宮女が怪死を遂げたことで、騒ぎがいっそう広まってしまう。

この事態を収束させたのが、検屍術《けんし》という思いがけない特技を持つ桃花だった。代々続く検屍官の家系に生まれた桃花は、遺体を前にすると別人のように覚醒。鮮やかな手つきで遺体に残された手がかりを見つけ出し、謎めいた死の真相を解き明かしていくのだった——。

「中華後宮もの」は少女小説やライト文芸で鉄板の人気を誇るジャンルである。さまざまな作品がある中で、検屍というユニークなお仕事要素を打ち出して独自の路線を展開しているのが《後宮の検屍女官》だ。敬愛する祖父から検屍術を学んだ桃花は、誰もが目を背けるような腐乱遺体とも真摯に向き合い、検屍を通じて死の真相に迫っていく。その根底にあるのが、検屍術（無《む》冤《えん》術）は冤罪《えんざい》をなくすためにあるという強い信念だ。桃花のプロフェッショナルな仕事ぶりとやる気のない普段の姿との落差や、リアリティに満ちた検屍の描写は、本作の読みどころである。

桃花が掲げる「無冤術」の精神は、延明の心を大きく動かした。彼は5年前に一族を陥れた事件で腐刑を受け宦官となった過去を持つ。その後、冤罪であることが認められ名誉は回復されたものの、欠けた肉体は戻らず、今もなお心の傷を抱えながら後宮で生きていた。敵対する陣営に身を置く延明と桃花は、検屍術を通じて後宮に潜むさまざまな陰謀に立ち向かい、絆《きずな》を築いていく。シリーズは現時点で第6巻まで発売。思いがけないかたちで明かされた二人の因縁がどのような展開をみせるのか、今後も目が離せない。（嵯峨景子）

key word▼［**中華**］［**後宮**］［**謎解き**］［**陰謀**］［**友情**］

転生者の起業、開発、サクセスストーリー

《魔導具師ダリヤはうつむかない》甘岸久弥 *Hisaya Amagishi*

装画：景・駒田ハチ・縞／2018年-／10巻〜＋番外編1巻／KADOKAWA MFブックス

e-book

同じ師匠のもとで共に学び、婚約を交わしてから2年、明日には婚姻届けを出して夫婦となろうという日。ダリア・ロセッティは婚約者のトビアスから「真実の愛を見つけたので」婚約を破棄すると告げられた。

21歳とまだ若いダリヤだが、実は転生者である。前世では日本の家電企業で社畜のごとく働いた挙げ句、20代の若さで過労死し、異世界の魔導具師の娘に転生した。前世では会社のために疲弊し、今世でも自分を押し殺してトビアスの好みに合わせてきた。だというのに、土壇場での手ひどい裏切りに、さすがのダリヤも堪忍袋の尾が切れた。これからは、会社や他人のためではなく、自分が生きたいように生きる。「もう、うつむかない」。毅然《きぜん》と顔を上げたダリアは、魔導具師として独立起業。前世の家電業界で培った知識と、優秀な魔導具師だった今世の父譲りの技術を併せ、ドライヤーや小型コンロ、こたつや五本指ソックスなどなど、さまざまな道具を開発する。

そんな彼女を支えるのが、魔物討伐部隊の騎士で超絶イケメンのヴォルフレードだ。魔物との闘いで傷つき、森を彷徨《さまよ》っていた彼を助けたことから知り合い、魔導具談義で意気投合した。類まれな容姿ゆえに女性絡みのもらい事故が絶えないヴォルフと、婚約破棄されたばかりのダリヤ。痛い経験をした二人は、恋人ではなく気のおけない友人としての距離を保とうとするのだが……。

二人の間にあるのは「友情」の垣根だけではない。ヴォルフは貴族であり身分差も存在する。困難ではあるが、ハッピーエンドへの道はある。前向きに、誠実に生きるダリヤをやはり心に傷を抱えながらもう「うつむかない」と決めた人々が支える。人々がより良い生活が送れるように、道具を開発し届ける。そしてそれが黄金と地位につながり、未来の可能性を増やす。ものづくりに携わる職業人のロマンを真っ向から描いたサクセスストーリー。魔導を使った道具の開発過程、魔物料理やお菓子のレシピ、さらには貴族特有の婉曲《えんきょく》表現の学習など、異世界のモノや生活や習慣にまつわる詳細な描写も楽しい。

２０１８年に「小説家になろう」サイトで連載開始、同年10月には書籍化も始まり、２０２３年には「このライトノベルがすごい！」の単行本部門2位を獲得。２０２４年にはアニメもスタートする。ダリヤの友人で服飾師ルチアを主人公にしたスピンオフシリーズも２０２１年にスタート。２シリーズ共に漫画版、さらに漫画版オリジナルのスピンオフシリーズもリリースされている。（三村美衣）

key word▶［異世界］［魔法］［転生］［身分差］

明治2年の横浜、少女は菓子に人生を賭ける

《日乃出が走る　浜風屋菓子話》中島久枝 *Hisae Nakajima*

key word▼［明治］［横浜］［菓子］［成長］［ひたむき］

(上)装画：トミイマサコ／2014-2015年／全3巻／ポプラ文庫、(下)《浜風屋菓子話　日乃出が走る　新装版》／装画：鈴木ゆかり／2020年

e-book

時代小説と少女小説は、意外と親和性が高いのではないか。何らかの事情を抱えた少女が一生懸命に生きていく話が、それなりに多いからだ。一例を挙げよう。第3回ポプラ社小説新人賞特別賞受賞作である本書は、健気な少女の頑張りを応援したくなる、愛らしい物語である。

明治2年。権力者の交代と、父親の謎の死により、徳川家の御贔屓だった老舗菓子店「橘屋」は潰れた。家財は横浜の豪商・谷善次郎《たにぜんじろう》に売られることになったが、一人娘の日乃出《ひので》は、家宝の掛け軸がどうしても諦めきれない。その掛け軸を取り戻すため、百日で百両、菓子を作って稼ぐという賭けを、善次郎とした。しかし勝負のために行かされた横浜の菓子店「浜風屋」は、店主が死に、開店休業状態だ。仁王のような浜《はま》岡勝次《おかかつじ》と、女形のような角田純也《かくたじゅんや》が菓子を作っていたが、腕も資金もないため、どうにもならない。そんな二人を巻き込みながら、日乃出は次々と菓子を作り出すのであった。

16歳のお嬢様の日乃出は、味覚こそ優れているものの、商売のことも世の中のことも、よくわかっていない。それぞれ過去を背負った勝次と純也も、菓子職人としての腕前はおぼつかない。二人の作った大福を日乃出が食べたが、出来は酷いものだ。問題は山積みだが、行動するしかない。だから無茶をして恥をかいたり、心が傷ついたりする。それでも一生懸命に工夫を凝らした菓子を作り、百両めざして突っ走るのだ。常に一生懸命でポジティブなヒロインの姿勢が、たまらなく魅力的なのである。

また、善次郎との賭けの鍵となるのが、父親の死により幻となった西洋菓子というのがおもしろい。〝薄紅〟と名付けられていた菓子は日乃出曰く、「卵と砂糖の生地を紅色に染めて、丸く焼いた菓子なんです。表面はさくっとして、中はしっとりとやわらかで、表面は瀬戸物みたいにつるっとなめらか」とのこと。菓子好きな人なら、「ああ、あれか」と察することもできるだろう。もちろん他にも、いろいろな菓子が登場。現代のスイーツとは違う、明治の菓子を味わいたいものである。その他にも、〝薄紅〟のレシピの行方や、時代と絡めた勝次と純也の過去、父親の死の真相、実在人物の巧みな使い方など、見どころは満載。日乃出の溌剌とした頑張りを楽しんでほしい。なお、本シリーズは新装版があるが、タイトルを『浜風屋菓子話　日乃出が走る』に変更。装画は、鈴木ゆかりが担当している。(細谷正充)

異国でパティシエをめざす少女の奮闘と成長

《親王殿下のパティシエール》篠原悠希 *Yuki Shinohara*

key word▶［中国・清］［職人］［菓子］［成長］

装画：Minoru／2019–2023年／全8巻／角川春樹事務所 ハルキ文庫

e-book

舞台は18世紀の大清帝国。フランス人の父と華人の母の間に生まれたマリーは、パティシエール見習いとして働いていたホテルで、欧州外遊中の乾隆帝第十七皇子・永《えい》璘《りん》と出会う。家族を失ったマリーは、永璘の誘いでフランスから北京に移り住み、永璘の邸である慶貝勒府《けいベイレふ》の厨房《ちゅうぼう》で糕點厨師《ガオディアンチューシー》見習いとして働くことになる。

男性しかいない厨房や下女の間で浮いてしまいながらも、フランスとは異なる清国の文化や考え方にふれながら、マリーはパティシエールとして成長していく。

18世紀の中国では、現代のように火力を見極められるオーブンや型もなく、牛乳やバターはもちろん、香り付けのバニラエッセンスもブランデーも手に入りづらい。そんな苦労にも負けず、異国の地でパティシエールとして奮闘するマリーの姿が連作短編で描かれる。

女性が手に職を付けて自立することが普通でない環境で、外国の血を引き厨房に出入りするマリーは異分子だ。居心地の悪さを感じながらも、製菓の腕で自分の場所を作っていく彼女の周囲には、永璘をはじめとするさまざまな人物が集うようになる。マリーの信仰の拠りどころである老修道士のアミヨー、お菓子の名付け主となる永璘の嫡福晋（正妃）鈕祜祿《ニオフル》氏など、それぞれ立場や考えを異にする人物たちとの関係にも注目したい。

マリーにはしばしば無理難題が降りかかるが、悩みながらも諦めることをしないマリーのたくましさは清々しい。ある物を組み合わせ創意を凝らしたお菓子が人の心を和ませ、時に政治的な役割を担っていく様が、丁寧な筆致で描かれる。

マリーの存在を通して描かれるフランスと清国の異文化コミュニケーションも、本作の読みどころだ。フランス革命や凋落《ちょうらく》する前の華やぎに満ちた乾隆帝の治世といった時代背景についても筆が割かれており、序盤からそこはかとなく漂う不穏さが物語に奥行きを与えている。

そんな時代の波を感じる6巻以降はマリーの出生の秘密も絡み、物語はクライマックスへと向かう。通り一遍の幸せには収まらない結末では、自分の場所を探す一人の女性の姿に静かな余韻が残る。まさに大人にこそ読んでほしいシリーズだ。

（七木香枝）

演劇に身を投じる男たちの濃密な愛憎劇

《赤の神紋》桑原水菜 *Mizuna Kuwabara*

key word▼［現代］［演劇］［愛憎］［執着］［ヤンデレ］

装画：藤井咲耶／1993-2009年／全14巻／集英社コバルト文庫

20歳の若さで演劇界に衝撃的なデビューを果たし、他に類を見ない作風と類まれなる感性で天才の名をほしいままにする劇作家・演出家の榛原憂月《はいばらゆうげつ》。新進小説家の連《れん》城響生《じょうひびき》は、榛原の世界に衝撃を受けるあまり彼の模倣者《エピゴーネン》と成り果て、大きな挫折を味わった。響生はその後、有名な文学賞を受賞するなど名声を得つつある。しかしながら今もなお憂月に対して嫉妬と敗北感を抱き続けていた。

ある日、奈良の路上で歌う青年に役者の資質を感じた響生は、榛原の代表作である第五戯曲『赤の神紋』を押しつけて一節を演じさせる。『赤の神紋』は、天才芸術家オーギュストと宮廷画家クラウデスの愛憎をテーマにした作品で、響生は自身の苦しみをクラウデスに重ね合わせていた。神に愛されたオーギュストを演じる青年に魔的なまでの役者の才能を感じるも、以後彼に再会できないまま2年の時が過ぎる。だが響生は東京の小劇場の舞台で、忘れられぬ青年・ケイこと葛川蛍《かずらがわけい》の姿を見つけ出す。響生の導きをきっかけに憂月の戯曲に魅了された蛍は、家出同然で上京し、榛原の舞台に立つことを夢みて役者修行を続けていたのだった。

今はまだ無名だが、大きな才能を秘めたケイ。憂月に惹《ひ》かれながらも彼を憎み、自身が見出したケイに対しても強い執着を抱く響生。演劇界に革命を起こした天才で、役者も観客も強烈な世界に引きずり込む憂月。『赤の神紋』の憂月と響生は、映画『アマデウス』における天才モーツァルトと彼に嫉妬する凡人サリエリの姿を思わせる。だがそこに、演技という翼を持った天使《アンゲロス》かつ媒介者《アンゲロス》のケイが加わることで人物配置が豊かになり、本作独自の魅力がいっそう増している。キーパーソンである憂月が本格的に物語に登場するのは、第3巻からとかなり遅い。作中で強い存在感を放つキャラクターをあえて出さない序盤の展開が実に見事だ。

本作は演劇小説としても読みどころが多く、稽古場や劇場の場面もふんだんに登場する。桑原らしい熱を帯びた筆致で綴《つづ》られた舞台描写は臨場感に溢《あふ》れ、読者をカタルシスへと誘う。作中にはさまざまな劇中劇が登場するが、『赤の神紋』と並んで強いインパクトを残すのが『メデュウサ』だ。イギリスの芸術一家をモチーフに、母子相《そう》姦《かん》から生まれた青年ハミルの復讐《ふくしゅう》劇を描いた物語には、ひときわ背徳的かつエロティックな匂いが漂う。他にも未来社会を舞台にした『熱狂的遺伝子《ファナティック・ジーン》』や、古典的名作の『赤の黒』など、バラエティに富んだ劇中劇がシリーズを盛り上げる。（嵯峨景子）

完全無欠な異世界ＯＬ生活小説

《聖女の魔力は万能です》橘由華 *Yuka Tachibana*

key word▼［異世界召喚］［ハーブ］［料理］［恋愛］［スローライフ］

装画：珠梨やすゆき／2017年－／9巻～／カドカワBOOKS

e-book

瘴気《しょうき》が濃くなり、魔物の発生に喘《あえ》ぐスランタニア王国。このようなピンチに際して降臨するはずの聖女様が今回はなぜか誕生せず、弱った王宮は異世界から聖女を呼び寄せる、「聖女召喚の儀」を執り行った。ところが本来は一人のはずの聖女が、なぜか二人出現してしまう。一人は、仕事に疲れた20代のＯＬ小鳥遊聖《たかなしせい》、もう一人はゆるふわ美少女な女子高生の御園愛良《みそのあいら》。召喚に立ち会った王子は、聖のほうには見向きもせず、アイラの手だけをとって王宮へと去っていった。こうして〝聖女じゃないほう〟となってしまった聖は、趣味のハーブの知識を活かし、薬用植物研究所の職員となり、ポーションや化粧品の製造に関わる。ところが、彼女が作る薬品はすべての能力が5倍増しの特別製であることが発覚。そのまま好きなハーブの研究をしていたいのに、〝ホンモノの聖女様疑惑〟が大きくなっていくのだった……。

　聖女として召喚されながら、いきなり〝じゃないほう〟扱いを受けたために、世界を背負う義務もない。独立心旺盛な彼女は職を得て、向上心のまま大好きなハーブの研究に没頭し、料理を楽しみ、異世界での経験をつみ重ね、ついでに聖女様の万能な魔力で、王国をも救ってしまう。悪人もいなければ、敵もライバルもなく、周囲の理解や助力は適切に働き、頑張りは必ず報われる。ストレスフリーで充足感ある、爽快なお仕事小説だ。聖の一人称語りだが、語り口調はあっけらかんとしており、頑張り屋ではあるががむしゃら感がなく、性格は淡白で一歩下がって事態を俯瞰《ふかん》して考えるところも読者の共感を得た。２０１６年に「小説家になろう」で連載が始まるや好評を博し、翌17年には書籍版の刊行と、藤小豆によるコミカライズが開始、20年より亜尾あぐによるスピンオフコミック『聖女の魔力は万能です――もう一人の聖女』もスタート。さらに21年と23年にはアニメ化もされた。

　ただストレスフリーな日常は快適な反面、葛藤がなく、長く続くと物語としての盛り上がりに欠ける。このままどこまでも気持ちよく進み、イケメン騎士団長様と「末永く幸せに暮らしました」的ハッピーエンドを迎えるのか、それとも終盤に向けてドラマチックな何かが起きるのか。先の展開が気になる。（三村美衣）

時代小説版《赤毛のアン》は料理人をめざす

《お勝手のあん》柴田よしき *Yoshiki Shibata*

key word▼［幕末］［お勝手女中見習い］［料理］［成長］

装画：鈴木ゆかり／2019年－／10巻～／角川春樹事務所 ハルキ時代小説文庫

　少女の頃に、L・M・モンゴメリの《赤毛のアン》を読んだという人は多いだろう。今でもアンを主人公にした一連の作品が大好きだという人も、たくさんいるはずだ。そのように世代を越えて愛されている《赤毛のアン》をモチーフにした、時代小説が存在する。《お勝手のあん》シリーズだ。

《赤毛のアン》は、アンという少女を主人公にした物語だ。カナダのプリンス・エドワード島にある村に住む、独身のマリラと兄のマシューは、孤児院から男の子を養子に向かい入れることにする。しかしやってきたのは、アン・シャーリーという11歳の少女であった。困惑するマリラとマシューだが、アンの明るさに惹《ひ》かれ、彼女を引き取る。同い年のダイアナと親友になったアンは、さまざまな騒動を引き起こしながら、健やかに成長していくのだった。

　という原典をふまえて、本シリーズを見てみよう。品川宿の老舗宿屋「紅屋《くれないや》」の主人の吉次郎《きちじろう》は、所用で出かけた三河からの帰り道、またいとこが神奈川宿で営んでいる宿屋「すずめ屋」を訪ねた。そこで出会ったのが、やすという少女だ。男の働き手を求めていたのに、口入れ屋の勘違いで送られてきたやすを、「すずめ屋敷」は持て余している。だが吉次郎は、やすの嗅覚が優れていることに気づき、「紅屋」のお勝手見習いとして引き取ることにした。かくしてやすは、拾ってもらった幸運に報いようと、料理人の政一《まさいち》や女中頭のおしげのもとで、一生懸命に働くのだった。

　主人公の名前は〝やす〟だが、仲良くなった品川一の旅籠「百足屋《むかでや》」のお嬢様の小夜《さよ》からは、安の字を当て嵌《は》め〝あん〟と呼ばれている。この名前の件も含めて、《赤毛のアン》を連想される点が随所にあり、原典を知る人はついニコニコしてしまうだろう。

　だが、原典を読んだことのない人でも、別に問題はない。これは、プリンス・エドワード島の〝アン〟ではなく、品川の宿屋の〝やす〟の物語だからだ。時代は幕末であり、安政の大地震など、史実を織り込みながら、一人の少女の人生が、時に厳しく時に優しく綴《つづ》られていくのである。巻を重ねるごとにやすも成長し、本格的に料理人をめざす。また、恋愛の要素も入ってくる。登場人物の立場や心境の変化が、シリーズものならではのお楽しみになっているのである。

　そうそう、料理も見逃せない。「よもぎ葛湯」や「山菜天ぷらの出汁漬け飯」、他にもいっぱい出てくるが、どれも美味しそう。こうした料理も、本シリーズの魅力なのだ。（細谷正充）

雇用主は寡黙なおじさま魔法使い

《永年雇用は可能でしょうか》yokuu *Yokuu*

key word▼［家政婦］［魔法使い］［恋愛］［年の差］

装画：烏羽雨 ／2022年-／4巻～／KADOKAWA MFブックス

e-book

屋敷の主人からセクハラを受けていたメイドのルシルは、理不尽にも勤めを解かれて追い出されてしまう。平穏な暮らしと新しい就職先を求めた彼女が列車に揺られて辿《たど》り着いたのは、のどかな片田舎の街・コートデュー。そこで紹介された仕事は、街の人々から「先生」と慕われる無愛想な白髪の魔法使い・フィリスの家で働く家政婦だった。

　これまで何人もクビになっていると聞かされていたが、蓋を開ければ新しい職場は給与も環境も良く、好条件。余計なことを嫌うフィリスにとって心地よい生活を調えるために、ルシルは一生懸命仕事に励む。

　そんなある日、前の雇用主がルシルを追いかけてやって来る。強引に連れ戻されようとしたところをフィリスの魔法に助けられたルシルは、無愛想な中に見え隠れする彼の優しさに惹《ひ》かれていくのだが……。

《永年雇用は可能でしょうか》は、前向きな家政婦と寡黙な魔法使いが何気ない日々を大切にしながら心を通わせていくほのぼののファンタジー。

　主人公のルシルは有能な家政婦で、自分の仕事に責任と誇りを持つ自立した女性として描かれる。時には言いづらいことも発言する芯の強さと、柔軟な考え方を持つルシルを好ましく思ううちに、気づけば彼女を応援したくなっているはずだ。

　少しずつ気持ちを育んでいく恋愛描写は丁寧だが、二人がきちんとした大人である分、なかなかにじれったくもある。日頃無愛想な分、フィリスがデレたときの破壊力がすさまじいので、じりじり読み進めてほしい。

　魔術師は寿命が長い種族で、年齢不詳のフィリスと24歳のルシルの間には、見た目以上に大きな時間の隔たりがある。タイトルの「永年雇用は可能でしょうか」は、同じ時の長さを生きられなくてもそばにいたいと願う彼女の台詞から来ている。年の差ものの醍醐《だいご》味である「時間」の擂《す》り合わせが丁寧に描かれるフィリスの返事は必読だ。

　告白の結果はご想像の通りだが……美味しい食事に彩られた優しい物語は、周囲の人々との交流を交えながら2巻以降も続く。梨川リサによるコミカライズ（講談社）を読みながら、続刊を心待ちにしたいシリーズだ。（七木香枝）

自立自活の内裏女房が宮中の謎と対峙する

《掌侍《ないしのじょう》・大江荇子の宮中事件簿》 小田菜摘 *Natsumi Oda*

装画：ペキォ／2021年−／6巻−／集英社オレンジ文庫

内裏女房として帝に仕える大江《おおえ》荇子《こうこ》のポリシーは、自分の食い扶持は自分で稼ぐこと。幼少時の父親との記憶から絶対に結婚はしないと心に決め、定年退職をめざして宮仕えに勤しんでいる。幼馴染《おさななじみ》で気心の知れた侍従・藤原征礼《ふじわらのまさゆき》や、母方の縁戚で天《てん》真爛漫《しんらんまん》かつ無鉄砲な後輩女房・卓子《たくこ》、うるさ型の上司・長橋局《ながはしのつぼね》らに囲まれて日々を送る。荇子が仕える帝は、一年間のうちに二人の我が子を亡くす不幸に見舞われているが、一人目の子の逝去の際に淡々としていた帝が、このたびの二子逝去に際してはひどく嘆き悲しんでいた。その落差に荇子がわだかまった思いを抱えていた頃、共に帝の妃を主人とする藤壺《ふじつぼ》と弘徽殿《こきでん》双方の女房たちの間にいさかいが起こる。中宮である藤壺側の殿舎床下から見つかった雀《すずめ》の死骸をめぐって両者がいがみ合ううち、内府の君こと如子《ゆきこ》が事態の下手人として疑われるが、荇子は持ち前の洞察力で謎を解き明かし、如子の疑惑を晴らしてみせる。この一件は、論理的だが辛辣な気質の如子と荇子との間にほのかな絆《きずな》を生むが、同時に帝をめぐる重大な秘密が動き出す契機ともなるのだった。

結婚が「男女の恋愛の真っ当な行き着く先」と見なされる世にあって、そうした道を拒絶するからこそ、荇子にとって自立自活は重要な信条となる。他方、幼馴染の征礼と互いに憎からず思うにもかかわらず、決定的な仲になることを避けるのも、結婚を望まない自分には征礼に「真っ当」な道を提供してやれないと考えるためだ。荇子の振る舞いに一貫してうかがえるのは、自分とは異なる人生を歩む他者への尊重である。宮中の常識や慣例に取り巻かれジレンマを覚えつつも、己や他者の自然なありように敬意を払う彼女の姿は、ごく現代的な感性をもった頼もしさともいえるだろう。

慣例に縛られているのは帝や妃たち、あるいはその子らも同様である。荇子の洞察や機転は、時にそうした高貴な人々の内面を守るために発揮される。また、征礼や如子らとの、決して馴《な》れ合いではないが互いを敬い、静かに信頼し合うようなさまも心地よい。

帝の秘密を知ることにより荇子の立ち位置に変化が生じてゆき、宮中のさまざまな人間模様に立ち会うことになる。また、巻を追うごとに征礼との関係には新たな可能性が見えてくるが、それはまた、世間の枠組みを絶対視せずとも生きられるのだという、希望の光でもあるはずだ。（香月孝史）

key word▶［平安］［謎解き］［内裏女房］［自立］

お弁当がつなぐ足かけ6年のメシ友交流

《お弁当男子》森崎緩 *Yuruka Morisaki*

key word▶［北海道］［恋愛］［同僚］［お弁当］［ほのぼの］

装画:くにみつ／2021-2023年／全4巻／宝島社文庫

e-book

総務課の播上正信《はたがみまさのぶ》は、新入社員。小料理屋を営む両親の影響もあり、昼食は自分で作ったお弁当を持参している。

入社から2カ月が経った頃、播上は社員食堂で秘書課の同期・清水《しみず》真琴《まこと》から料理をするのかと話しかけられる。

どこか暗い顔をした彼女に詳しく話を聞くと、仕事に慣れないでいる自分とは違って、播上は仕事も楽しそうで毎日お弁当を作れるほど余裕があるように見えたという。そんなふうに見えていたことに驚きつつ、お弁当のおかずをひと切れお裾分けした播上は、同期のよしみで清水にレシピを教えることになる。（『総務課の播上君のお弁当』）

シリーズ1作目『総務課の播上君のお弁当』は、『ランチからディナーまで六年』というタイトルで親しまれてきたウェブ小説。小説投稿サイトが台頭する以前から読者を獲得していた、長らくウェブ小説を読んできた読者にはおなじみの物語だ。旧題通り、ランチ仲間の同期二人がディナーに行く関係になるまでの6年間を丁寧に描いている。

お弁当を介して緩やかに変化する人間関係を描いた《お弁当男子》は、現時点で播上と清水のその後を描いた『小料理屋の播上君のお弁当』、本社に栄転した二人の同期・渋澤《しぶさわ》を主人公に据えた『総務課の渋澤君のお弁当』、ほんの少し年を重ねた播上と清水も登場する『函館グルメ開発課の草壁君』が刊行されている。

いずれも日常を丁寧に描いた物語で、大きな変化をもたらす出来事は起こらない。一日をくり返しながら生きていく現実と同じように、登場人物は日常を重ねていく。

シリーズを通してほのぼのとした読み口だが、かといって作中に現実の苦さが全くないわけではない。播上と清水の仲を邪推するちょっと困った先輩や、同期の栄転に感じる嫉妬と自分だけが停滞しているような迷い。作中に描かれる悩みは、誰もが身近に感じたことのあるものだろう。でも、そんなことはお構いなしに日はめぐり、仕事に向かう朝が来る。本作の美味しそうな食事描写と優しい人々の交流は、現実で丁寧に日常を積み重ねていくことの得がたさを改めて教えてくれる。

淡々と日常を重ねていく現実を知っているからこそ心に沁《し》みる、そんな優しさを味わえるシリーズだ。（七木香枝）

国を守る斎宮になった少女の成長と戦い

《星宿姫伝》菅沼理恵 *Rie Suganuma*

装画：瀬田ヒナコ／2005-2008年／全9巻＋短編集1巻／角川ビーンズ文庫

e-book

白雪《しらゆき》は、光と風を源とする力を術として扱える「竜珠《りゅうしゅ》」として生まれた14歳。旅をしながら暮らしていたが、小競り合いに巻き込まれて父・朱月《あかつき》を喪ってしまう。そんな彼女の前に、父娘を探していたという四人の青年が現れる。蘇芳《すおう》、青磁《せいじ》、琥珀《こはく》、黒曜《こくよう》と名乗った騎士たちは異母兄弟で、神《しん》杖国《じょうこく》の斎宮《さいぐう》を守る騎士だという。

白雪は、自分が神杖国の聖王の妹・斎宮白鷺《しらさぎ》の娘であり、左手にある痣《あざ》――烙印《らくいん》が次期斎宮の証であると教えられる。斎宮は、国境に結界を張って怨霊が入り込まないよう守る務めを担っており、白鷺が亡くなった今、斎宮になれるのは白雪しかいないという。

斎宮になると決めた白雪の前に、神杖国の祖と契約した輝石神《キセキノカミ》・千白《ちしろ》が現れる。千白は、ずっと前から白雪が生まれるのを待っていたと言うのだが……。

《星宿姫伝》は、父の死をきっかけに国を守る結界を維持する斎宮となった白雪の成長を描いたファンタジー。

いきなり斎宮になった白雪の道は平坦《へいたん》ではなく、国内の反発や隣国の干渉をはじめ、次々と試練が押し寄せる。さらには死んだはずの朱月が現れて、白雪は自分の出生の秘密を知らされると共に、最愛の父から命を狙われることになる。

痛みを知りながらも前を向き続ける白雪の生き方は潔く、ただ悲しみの中に浸りきることはない。自ら道を切り開いていこうとする主人公が好きな人にもおすすめだ。

白雪たちを囲む男性陣の構図に一見逆ハーレムものかと思わされるが、物語を読むとその印象は徐々に変わっていくはずだ。白雪を大事に思う人々の感情はそれぞれ異なるグラデーションを見せ、時に切なさを伴いながら変化する愛情が繊細に描かれる。

その分、白雪が誰を心に住まわせるようになるのかが気になるところだ。初読時は意外な結末に思うかもしれないが、再読してみると、重責を担う白雪がただの白雪として接することができる人物と結ばれたのは、あらかじめ決められていた道筋のように思われる。

斎宮としての成長と国をめぐる陰謀を描いた「しろがね編」7巻ののち、「くろがね編」3巻では、17歳になった白雪が竜珠の謎に直面する。丁寧に組み立てられた設定が光る世界を舞台に、さまざまな情と愛で結ばれた登場人物の関係性が楽しめるシリーズだ。（七木香枝）

key word▼［和風］［斎宮］［騎士］［バトル］［陰謀］

嘘告から始まるじれキュン社会人ラブ

『賭けからはじまるサヨナラの恋』ポルン *Porun*

key word ▼［現代］［同僚］［期間限定の恋人］［じれじれ］

装画：わたぬきめん／2023年／全1巻／ことのは文庫

e-book

「総務の氷鉄の女……吉永《よしなが》の泣きっ面見たくないか？」

いつしか社内で「氷鉄の女」と呼ばれるようになっていたクールな総務部員・吉永奈央《なお》は、残業続きのある日、営業部の社員たちが賭けをしている場面に出くわした。先輩たちから嘘《うそ》の告白をしろと押し切られているのは、イケメンで気は優しいが優柔不断な同期の里村紘一《さとむらこういち》だった。彼に6年間片想いをこじらせていた奈央は、賭けに乗じて思い出作りをしたら、仕事を辞めて田舎に帰ろうと決意する。

奈央は、嘘の告白を断られるとばかり思っていた里村と、2カ月の期間限定と割り切って恋人ごっこを楽しもうとするのだが……。

本作は、いろいろとアウトな賭けから始まる期間限定の恋人関係から始まるじれじれラブコメ。

物語は奈央と里村の視点双方から語られ、合間に奈央の親友・理子《りこ》の視点を挟みながら進む。恋に浮かれて思い出作りを楽しむ奈央と、賭けにも付き合うことにも及び腰だった里村の関係が少しずつ変化していくにつれて、仮初めの関係に期待を抱き始めていく様子が丁寧に描かれる。お互いに「嘘を吐いているままではだめだ」と思いながらも、仮初めの関係を壊したくないためらう奈央と里村の様子に、ページをめくる手が進むこと必至だ。

ようやくお互いの気持ちが育ったところで訪れるサヨナラを告げるシーンには胸が痛むが、そこで手を止めず、最高のラストシーンまでひと息に駆け抜けてほしい。

期間限定の恋をやきもきと見守るのは、読者だけではない。優柔不断な里村をよく思っていない理子と、最低なことをしている自覚を持てと指摘する里村の友人・高橋は、読者の代弁者的存在だろう。友人を思うがゆえに衝突する理子と高橋の関係も読みどころだ。

また、本書はウェブ小説の書籍化としてもユニークな過程を辿《たど》っている。当初は2万3000字だったウェブ小説がファンアートをきっかけに人気が加速し、コミカライズの原作という形でエピソードを補強。コミカライズの後を追う形で小説が刊行され、2023年にドラマ化を果たした。

ウェブ小説時代から読者に愛され続けているのは、お互いに嘘を吐きながらも懸命な奈央と里村のひたむきさが胸を打つからだ。思わず拳を握って応援したくなる、いじらしくも愛おしい恋模様だ。（七木香枝）

conference

本書成立の裏舞台――〝越境〟する少女小説精神《スピリット》

話し手＝嵯峨景子×三村美衣×七木香枝
聞き手＝天野里美

❖本書における少女小説とは

――（本書の前作にあたる）『大人だって読みたい！少女小説ガイド』では、少女小説の醍醐味《だいごみ》を存分に味わえる名作の数々を、紙幅の許すかぎりお三方に紹介してもらいました。おかげさまで、当初想定していた女性読者だけでなく、幅広い層の方から好評をいただいています。

そこで、第2弾となる本書では、前回紹介しきれなかった少女小説レーベルの名作はもちろんのこと、〝越境〟と申しますか、一般文芸書や男性向けライトノベルなど少女小説の〈外側〉にあるけれども、「実はこれ少女小説だよね」という作品もピックアップしていただきたく存じます。よろしくお願いいたします。

三村　〝越境〟か、大きく出たね（笑）。『カラマーゾフの兄弟』をミステリ小説として紹介するみたいな。コンセプトはおもしろいと思うけど……どう「越境」していくかが問題ですが。

嵯峨　そうですね。そもそも前作で紹介した本の中にも、コバルト文庫や講談社X文庫ティーンズハート、角川ビーンズ文庫といった少女小説レーベル以外から出版されている作品はいくつかありました。レーベルは違えど、「少女小説とは何か」を知ってもらううえで不可欠な作品だと考えたからです。ただ、これは前回からの反省というか宿題でもありますが、このガイドでの選書方針、つまり「本書における少女小説とは」という話を最初にある程度しておく必要はあるかなと思います。

七木　〝越境〟となると、なおのことそうでしょうね。前回そうした話をしなかったのは、取り扱う作品を一冊でも増やしたかったからという理由もありました。津原泰水さんと若木未生さんの作家インタビューをいち早く読んでほしかったという理由もありましたけど。長年語られてこなかった衝撃的な内容だったので、インタビューの反響も大きかったですね。

――嵯峨さんは、過去の著作の中で、少女小説を「少女を主たる読者層と想定して執筆された小説」と定義していますよね。そもそも、そうした少女小説は昔から広く読まれてきたのでしょうか。

嵯峨　はい。日本における少女小説史をごく簡単に振り返ると、吉屋信子の『花物語』の登場、『若草物語』や『赤毛のアン』といった「家庭小説」とも呼ばれる海外少女小説の翻訳輸入、終戦後の少女小説ブームなどがあり、1980年代に入ってコバルト文庫やティーンズハートといった少女向け文庫レーベルが一世を風靡《ふうび》します。その隆盛を経て現在に到るという感じになりますね。

三村　前作でもそうだったけど、このガイドで扱うのはこのうち80年代以降の少女小説でいいんだよね？

嵯峨　はい。70年代後半に氷室冴

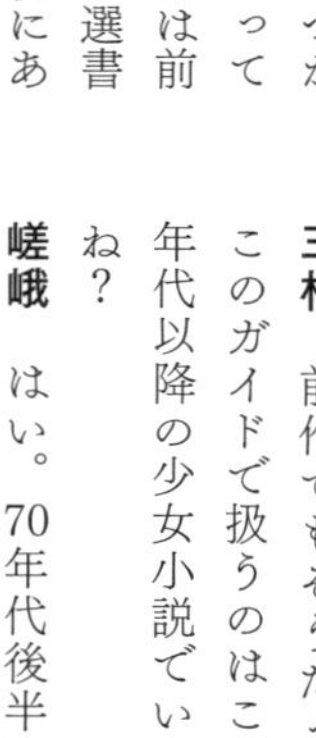

氷室冴子『白い少女たち』（1978年・集英社コバルト文庫）

子がデビューし、新井素子さんや久美沙織さんら同世代の女性作家と共にコバルト文庫で活躍し始めたのがそのくらいの時期です。その後、他の出版社からも少女向け文庫レーベルが続々と創刊され、一つの潮流を作り上げてきました。

三村　その中には、津原やすみさんみたいに男性の作家もいたわけだけれど。

嵯峨　ええ、もちろん（笑）。津原さん以外にも、コバルト文庫では赤川次郎さんや日向章一郎さん、ティーンズハートでは風見潤さんといった男性作家の作品も人気を博しました。

三村　80年代以降に登場したそういう「狭義の」少女小説の現状だけど、結構厳しい面もあるよね？　例えば、ティーンズハートは2006年に刊行を停止し、コバルト文庫も2019年から紙

久美沙織『宿無しミウ』（1981年・集英社コバルト文庫）

新井素子『あたしの中の……』（1981年・集英社コバルト文庫）

日向章一郎『放課後のトム・ソーヤー』（1988年・集英社コバルト文庫）

津原やすみ『星からきたボーイフレンド』（1989年・講談社X文庫ティーンズハート）

風見潤『清里幽霊事件』（1988年・講談社X文庫ティーンズハート）

赤川次郎『吸血鬼はお年ごろ』（1981年・集英社コバルト文庫）

媒体をやめて電子書籍のみでの発行に絞っている。新書館の少女小説誌『小説ウィングス』も休刊してしまったし。

嵯峨　たしかに少女小説レーベルをめぐる現状は、必ずしも明るい話ばかりではないですね。その原因を特定するのは簡単ではないですが……。一つには、読者層が多様化し、既存の少女向け文庫レーベルのブランドカラーとの間に、少なからぬ「ずれ」が生じてしまったことが大きいかもしれません。つまり、現在の少女小説の読者には、実は80年代以降から2000年前後にかけてのコバルト、ティーンズハートの隆盛期を中高生時代に経験した大人の女性も多く、必ずしも当初想定していた現役の女子中高生ばかりではない。こうした幅広い読者の需要にこたえきれなくなった部分はあるかもしれません。

　もっとも、出版社側でもこのような現状は認識していて、例えば集英社はコバルト文庫の事実上の後継レーベルとして、大人の女性をメイン読者に据えたオレンジ文庫を2015年に創刊しています。

七木　オレンジ文庫だけでなく、現在は「ライト文芸」・「キャラクター文芸」をメインとしたレーベルがたくさんあります。角川文庫キャラクター文芸、新潮文庫nex、講談社タイガなど、既存の文庫からライト文芸レーベルが派生したことで、読者層も広がりました。

　ライト文芸もさまざまですが、大なり小なり20代以上の大人の女性読者を想定した作品を出しています。電撃文庫から派生したメディアワークス文庫でも、長年ウェブで読まれていた人気小説を書籍化するなど、意図的に大人の女性向け作品を増やしている

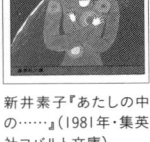

印象があります。
嵯峨　ええ。ですから、これらのレーベルの作品群は従来の少女小説の流れを汲《く》むものと言ってよいと思います。もちろん、レーベルや版元だけを見て少女小説か否かを語るのはいささか乱暴すぎますし、このガイドの趣旨からも外れますけれども。

❖編著者三人と少女小説
——三人はどんな少女小説を読んできた？

三村　十代の頃にはすでにＳＦにどっぷり嵌《はま》っていたし、自分が少女とくくられることにも抵抗があったので、少女小説はむしろ避けてましたね。翻訳なら楽しめるけど、国内作家の皮膚感覚を伴うような生々しさが苦手で。大人になって、素直に少女に向き合えるようになった頃に、タイミングよくコバルト文庫にＳＦ作家が書き始め、そのおかげで氷室冴子を発見し、それからはコバルトも普通に新刊チェックの対象となっていた。
　嵯峨さんと七木さんは、思春期の頃から少女小説を読んでいたんだよね？
嵯峨　私は１９７９年生まれなので、90年代コバルト文庫のファンタジーやＳＦをリアルタイムで読んで育ちました。《キル・ゾーン》（須賀しのぶ・初刊１９９５年）であるとか、《ハイスクール・オーラバスター》（若木未生・初刊１９８９年）であるとか。もともとＳＦやファンタジーが好きだったので、《ロードス島戦記》（水野良・初刊１９８８年・角川スニーカー文庫）や富士見ファンタジア文庫の《風の大陸》（竹河聖・初刊１９８８年）といった他レーベルの作品も並行して読んでましたね。なので、当時はコバルト文庫も「少女小説を読む」というより、良質なファンタジーやＳＦが揃《そろ》っているから読むという感じでした。
七木　私は、《ちょー》シリーズ（野梨原花南・初刊１９９７年）がコバルト文庫との出会いですね。小学生のときに近所の本屋で面陳されていて、宮城とおこさんの繊細な絵に惹かれてお年玉で買いました。読んでみたら、魔法の設定やお話がしっかり練られたファンタジーでおもしろくて、すっかり夢中に。コバルトはそこからずっと読み続けていて、中学・高校時代は毎月出る新刊をほとんど全部買ってま

須賀しのぶ《キル・ゾーン》（初刊1995年・集英社コバルト文庫）

若木未生《ハイスクール・オーラバスター（初刊1989年・集英社コバルト文庫）

水野良《ロードス島戦記》（初刊1988年・角川スニーカー文庫）

竹河聖《風の大陸》（初刊1988年・KADOKAWA富士見ファンタジア文庫）

野梨原花南《ちょー》（初刊1997年・集英社コバルト文庫）

氷室冴子《なんて素敵にジャパネスク》（新装版1999年・集英社コバルト文庫）

久美沙織《丘の家のミッキー》（新装版2001年・集英社コバルト文庫）

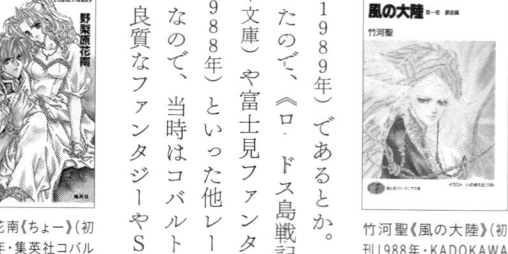

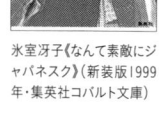

した。

三村　じゃあ、ファンタジー以外も読んでた？

七木　そうですね。《なんて素敵にジャパネスク》（氷室冴子・初刊１９８４年、新装版１９９９年）や《丘の家のミッキー》（久美沙織・初刊１９８４年、新装版２００１年）は新装版で読んだ世代です。あとコバルトに関しては、書店で配布されていた書影とあらすじ入りの文庫目録を頭から見て、新刊以外にも気になった作品を片っ端から順番に読んでいたんです。

――それはすごい！

七木　なので、当時すでに名作と言われていた作品と、新しく出たものとを同時に読んできた感じですね。あとはスニーカー文庫や富士見ファンタジア文庫、電撃文庫も毎月新刊を追っていました。特に印象に残っているのは、小６のときにファンタジーに力を入れたビーンズ文庫が角川書店（当時）から創刊されたこと。「何てファンタジーの魅力が凝縮されたレーベルなんだ」と感動しました。キャッチコピーも『――物語の扉、異世界への鍵――』でしたし、コバルトやほかのレーベルからファンタジーが得意な作家を呼んだ初期のラインナップもユニークで。地元の小さな書店で、ビーンズ文庫の雑誌『Ｔｈｅ　Ｂｅａｎｓ』創刊号を探してもらったのも思い出深いです。

嵯峨　たしかに初期のビーンズ文庫はかなりファンタジー推しでした。

三村　二人とも好みがＳＦやファンタジー寄りなんだね、王道のラブコメとかじゃなく。私もそうだけど（笑）。

七木　恋愛ものや学園ラブコメも読みましたけどね（笑）。恋愛に惹《ひ》かれるというより「関係性萌え」が強いのかもしれません。どちらかといえば、おもしろい世界のおもしろい話が好き。その中に恋愛のエピソードも出てくるよねという感覚でした。

❖少女小説は拡散・浸透し続けてきた

――１９７２年生まれの私自身もそうですが、中高生の頃にコバルト文庫やティーンズハートなどに出会って読書の楽しさに目覚め、大人になった今も小説を読み続けている女性読者は多いと思います。また、本屋大賞を受賞した町田その子さんや芥川賞作家の市川沙央さんをはじめ、当時の熱心な少女小説読者の中から新たな書き手が生まれてもいます。少女小説が日本の小説全般に与えてきた影響は存外大きいのではないでしょうか。

嵯峨　町田その子さんは氷室冴子さんの大ファンで、氷室さんの訃報に接したことがきっかけで一度はあきらめていた小説の執筆を再開したと本屋大賞受賞時に話していましたね。『本の雑誌』の「作家の読書道」などで最近の女性作家のインタビューを読むと、中高生時代に少女小説をよく読んでいたという方が本当に多いです。

三村　直木賞作家の山本文緒さんや唯川恵さんのように、少女小説作家としてデビューして、のちに一般文芸や他ジャンルに移ったパターンもあるね。近年はミステリや一般文芸を手がける高殿円さん、《三体》をはじめ中華ＳＦの翻訳・紹介に尽力してきた立原透耶さん、少年向けライトノベルで活躍する野村美月さんとか、みんな少女小説の出身だったりする。

七木　ライトノベルの書き手といえば、紅玉いづきさん。同人誌

『少女文学』を自ら立ち上げて多くの少女小説作家に寄稿してもらうほど、少女小説愛の深い方です。

「小説家になろう」や「カクヨム」などに投稿されるウェブ小説でも、少女小説の影響を感じる作品は増えてますね。前回のガイドでも紹介した《薬屋のひとりごと》（日向夏・初刊2012年・主婦の友社）や《わたしの幸せな結婚》（顎木あくみ・初刊2019年・富士見L文庫）は、もとは「小説家になろう」への投稿作品でした。

三村　あと、講談社青い鳥文庫や角川つばさ文庫、集英社みらい文庫といった児童文学の叢書《そうしょ》で、少女小説作家の既刊や書き下ろしが出ることもあるよね。今回は、児童文学までは原則、手を伸ばさないつもりだけれど。……『思いはいのり、言葉はつばさ』（まはら三桃・アリス館、149頁）、《シューマ平原》（濱野京子・角川銀のさじ、198頁）があるので「原則」としました。

――「大人だって読みたい！」という本書の趣旨からはやや外れてしまいますからね。

三村　もちろん、大人が読んでもおもしろい児童文学もあるけれどね。ただ、そこまで追い始めると、きりがなくなりそうなので（笑）。

《少女文学》（初刊2019年）

日向夏《薬屋のひとりごと》（初刊2012年・主婦の友社）

顎木あくみ《わたしの幸せな結婚》（初刊2019年・KADOKAWA富士見L文庫）

――はい（笑）。しかし、こうして改めて俯瞰《ふかん》してみると、本当にいろいろなジャンルで少女小説出身だったり、少女小説の影響を強く受けたりした作家が活躍していますね。

三村　そうね。さっきも指摘したように、1980年代、90年代の少女小説ブームを担った〝老舗〟の少女小説レーベル自体は近年先細りの状態だった。けれども、その系譜はライト文芸をはじめとして脈々と受け継がれているし、同時にかつての少女小説の書き手や読み手が多様なジャンルに移行して、いわば「拡散と浸透」が進んだのが現在の状況と言えるのかもしれない。

嵯峨　おおむねそのとおりだと思います。若干補足すると、後発の少女小説レーベルである一迅社文庫アイリスやKADOKAWAのビーズログ文庫、ビーンズ文庫などは現在も刊行が続いていますね。また、ケータイ小説や少女小説やライト文芸寄りのウェブ小説の書籍化を手がけるスターツ出版は好調だと聞きます。

七木　少女小説レーベルもウェブ小説投稿サイトの公募と連携したりしていますね。

❖少女小説は少女主人公なのか

――今回の〝越境〟は、今話してきたような少女小説の現状にも則した企画だと思います。お三方にはすでに候補を多数あげてもらっていますが、最終的にどんな本をガイドで取り上げてくださるのか、編集側としても今から楽しみです。

嵯峨　（候補作品リストを見ながら）そうですね、紹介したい作品はたくさんあるのですが……少女小説やライト文芸はまあいいとして、それ以外の一般文芸などの〝越境もの〟をどう扱うかですよ

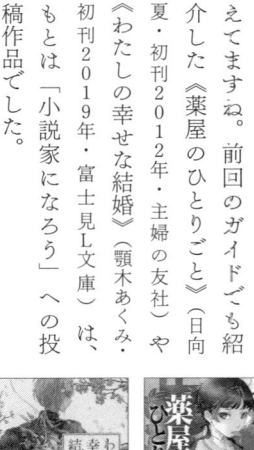

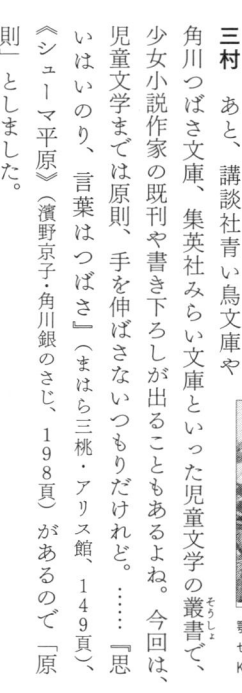

ね。

三村　例えばさ、〝越境もの〟で主人公が少年や男性の場合、少女小説として今回紹介するのはありなのかな？

嵯峨　うーん、基本的には、少女や若い女性が主人公ないしは準主人公の作品が当然多くなるとは思いますが……。ただ、もともと少女小説には男性が主人公の話も結構ありますよね。例えば、平安時代の陰陽師をテーマにした作品であるとか、男性同士の絆《きずな》を描く「バディもの」であるとか。そういった作風に近い越境作品は、このガイドでも紹介したいです。

七木　私も同じ意見です。作品が男性向けか女性向けかは、主人公の性別よりもむしろそれぞれの登場人物の描き方に現れる気がしますね。極端な話、男性向けの物語だと、出てくる女の子がお人形さん的存在に思えたり、お色気要員としての役割が強いと感じることがあります。

三村　「逆もまた真なり」かもしれないけどね。少女小説にも、女性目線で都合よく理想化されただけの男が出てくることはままある（笑）。

嵯峨・七木　まあ、たしかに（笑）。

三村　中には、異性のほうがむしろ書きやすい人もいるみたいだけど。昔ある男性ラノベ作家に「少年向けライトノベルなのに、なぜ少女を主人公にしてるの？」と尋ねたら、「現実の男の情けなさ、みっともなさをよく知ってるから、『巨悪と勇敢に戦う少年ヒーロー』なんてとてもじゃないけど書けない」と返されたことがあった（笑）。

——前作の作家インタビューで、若木未生さんも「最初は少年マンガのヒロインみたいな優等生タイプの女の子しか書けず、悩んだ末に『もう女の子だと思わず、男の子と同じだと考えよう』と決めたら自然な感じに書けた」と話していましたよね。

三村　若木さんも同じなのかな。生身の女の子がわかってるぶん、そこは嘘《うそ》が上手につけなかったというか。逆に、若木さんの書く少年主人公は、いい意味で純粋さを持っているから、私を含めて女性読者が共感できるんだと思う。

❖「少女小説スピリット」をすくい取る

——ちなみに前回のガイドは、男性からも「こんなおもしろそうな小説があるの知らなかった」「名前だけは知ってたけど、読んでみたくなった」と好評でした。

三村　へえ、「知らなかった」という反応なんだねえ。

七木　前回は「これも載せたい、あれも紹介したい」と愛と勢いで選書したところがありましたけど、今回は越境作品を選ぶときに「これは少女小説か」という線引きで悩みましたよね。作品ごとに感覚的に判断はできるんですが、それをまとめてひと言で表そうとすると非常に困ってしまう（笑）。

三村　少女小説とは、という定義論だよね。以前、ライトノベルのブックガイド（大森望・三村美衣『ライトノベル☆めった斬り！』太田出版）を作ったときも、同じ問題に直面しました。ライトノベルの定義がどうしても定まらなくて、結局「ラノベならこれは当てはまる」という項目を10個くらい用意

大森望・三村美衣『ライトノベル☆めった斬り!』（2004年・太田出版）

して、該当する項目が多い作品はライトノベルと言えるだろう、という点数表にしてみたりした。

七木　そういう方法もあるんですね。

嵯峨　個人的には、定義論やジャンルごとの厳密な線引きみたいな議論にはあまり踏み込みたくはないのですが……。ただ一つ言えるのは、思春期以降の少女――今でいう中高生――や若い女性に向けて書かれ、作品の中で彼女たちの気持ちをすくい上げたり、勇気づけたりしてきた小説は数多くあります。これは裏を返せば、そうした小説に対する読者の需要もまた存在し続けてきた、ということです。初期の氷室冴子さんが自作を「少女小説」と呼んだのも、その流れを汲むことを意識していたからだと思います。

　なので、越境作品に関しても、そういった「少女小説精神《スピリット》」が宿ったものを選びたいですかね。そういう作品は、大人の女性、あるいは男性の心の中にもきっといるはずの〈少女〉に届くはずなので。

三村　おお、きれいにまとめてくれた！

七木　全く同感です。少女小説精神《スピリット》、いいですね。

嵯峨　そう強調されると、何か気恥ずかしいんですが（笑）。

三村　でも大事なことだよ。〈少女〉という自意識は、何というか、痛みだとか、怒りだとか、もちろん喜びもあるんだろうが、そんないろんな感情を孕《はら》んでいる。その感情の揺らぎや生き難さをないことにせず、でも、エンターテインメントとして物語を楽しませてもくれる。そんな作品を届けたいね。

嵯峨　たしかにその通りですね。

七木　越境するからには、今回のガイドはいろんな方に届いてほしいですね。前回のガイドは、かつて少女小説が好きだった人、今も好きで読み続けている人を中心に、少女小説にふれてこなかった人にも届けられたと思います。今回のガイドでは、前回のガイドをきっかけに触れた少女小説の楽しみを、もっと広げていきたい。２冊のガイドがたくさんの本との出会いになればと思います。

Ⅳ 謎解き

星座が謎を指し示すライトミステリ

《星座》日向章一郎 *Shoichiro Hyuga*

装画：みずき健／1990-2000年／全22巻／集英社コバルト文庫

同級生にホテルへ連れ込まれたことにショックを受けて家出中の大野《おおの》ノリミは、まるで魔法使いを思わせる出で立ちの青年・麦倉《むぎくら》ナオトに出会う。何と彼はノリミが入学する都立T高の新任国語教師で、祖母と暮らす家に下宿する人物だった。おまけに、ノリミの祖母と麦倉の祖父はかつて恋人同士で、一緒になれなかった自分たちの代わりに孫たちを結婚させる約束をしたという。

学校でハンサムな麦倉に注目が集まることにモヤモヤしていたノリミだが、駅のホームから突き落とされ、かと思えばお弁当に異物が混入、さらには自殺未遂が起こったりと、周囲では次々と事件が起こる。

星占いを手がかりに事件を追う麦倉に懐疑的なノリミだったが、どうやらあながち間違いとも言えないようで……？

本作は、《放課後》と並んで人気を博した日向章一郎の「ユーモア・ミステリ」。90年代の渋谷を舞台に、のんびり屋だが芯の強さを持つノリミとちょっと頼りない麦倉が星占いをヒントに身の回りで起こった事件に挑む。作中の事件はあくまでも殺人には発展せず、謎解きのおもしろさを気軽に味わえる。

著者は10巻のあとがきで、自身の作風について作中の言葉がいつか必ず風化することについてふれながらも、物語に時代を反映することを大事にしていると語っている。その言葉通り、刊行当時の世相が忍ばれると共に、本作がどれだけ読者にとって身近に寄り添ってくれる存在であったのかが手に取るように感じられる。

一方で、今読むと、恋愛やジェンダー描写にはズレを感じる部分も多い。しかし、子どもと大人の狭間で揺れ動く心に寄り添い、柔らかに前を向くことを示してくれる物語が伝えたかったことは、変わらずページを越えて届くはずだ。

また、事件を通して描かれるノリミと麦倉の成長も読みどころ。二人の「秘密の関係」のごまかし方はあまりにバレバレだが、そんな突っ込みどころも楽しいシリーズだ。

星占いをモチーフとする作品らしく、表題が12星座を一巡するまでが一部、以降が二部となる。二部では当時話題となったへびつかい座や12星座には含まれない白鳥座も登場する。5巻『乙女座のトム・ソーヤー』は、《放課後》とのクロスオーバーとなっている。（七木香枝）

key word▼［現代］［星座］［占い］［教師と生徒］

祖母、母から受け継ぐ少女の本好き遺伝子

《ビブリア古書堂の事件手帖》三上延 *En Mikami*

key word▸［現代］［鎌倉］［古書店］［文学］［家族］

装画：越島はぐ／2011年-／11巻〜／KADOKAWAメディアワークス文庫

e-book

本好きとは遺伝するものなのか。お店ミステリというジャンルの隆盛を遡ると行き当たる《ビブリア古書堂の事件手帖《てちょう》》シリーズを読み続けていくと浮かぶ疑問だ。

北鎌倉にある古書店のビブリア古書堂を舞台に、篠山栞子《しのやましおりこ》という女性店主が夏目《なつめ》漱石《そうせき》のサインの真否だったり、太宰治《だざいおさむ》の初版本をめぐる戦いだったりといった本にまつわる難題を、本に関する知識で解き明かしていく。そんなエピソードが連作で綴《つづ》られ、本好きたちの関心を誘って《ビブリア古書堂の事件手帖》シリーズは巻数を重ねた。

栞子の母親で、本に関する知識は栞子以上だが栞子のような愛とは違った功利的な感情を本に抱いて立ち回るため、栞子とたびたび対立する智恵子《ちえこ》の存在も絡めて続いたシリーズ。第7巻『ビブリア古書堂の事件手帖7――栞子さんと果てない舞台』でシェイクスピアのファースト・フェリオ（初版本）とされる本に仕掛けられた企みを、栞子の下で店員として働いていた五浦大輔《ごうらだいすけ》の意外な活躍で粉砕し、栞子と大輔が結ばれて幕を閉じたかに見えた。

だが、シリーズは『ビブリア古書堂の事件手帖――扉子と不思議な客人たち』へと続き、巻数表記をローマ数字にして刊行され続けている。このサブタイトルに含まれる「扉子《とびらこ》」が、誰あろう栞子と大輔の娘で智恵子には孫にあたる少女だ。登場した当初はまだ幼く、栞子が関わった事件を聞いて喜んでいるだけだったが、『ビブリア古書堂の事件手帖II――扉子と空白の時』では小学3年生になって、横溝正史《よこみぞせいし》の『獄門島』で読書感想文を書こうとして、購入を予定していたその本が別の人に売られてしまった件で、その時の状況を聞いてどこにあるかを言い当ててしまう。

さすがは栞子の娘といったところだが、長く幻だった横溝正史の小説『雪割草』に絡んだ事件で、大輔が書き残した記録から智恵子が裏で動いていたことを本人に指摘して喜ばせるところは、智恵子とギクシャクした関係にある栞子とは違う。「祖母と会うのは恐ろしく、そして楽しかった」。そんな扉子には智恵子の狡知《こうち》と栞子の好奇が受け継がれているのかもしれない。

『ビブリア古書堂の事件手帖IV――扉子たちと継がれる道』では高校2年生になった扉子が、鎌倉文士たちが立ち上げた「鎌倉文庫」から消えた貸出本の行方に、栞子や智恵子も交えて三代の知識で迫っていく。性格に差はあれ文学少女としての等しく熱い本への探究心に満ちたシリーズになって来た。（タニグチリウイチ）

ヒロインも歳を重ねる長寿シリーズ

《杉原爽香》赤川次郎 *Jiro Akagawa*

装画：永田力／1988年-／36巻〜／光文社文庫

　中学3年生の杉原爽香《すぎはらさやか》のもとに、深夜、同級生の久代《ひさよ》から電話が入った。久代は、母が病気がちなうえに、父親が若い愛人を作ったとかで家に寄り付かず、それが影響してか不登校気味になっていた。家が近い爽香は、そんな久代を誘って登校を促していた。ところが3日前の朝、彼女は「学校に行ってもつまらない」と遊びにいってしまい、それきり行方がわからなくなっていたのだ。心配する爽香に久代は、30分後に学校で会う約束をし、さらに「わたしのポシェット、爽香にあげるね」と言って電話を切った。嫌な予感がして急ぎ学校に向かった爽香が深夜の教室で発見したのは、久代の絞殺死体とそばに転がる若草色のポシェットだった……。爽香は「ポシェットをあげる」というメッセージを手がかりに、久代を殺した犯人とその動機を探る。

　小柄な体に好奇心を詰め込んだ、「さわやか」というニックネームをつけられるほど、溌剌《はつらつ》とした元気少女・杉原爽香を探偵役に、身近な場所で起きる殺人事件の謎を解くミステリ《杉原爽香》シリーズ。1988年刊行された第1作『若草色のポシェット』を皮切りに、最新作の『向日葵《ひまわり》色のフリーウェイ』まで、毎年9月に年1冊の刊行ペースで続く長寿シリーズだ。特筆すべきは、登場人物たちも現実世界の人々と同じように、毎年1歳ずつ年齢を重ねている点だ。第1巻では中学3年生で15歳だった杉原爽香も、高校・大学に進学し、古美術商に就職し、後に老人ホームに転職、悲しい恋や結婚など別れや出会いを繰り返し、さらにこれでもかというくらい事件に遭遇しながら、最新巻では50歳になっている。リアタイ読者は、本の中の人物と一緒に年をとるという貴重な体験ができたわけだ。また年齢設定や内容に併せ、ティーンズ雑誌から健康雑誌や女性誌へと連載媒体を変えているところもおもしろい。

　ただし主人公が爽やかだからといって、物語にも同様の読み心地を期待してはいけない。

　15歳の『若草色のポシェット』と16歳の『群青色のカンバス』は、岩崎書店の児童書《赤川次郎ミステリーコレクション》にも収録されているが、事件そのものは極めて陰惨だ。どんな人も状況によっては人を殺してしまうかもしれない。最初の事件で人の危うさを知った爽香は、その後も加害者へと転ずる人の姿を見続ける。清濁を飲みながら、それでも彼女は少女時代の好奇心を失わずに人と関わることも諦めない。

（三村美衣）

key word▼［現代］［殺人］［ライフステージ］

惚れっぽい女子高生の一人旅ミステリ

《星子ひとり旅》山浦弘靖 *Hiroyasu Yamamura*

key word▼［ラブコメ］［旅］［殺人］［逆ハーレム］［時刻表］

装画：服部あゆみ・浦川佳弥・若松みどり／1985-1999年／全50巻＋イラスト集2巻／集英社コバルト文庫

e-book

流《ながれ》星子《せいこ》は名門女子校に通う高校2年生。正義感の強い彼女は、親友をいじめる上級生を懲らしめて、停学処分を受けてしまう。だがこれで堂々と学校を休めると、かねてより念願だった〝ひとり旅〟を決行することにした。両親には禅寺へ行くと嘘《うそ》をつき、飼い猫のゴンベエをボディガード代わりにリュックに詰め、ブルートレイン・特急寝台「さくら」に乗り込み長崎へと旅立つ。

旅先で素敵な人と出会い、恋が生まれるかもしれない。そう期待を寄せる星子だが、現実はうまくいかない。列車で出会ったイケメンは、奇妙なことに数日前にバラバラ死体で発見されたミュージシャンと瓜《うり》二つだった。おまけに同室になったタレ目の男・美空《みそら》宙太《ちゅうた》は、長崎に着いても彼女につきまとう。

長崎観光を満喫する星子は、雑木林の中で首吊《つ》り死体と遭遇する。おまけにその現場から、列車で見かけたイケメンが逃げ去っていった。男が気になる星子は探偵気分で調査を始め、そんな彼女に宙太は何かと手を差し伸べるのだが……。

惚《ほ》れっぽい星子が恋を求めて一人旅をし、行く先々で殺人事件に巻き込まれる。コバルト文庫を代表するトラベルミステリ《星子ひとり旅》は、女子高生の一人旅という新鮮な設定や、観光要素を盛り込んだストーリー、そして宙太をはじめ個性豊かなキャラクターが魅力的なシリーズだ。主人公の星子は時刻表を読みこなし、一人旅を楽しむ。少女たちはそんな姿に憧れ、旅心をくすぐられた。

宙太は星子から鬱陶しがられているが、めげずにアプローチをかけ続ける。そんな彼の正体が判明するのは、第4巻の『京都迷路地図は♣《クローバー》色』。だが以後も星子は落ち着かず、「ニューハーフ」の敏腕占い師・伊集院《いじゅういん》春之介《はるのすけ》や、宙太の部下の三日月《みかづき》マサル、ヤクザ一家出身の弁護士・十文字《じゅうもんじ》右京《うきょう》など、さまざまな男性たちとの出会いを果たす。

一人旅で始まった物語は、『I LOVE YOUは♥《ハート》色』以降は星子&宙太ふたり旅、『恋の♥《ハート》探偵はSOS』からは星子とらぶるファミリーとして展開。シリーズは星子視点で進むが、『トランプ刑事の恋は♥《ハート》色』のみは宙太視点を取り、通常とは異なる構成が新鮮な巻となっている。2冊刊行されたイラスト集には書き下ろし短編が収録。またメディアミックスとして、アニメ映画『殺人切符はハート色』や、浦川佳弥によるコミカライズなどもある。（嵯峨景子）

推理し復讐する高校生コンビ

《小市民》米澤穂信 *Honobu Yonezawa*

装画：片山京子／2004-2024年／全5巻＋番外短編集1巻／東京創元社 創元推理文庫

ヒロインらしくないと感じるか、これこそがリアルなヒロインだと受け取るか。『春期限定いちごタルト事件』から始まる《小市民》シリーズに登場する小山内《おさない》ゆきは、同じ米澤穂信《よねざわほのぶ》による同じような学園ミステリの《古典部》シリーズに登場する、豪農家の一人娘で清楚《せいそ》な容姿を持っていて、好奇心も旺盛な千反田《ちたんだ》えるとは正反対。髪型はセミロングで背は低く、人見知りなのか前に出ようとしない。小鳩常悟朗《こばとじょうごろう》という高校の同級生に着いていても、いつの間にかいなくなってしまうところがある。

けれども小山内は、決して群れに埋没する〈羊〉などではない。自分への敵意を執念深く覚えていて、必ず「復讐《ふくしゅう》」することを主義とした〈狼《おおかみ》〉だ。同じ中学校に通っていた小鳩と小山内は、ある事態を経験したことで決して出しゃばらない「小市民」でいようと決めた。けれども高校に進んで、買ったばかりの限定スイーツを自転車ごと盗まれた事件をきっかけに、小山内は「復讐」のために敵を追い始める。そんな小山内を守るために、小鳩も頭脳をフル回転させて事件の真相に迫っていく。

《古典部》シリーズで千反田が、折木奉太《おれきほうた》郎《ろう》という怠惰な高校生に好奇心をぶつけて動かし挑む事件は、ある生徒の退学理由や未完映画の結末を探すといった学校生活に絡んだものが多かった。小鳩と小山内が関わる事件は、犯人が刑事罰に問われるようなものが重なる。『春期限定いちごタルト事件』では詐欺が計画され、『夏期限定トロピカルパフェ事件』では小山内が誘拐され、最新刊『冬期限定ボンボンショコラ事件』では小鳩がひき逃げに遭う。

そうした事件を小鳩は情報を集めて推理し解決しようとするが、小山内は違う。「復讐」のために周到な計画をめぐらせ、相手をハメるやり口も厭《いと》わない。学園ミステリの女子高生ヒロインに浮かぶイメージからかけ離れた凶暴さを秘めた小山内を、さすがの小鳩も持て余す。『秋期限定栗《くり》きんとん事件』で関係を解消し、それぞれにカップルを作って高校生活を送ろうとするが、〈狼〉の獰猛《どうもう》さを満足させる相手はそうはいなかった。『冬期限定ボンボンショコラ事件』で、二人が近づいた中学時代のある出来事を振り返り、それをなぞるような展開の中で改めて関係を確かめ合う。

学園ミステリとしての興味を満たしてくれることは当然で、その中で平凡ではいられない男子と女子の、事件への探求とスイーツへの貪欲な興味にふれられるシリーズだ。（タニグチリウイチ）

key word▼［現代］［学校］［互助関係］［スイーツ］［復讐］

100巻を超える超ロングセラーミステリ

《つかまえて》秋野ひとみ *Hitomi Akino*

装画：赤羽みちえ／1988-2006年／全103巻／講談社X文庫ティーンズハート

工藤《くどう》由香《ゆか》と藍沢左記子《あいざわさきこ》（通称サキ）は都立高校に通う15歳。二人は幼《おさな》稚園からの幼馴染《なじみ》で親友だった。クラスメイトの小林《こばやし》宣彦《のぶひこ》と一緒に渋谷で遊んだ由香とサキは、道玄坂の喫茶店で休息をする。そこに、派手なワンピースに身を包んだ同級生の寺坂《てらさか》敦子《あつこ》が通りかかり、好奇心に駆られた3人は尾行を始めた。だが彼女の姿は、とあるラブホテルの前で消え失せる。

その後ラブホテルの経営者が死体で発見され、由香たちの迂闊《うかつ》な発言のせいで、敦子が容疑者として疑われることになった。由香とサキは彼女の殺人容疑を晴らそうと、探偵の真似事に乗り出すのだった——。

全95作、103巻というボリュームの《つかまえて》は、ティーンズハートを代表する長編シリーズ。名探偵の由香とサキが遭遇する事件は1作ごと（上下巻含む）に完結し、バラエティに富んだ謎解き要素とあわせて、各巻で少しずつ進展する恋愛関係の展開も見どころだ。事件の謎を解く由香とサキのやり取りが軽快で、二人の友情も本作の魅力の一つ。シリーズ初期は主人公由香の一人称小説だが、第14作『修学旅行でつかまえて』以降はサキの視点も取り入れた構成で執筆される。

由香とサキ、そして小林の三角関係から始まった恋愛は、以後さまざまな男性キャクターを巻き込みながら進む。第2作『星降る夜につかまえて』からは、物語のキーパーソンである桜崎《さくらざき》兄弟が登場。当初はライバル的なポジションに位置するも、やがて味方になり、大学生になった由香は桜崎探偵事務所でアルバイトを始めるなど、彼らと深くかかわることになる。

他にも医大生の菊地薫《きくちかおる》（第16作『天使をつかまえて』から登場）や、天才音楽家の竜堂《りゅうどう》明《あきら》（第52作『怪しい別荘《サマーハウス》でつかまえて』から登場）などが、由香に思いを寄せる。サキは高校卒業後すぐに結婚するが、由香の恋愛パートは引っ張られ、最終的に誰と結ばれるのか見届けるのも楽しい。

第7作『ペーパームーンでつかまえて』は初期の良作で、建設中の遊園地、鏡の迷路のアトラクション、そして『不思議の国のアリス』を下敷きにしたモチーフなど、魅力的な設定と謎解きが印象的だ。この巻から登場するキャラクターもシリーズの重要人物で、大人の女性の苦しい片恋が恋愛パートに陰影を添えていく。

著者の秋野ひとみはほかにも《バンパイア・シティ》シリーズや《ななみ》シリーズを手がけ、別名義作品として小川夏野『同居時代・15歳』や、林瞳『皆殺しの天使たち』などもある。（嵯峨景子）

key word▼［殺人］［恋愛］［友情］［三角関係］

大学生&刑事コンビがみせる変装&名推理！

《とんでもポリス》林葉直子 *Naoko Hayashiba*

装画：伊東千江・みずき健・くりた陸／1987-1995年／全18巻／講談社X文庫ティーンズハート

徳川忍《とくがわしのぶ》は総理大臣の父を持つ、好奇心旺盛で活発な大学生。ある日、忍は父の知人の警察庁長官から依頼を受けて、Y県警本部で起きている上級幹部と暴力団の癒着を暴き出す極秘任務に協力することになった。忍は友人で俳優の冴子《さえこ》から変装と演技の指導を受け、50代の女性県警本部長として潜り込む。

潜入初日が終わり、素顔に戻った忍は夜の公園で犬を散歩中していたところ、若い男性と遭遇した。互いの素性を明かさないまま好意を抱いてその日は別れたが、男の正体はY県警本部の刑事・松前高志《まつまえたかし》だった。翌日、公園で女性の死体が発見され、服に血がついていた高志は殺人犯として逮捕されてしまう。高志のアリバイを証明できるのは忍だけだが、県警本部長を演じている秘密は明かせない。忍は警察の汚職事件の解明を進めながら、高志も助けようと奮闘するが――。

史上最年少で女流王将を獲得し、１９８２年から１９９１年まで女流王将を10連勝するなど、女流棋士として一時代を築いた林葉直子。林葉は少女小説家としても大きな足跡を残しており、ティーンズハートを中心に多数の作品を手掛けて人気を博した。

代表作である《とんでもポリス》は、変装と名推理が特技の忍と、彼女の恋人でタフだが浮気性の高志がタッグを組み、さまざまな事件を解決するシリーズ。二人の出会いを描いた第1作『とんでもポリスは恋泥棒』は、警察の腐敗と高志が巻き込まれた殺人事件が絡みながら展開する。事件の黒幕の正体を含めてプロットは緻密に練り込まれており、ジュニア・ミステリとして高いクオリティを誇る1冊だ。

ユニークなキャラクター造型とポップな作風、手堅いミステリ要素とあわせて、作中に盛り込まれたお色気要素も林葉作品の大きな特徴である。《とんでもポリス》では当時の少女小説としては刺激的な表現を取り入れながら、忍と高志の恋模様をコミカルに描いた。第4作『恋のアリバイをくずせ！』からは挿絵がみずき健に変わり、タイトルも《新とんポリ》に変更。二人の子どもが登場する『ベビー・とんポリ』以降はくりた陸が挿絵を担当した。『とんでもポリスは恋泥棒』は１９９０年にテレビドラマ化、ＮＨＫ-ＦＭの青春アドベンチャーでラジオドラマ化など、メディアミックスも行われている。

林葉の他作品としては、《キスだけじゃイヤ》シリーズなど。「かとりまさる」名義で将棋をテーマにした漫画『しおんの王』の原作も手掛けている。（嵯峨景子）

key word▼［恋愛］［殺人］［仕事］［変装］［コメディ］

仕事と恋を両手でつかんだっていいじゃないか

《おいち不思議がたり》 あさのあつこ *Atsuko Asano*

key word▼[江戸][超能力][自立][仕事]

(上)装画:丹地陽子/2009年-/6巻~/PHP研究所、(下)2011年-/5巻~/PHP文芸文庫

e-book

江戸は深川の菖蒲《しょうぶ》長屋で暮らすおいちは16歳。幼い頃に流行り病で母を亡くしたが、父親である医師の松庵《しょうあん》と伯母のおうたの愛情を受けて、のびのびと育ち、今は父の助手として働いている。おいちには不思議な力があり、けが人や急病人がかつぎこまれる前に患者の声を聞いたり、この世に思いを残して死んだ死者の姿を見たり声を聞くことができる。ある夜、そんなおいちの夢に、助けを求める女の姿が現れた。おいちは父を起こし、急患に備えて待つが、夜が明けてもその女性が診療所に現れることはなかった……。

霊感のあるおいちが、医師の松庵と、〝剃刀仙《かみそりのせん》〟の異名を持つ岡っ引きの仙五郎《せんごろう》親分らと共に、深川界隈《かいわい》で起きる事件を解決する。長屋の暮らしぶりや、商家の風習など、江戸町人もののおもしろさと、霊感探偵ものの醍醐味《だいごみ》を盛り込んだ連作短編集だ。が、それよりも何より、あさのあつこの真骨頂とも言うべき、青春小説としての魅力が抜きん出ている。

実はおいちは、自分も医師になりたいという夢を抱いているのだ。おいちは恵まれた環境にある。長屋住まいで貧乏とはいえ、父は蘭方医《らんぽうい》だ。腕は一流で、大名からの召し抱えの話もあったが、長屋暮らしを選んだ。おいちはその父の背中と、治療の技術を見て育った。娘があたりまえの幸せではなく困難な道を選ぶことを危惧しながらも、そんな娘に誇らしさと愛しさを感じている。父だけではない。「女の幸せは結婚と家庭」とうるさく縁談をすすめる伯母ですら、おいちが心を決めれば全力で後押しをしてくれる。

とはいえ、この時代女子が通えるのは寺子屋止まりであり、読み・書き・算盤に、女性としてのたしなみが学べる程度。女性を受け入れる学問所なければ、阿蘭陀《オランダ》医学を学ぶ道も女性には開かれていない。5巻『星に祈る』では、おいちは女性が医学を学べる私塾の設立に立ち会う。しかしすべてを犠牲にして医の道に猪突猛進《ちょとつもうしん》するわけではないところが本書のおもしろさだ。長屋育ちのおいちは、女たちが子どもを背負いながら働く姿を見て育った。医師だって同じはずではないか。医師になるという夢と、家族との幸せ。どちらかではなく両方を叶《かな》えてもいいのではないか。広い視野を持ちながら、自分の足元をおろそかにしない堅実な性格と、家族の愛情と長屋の人情に包まれて育ったおいちだからこその、現代にも通じるしなやかな強さが心地よい。

(三村美衣)

伝説の殺し屋に間違われた眠子の運命は？

《ミステリー作家・朝比奈眠子》香山暁子 *Akiko Kayama*

key word▶［作家］［恋愛］［殺し屋］［年下］［ドタバタ］

装画：曽我ひかり／2000-2001年／全5巻／ポプラ社ティーンズミステリー文庫

本作は野村美月が香山暁子時代に手掛けたミステリ。締め切り当日なのに原稿が全く書けていない朝比奈眠子《あさひなねむこ》は、鬼担当の伊達《だて》から逃げ出そうと家出を決行する。ところが眠子は逃亡先の公園で伝説の殺し屋ユウカに間違われ、少年少女から構成される革命グループが企てる計画に巻き込まれてしまった。

暗殺のターゲットは、コンピューター会社サエキのカリスマ社長・佐伯龍一《さえきりゅういち》。依頼者の夏羽《なつは》は、かつて父の会社を佐伯に潰された結果両親が心中した過去を持ち、佐伯に復讐《ふくしゅう》しようとしていた。しかし、親を失った夏羽を引き取り9年間自分の娘として育てていたのは、他ならぬ佐伯その人だったのだ。夏羽の苦しみと孤独を知った眠子は、佐伯を殺さなくてすむよう、彼が悪人ではない証拠を探そうとするが……。

三つ編みメガネがトレードマークの臆病でドジな眠子が、とんでもないトラブルに巻き込まれる《ミステリー作家・朝比奈眠子》シリーズ。死体描写が大の苦手なくせに殺人ばかり書いている眠子を筆頭に、原稿の遅い眠子に張りつき悪徳サラ金業者のごとく原稿を取り立てる編集者の伊達、一流の情報屋と冷酷な殺し屋という二つの顔を持つ少年かりん、「オレの嫁になれ」と眠子を口説き続けるイケメントラブルメーカーの女友だち葉山祥《はやましょう》など、シリーズにはユニークなキャラクターが多数登場する。

王子さまとのロマンチックな恋愛を夢見る眠子は、最初の事件で遭遇した美貌の男に一目惚《ぼ》れする。だがその謎の男こと綾人《あやと》はかりんの仲間で、複数人で活動する殺し屋集団ユウカのメンバーだった。惚れっぽく報われない恋ばかりする眠子に心を寄せるのが、作家・朝比奈眠子のファンを公言するかりんである。かりんは頼りない探偵役の眠子をサポートし、ピンチの時にも手助けをするが、眠子は彼の思いには全く気づいていない。

第2巻『眠り姫は恋のトライアングル中』は葉山祥の初登場巻で、祥に恋をしたアメリカの大企業令嬢誘拐事件が描かれる。第3巻『眠り姫は駆け落ち演習中』は女子高校生の駆け落ち騒動話で、眠子は誘拐犯だと疑われる。第4巻『眠り姫は危険なお昼寝中』はかりんと眠子の出会いを描く前日譚《たん》で、殺しを目撃されたかりんが口封じに眠子を殺そうと奮闘する。第5巻『眠り姫は密室ロマンス中』は、来日中の王子の暗殺事件に眠子が巻き込まれる物語。レーベルの廃刊にともないシリーズも終了するが、眠子とかりんの関係が進展をみせたこの巻で中断したのが惜しまれる。（嵯峨景子）

両片想い夫婦が織りなす平安事件簿

《探偵は御簾《みす》の中》汀こるもの *Korumono Migiwa*

装画：しきみ／2020-2023年／全4巻／講談社タイガ

e-book

真面目な平安貴族・祐高《すけたか》と頭脳明晰《めいせき》な年上妻の忍《しのぶ》は、子宝にも恵まれた評判のおしどり夫婦。けれどもその実は、世間体のために「色恋は後からすればいい」と取引して政略結婚した仲だった。

結婚から8年、検非違使別当《けびいしべっとう》（警察トップ）に上り詰めた祐高だが、生来ヘタレな彼はなんだかぱっとしない。夫の株を上げるべく、忍は祐高の仕事に御簾《みす》の内側から助力することに。バラバラ殺人や密室殺人、宮中に出没した鬼の謎を解いたり、政争に巻き込まれたりしながら夫婦の絆《きずな》を強めていく平安ミステリ×ラブコメ。

《探偵は御簾の中》は、平安時代を舞台にメフィスト賞出身作家が贈る本格ミステリと、両片想い夫婦が織りなすラブコメの両方が楽しめるシリーズ。全4巻とコンパクトで読みやすく、1冊の中にぎゅっとおもしろさが詰まっていて満足感もたっぷりだ。

結婚して三人の子どももいるが、始まりが始まりだったせいで両片想い状態の夫婦関係がユニークで、頭脳派で口達者な年上妻とヘタレだが実直な年下夫の関係性が押し引きしながら変化していく様子が、面倒くさくも愛おしい。

物語を牽引《けんいん》するのは、「汀こるもの節」とでも呼ぶべき特徴的な文章と台詞回しだろう。登場人物の心情の昂《たか》ぶりと共に怒濤《どとう》の勢いを見せる台詞が小気味よく、ついクスリとしてしまうはず。

氷室冴子《なんて素敵にジャパネスク》以来、平安時代は少女小説やライト文芸でおなじみの舞台だが、本作がひと味違うのは歴史と文化の解釈だ。平安貴族の文化や仕事、陰陽道をかみ砕き、再構築して提示する視点が独特で、物語のディテールを支えると共に一癖ある物語の仕上がりに一役買っている。

汀こるものの平安ものは、他にも12歳で夫と死に別れて尼になった姫君が男難の相に悩まされる『五位鷺の姫君、うるはしき男どもに憂ひたまふ』（メディアワークス文庫、続刊は同人誌で完結）がある。

毒っ気を含んだ切れ味の鋭い視点とそれぞれ個性の際立つキャラ立ては著者が得意とするもので、本作が気に入ったらデビュー作シリーズの《THANATOS》（講談社ノベルス）がおすすめ。事件を引き寄せる死神体質の兄と探偵役の双子の弟、お付きにして人柱の刑事が巻き込まれるミステリで、汀こるもの特有の読み味を満喫できる。思わず作家買いしたくなる、癖になる作家をお探しの方は必見だ。（七木香枝）

key word▼**［平安］［ラブコメ］［政略結婚］［両片想い］**

揺らぐ時代に令嬢と運転手が紐解く謎

《ベッキーさん》 北村薫 *Kaoru Kitamura*

key word▼［昭和］［歴史］［お嬢様］［運転手］

（上）写真：大嶽恵一／2003-2009年／全3巻／文藝春秋、（下）装画：謡口早苗／2006-2011年／全3巻／文春文庫

時は昭和7年。士族出の花村家に生まれた英子《えいこ》は、ある日父親から新しい運転手・別宮《べっく》みつ子《こ》を紹介される。

断髪に凛《りん》とした眉、長い睫毛《まつげ》が印象的な瞳の彼女を見た英子は、読み終えたばかりのサッカレー『虚栄の市』のヒロインにちなんで「ベッキーさん」と呼ぶことに決める。聡明《そうめい》で落ち着きがあり、武道にも優れたベッキーさんと一緒に、英子は新聞に載っていた事件や兄の友人が考えた暗号、映写上映会中に起こった同席者の死について推理をめぐらせる。

『街の灯』『玻璃《はり》の天』『鷺《さぎ》と雪』と続く《ベッキーさん》は、時代の変化の足音が近づく昭和7年~11年を舞台に、「わたし」こと英子とベッキーさんがさまざまな謎を探る三部作だ。『鷺と雪』で、第１４１回直木賞受賞。

近いようで遠い昭和初期は、まだ女性の将来の選択肢が今よりも限られている時代だ。女子学習院に通う英子は華族ではないが上流階級のご令嬢であり、お付きなしの外出などもってのほか。もちろん、ベッキーさんのように女性で運転手になる人も少ない頃である。

英子は箱入り娘であり、賢いがゆえに生家を飛び出せるような無鉄砲さは持たない。けれどもベッキーさんという良き相談相手を得て、少しずつ成長していく姿が丁寧に描かれる。恵まれたお嬢さんである英子を導くのは、聡明なベッキーさんの柔らかな言葉と身の回りで起こる謎の数々だ。お嬢さんと運転手であり、時に姉と妹のようでもありながら、二人は穏やかな友情で結ばれてもいる。互いに尊重し合う二人の関係が心地いいのは、明確に探偵役が決まっていないからかもしれない。車の内外で共に行動する二人が解き明かす謎が必ずしもわかりやすい結末を迎えない点もまた、物語に奥行きを与えている。

整えられた箱庭の中に生きてきた英子の視野が開けていくにつれて、物語には不穏な影が忍び寄っていく。共に過ごすうちに英子はベッキーさんの過去を知り、またほのかな恋心を抱く相手と出会うのだが、物語は巻き戻すことのできない決定的な瞬間を迎える。これ以上はないからこそ胸を衝かれる幕切れには、はっと息を止めてしまうはず。ぜひ何も見ずに読んで、まっさらのまま到達した結末を噛《か》みしめてほしい。

（七木香枝）

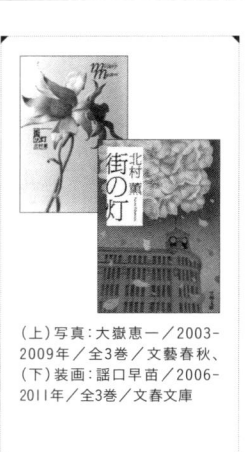

館を舞台に少女の恋を描く三部作

《館》佐々木丸美 *Marumi Sasaki*

key word▶［館もの］［恋愛］［青春］［芸術］［輪廻転生］

（上）装画：味戸ケイコ／2008年／全3巻／復刊ドットコム（※書影は復刻版。初出は1977-1980年／講談社）、（下）装画：牧野千穂／2006年／東京創元社 創元推理文庫 e-book

北海道の人里離れた崖の上に建つ館には、資産家のおばが暮らしている。おばを慕って休暇のたびに館を訪れるのは、六人のいとこたち。仲の良い彼らに影を落としているのは、二年前に起こったおばの養女・千《ち》波《なみ》の事故死だった。千波を喪って二年が経った冬休み、高校生の涼子《りょうこ》は浪人生の哲《てつ》文《ぶみ》と共に館を訪れるが、館から一枚の絵画が消えたことを皮切りに、事件が起こり始める……。（『崖の館』）

《館》は、千波の死を紐《ひも》解く『崖の館』、千波の前世の恋人が登場する『水に描かれた館』、転生した千波が館へと帰り着く『夢館』の三部作。中でも、『崖の館』は雪に閉ざされた洋館で起こる事件について推理が交わされる「館もの」として完成度が高く、手に取りやすい1冊だ。

1975年『雪の断章』でデビューした佐々木丸美は、約10年にわたって精力的に作品を上梓《じょうし》した後、断筆。復刊リクエストが多数寄せられたが、「新作を届けたい」という思いから復刊はならず、2005年に逝去。遺族の同意を得て、創元推理文庫から一部作品が、ブッキングから全作品が復刊した。

佐々木丸美の魅力として一番に挙がるのは、流れるような美文で描き出される心理描写と、年上の男性とのロマンスだろう。時にリリカルと評されるみずみずしく濃密な心理描写は、自分の想いを貫こうとする少女の頑なさを愛おしく思わせると同時に、読者にむず痒《がゆ》さを与える。

美しいと信じるものを力強く描き出す一方で、佐々木丸美の観察眼は人の醜い部分にも焦点をあてることを忘れない。妬みや悪意を冷静に見つめ、緻密に描き出す生々しい鋭さが、少女の恋を眩《まぶ》しく引き立てている。

もう一つ佐々木丸美を語るうえで欠かせないのは、型に収まりきらない物語の豊かさだ。読み進めると、物語に織り込まれていた輪廻転生《りんねてんせい》や伝説、超常現象といった要素が顔を出す。それらの要素と魅力的なキャラクターが複雑に絡み合い、作品全体を通したつながりを浮かび上がらせる。作品同士の関連は、ブッキング版『夢館』の相関図に詳しい。また、創元推理文庫版とブッキング版は底本が異なり、《孤児》には一部違う展開を見せる作品がある。

度々絶版になりながらも読み継がれてきた佐々木丸美の物語は、他に換えのない作風と文章で読者を魅了する。ジャンル・佐々木丸美としか言いようのない、頑なで美しい物語の世界に一度足を踏み入れれば、きっと惚れ込んでしまうはずだ。（七木香枝）

怪異蒐集家と訳あり助手が事件に挑む!

《准教授・高槻《たかつき》彰良《あきら》の推察》 澤村御影 *Mikage Sawamura*

key word▼[民俗学][バディ][怪異][異界][青春]

装画:鈴木次郎/2018年-/10巻+番外編2巻〜/角川文庫

深町《ふかまち》尚哉《なおや》は青和大学に通う大学1年生。10歳の夏、長野にある祖母の家で不思議な祭りに迷い込んだ尚哉は、代償として人の嘘《うそ》を声の歪《ゆが》みとして聞き分ける耳を持つようになってしまった。以来彼は家族や周囲とうまく関わることができず、他人と距離を置いて孤独に生きている。

尚哉が履修する授業の一つが、34歳の若き准教授・高槻彰良《たかつきあきら》が担当する、学校の怪談や都市伝説から民俗学にアプローチするユニークな講義だった。高槻は研究のために「隣のハナシ」というサイトを開設し、怪異に遭った人の体験談を集めている。レポートに幼少期の体験を記したところ、高槻は尚哉に興味を持ち、アルバイトに誘った。高槻はイケメンで優秀だが、おもしろい怪異に出会うと子どものようにはしゃぎ、周囲をドン引きさせることもある。尚哉は怪異を調査する高槻の助手として事件に関わる中で、彼が抱える秘密を知ることになり――。

民俗学を専門にする准教授と、嘘を聞き分ける耳を持つ大学生助手のコンビが活躍する民俗学ミステリ《准教授・高槻彰良の推察》。物語は高槻のもとに持ち込まれる怪異にまつわる謎解きと、尚哉と高槻それぞれの過去の解明を軸に進む。高槻は民俗学に関する圧倒的な知識と、一度見たものは決して忘れない絶対記憶能力を武器に、事件の奥に潜む真実を見事にあぶり出す。その鮮やかな推察と、バラエティに富んだ怪異事件の数々は、本作の大きな読みどころだ。

高槻も尚哉もそれぞれ幼少期に怪異に遭い、その過去が原因で普通の人とは違う世界に生きるようになってしまった。現実と異界のはざまに身を置く二人が、共に歩む相手を見つけたことで、自身の過去とも向き合うようになる。第5巻の「死者の祭」は尚哉が高槻と共に耳の原因となった祭りを調べる話で、とりわけ異界の色が濃い。シリーズの核となる、重要かつ印象的なエピソードである。

高槻との出会いをきっかけに尚哉の世界は広がり、友人や信頼できる大人にも恵まれ、社会との接点も増えていった。一方で高槻は危うさを増し、彼の中に潜むものの存在が徐々に大きくなっていく。深まりゆく二人の絆《きずな》と、謎めいた高槻の過去から目が離せない、大人気民族学×バディミステリである。シリーズは2020年よりコミカライズが展開し、2021年にはテレビドラマも放映。作者のデビュー作である《憧れの作家は人間じゃありませんでした》シリーズと共通するキャラも登場し、あわせても読むのも楽しい。(嵯峨景子)

理瀬の記憶と三月の国の秘密をめぐる物語

『麦の海に沈む果実』恩田陸 *Riku Onda*

key word▼［学園］［殺人］［青春］［郷愁］［耽美］

（上）装画：北見隆／2000年／全1巻／講談社、（下）2004年／講談社文庫

e-book

世界の果てにあるような湿原にたたずむ全寮制の中高一貫私立学校。高度かつ独自の教育方針を打ち出し、わけありの子女も多数通うこの学園に理瀬は編入した。だがここは三月にしか生徒を受け入れておらず、二月最後の日にやって来た理瀬《りせ》は学園を破滅に導く異端者とみなされる。

入学して理瀬が加わったのは、半年の間に生徒が二人も姿を消したいわくつきの集団だった。ルームメイトで舞台女優をめっざす快活な憂理《ゆうり》や、理瀬と一日違いで学園に入学した、作曲の勉強をする天使のような容姿のヨハン。幾人もの生徒が姿を消したこの学園で、かつて失踪したまま未だ消息のわからない麗子《れいこ》に今も強い執着をみせる黎二《れいじ》。それぞれの事情を抱えた生徒が在籍する、どこか歪《いびつ》で閉鎖的な学園は、男女どちらの姿も似合うカリスマ性溢《あふ》れた校長が支配する「三月の国」なのだった。ある日、理瀬は校長が主催するお茶会に招かれた。そこで麗子の生死を確かめるための降霊会が行われるが、その直後に学園内で殺人事件が発生し——。

芥川賞受賞作の『蜜蜂と遠雷』をはじめ、ヒットメーカーとして活躍する作家・恩田陸。数多い作品の中でも、水野理瀬を主人公に長年書き続けられている《理瀬》シリーズは根強い支持を集める人気作で、とりわけ『麦の海に沈む果実』は少女小説的な読みどころに溢れたゴシックミステリである。

古い修道院をもとにした迷路のような学園で暮らす、わけありの少年少女たち。あやうい魅力に溢れた世界をよりいっそう盛り上げる小道具として作品に登場するのが、「麦の海に沈む果実」という詩だ。本の中に隠された詩という萩尾望都の『トーマの心臓』を彷彿《ほうふつ》とさせる「麦の海に沈む果実」は、郷愁を掻《か》き立てながら思春期の不安定な心情と響き合う。

他作品とのリンクも、理瀬シリーズを読む楽しみの一つである。学園が創立される契機となったのが、『三月は深き紅の淵《ふち》を』という自費出版本だった。《理瀬》シリーズの第1作にあたる『三月は深き紅の淵を』で語られる謎めいた稀覯本《きこうぼん》が、かたちを変えて本作でもキーアイテムとして登場する。『三月は深き紅の淵を』の第四章「回転木馬」は、『麦の海に沈む果実』の予告編的な物語で、他にも『黒と茶の幻想』には学園を出た後の憂理の姿も描かれる。

理瀬を主人公にした作品としては他にも『黄昏《たそがれ》の百合の骨』、17年ぶりの新作として話題を呼んだ『薔薇《バラ》のなかの蛇』、また最新刊であるシリーズ初の短編集『夜明けの花園』などがある。（嵯峨景子）

9冠は伊達じゃない！　圧巻の青春ミステリ小説

『かがみの孤城』辻村深月 *Mizuki Tsujimura*

key word▼［現代ファンタジー］［不登校］［生きづらさ］

（上）装画：禅之助／2017年／全1巻／ポプラ社、（下）2021年／全2巻／ポプラ文庫

e-book

「お前たちには今日から三月まで、この城の中で〝願いの部屋〟に入る鍵探しをしてもらう。見つけたヤツ一人だけが、扉を開けて願いを叶《かな》える権利がある」

学校での居場所をなくし、部屋から出られなくなっていた中学1年生のこころ。ある日、部屋の姿見が光を放ち、呑《の》み込まれるように辿《たど》り着いたのは、鏡の城。狼《おおかみ》の面を被った少女が説明したのは、この城で過ごすためのルールだった。城に滞在できるのは9時から17時まで。それを過ぎると、狼に喰《く》われてしまう、と。

活発で快活なポニーテールのアキ、声優みたいな声だけどとっつきにくいフウカ、ゲームをこよなく愛するマサムネ、物静かで大人びた雰囲気のスバル、恋愛脳で調子の良いウレシノ、一人だけ際だった存在感を放つイケメンのリオン、こころを入れて全部で7人。個性もさまざま、背負っている生きづらさも違う7人が、なぜこの場所に集められたのか。それぞれの叶えたい願いは何なのか。

逃げ場のない現実生活に突然現れた鏡の城、そこだけが唯一7人の子どもたちが息をつける場所だった。ぎこちなく、けれど一歩ずつ交流を深めていくこころたち。けれどおよそ1年、与えられた猶予が過ぎれば否応なく城での滞在は終わる。一つずつ欠片を拾い集め、真相に辿り着く怒濤《どとう》の後半は一気読み必至だ。

十代の抱える脆《もろ》さや不安、世界と自分が一致しないもどかしさ、大人への不信感、寄る辺なさ、そういった誰もが抱え、戸惑っていた思いを丁寧に掬《すく》い上げ、7人の造型に落とし込む。こころの母親や、フリースクールの先生喜多嶋《きたじま》に共感する人もいるかもしれない。

「子どもとかつて子どもだったすべての人へ」というキャッチコピーの通り、きっと読む人誰もがそこに自分の分身を見つけ出すだろう。

虐められるものと虐めるもの、救われるものと救うもの、留まるものと進むもの、そこに越えられない境界線があるように見えて、じつは誰もがその境を行き来しながら明日をめざすのだ、という希望の物語でもある。

本屋大賞、ダ・ヴィンチBOOK OF THE YEAR、王様のブランチブック大賞など9冠に輝き、ハードカバー版、文庫版、振り仮名をつけた児童文庫、コミック版、そしてアニメ映画にもなっている。辻村深月を代表する一作。（池澤春菜）

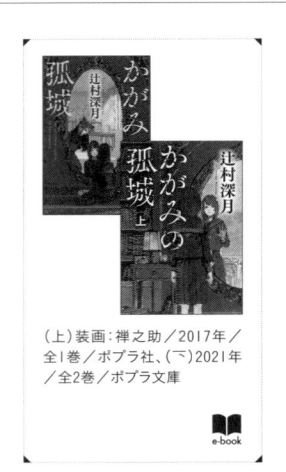

虚実織り交ぜた物語が内包する秘密

『倒立する塔の殺人』皆川博子 *Hiroko Minagawa*

key word▼［戦時中］［女学校］［幻想］［エス］

（上）装画：佳嶋／2007年／全1巻／理論社、（下）2011年／PHP文芸文庫

第二次世界大戦中。都立の女学校に通う阿部欣子《あべきんこ》は、級友の三輪小枝《みわさえだ》と組んで校舎の焼け跡整理を行っていた。母と妹を失った欣子は、小枝とその叔母が暮らす家に身を寄せる。

終戦を迎え、女学校も新学期を迎えた。校舎が焼け落ちたため、近隣のミッションスクールで授業を受けることになった欣子は、小枝から1冊のノートを手渡される。

孔雀《くじゃく》の尾羽のようなマーブル模様の表紙に模造革を継いだ背表紙のノートには、タイトルも著者名もない。表紙をめくると、手書きで描かれた蔓薔薇《つるばら》模様の枠に「倒立する塔の殺人」と記されていた。

このノートは、かつてミッションスクールの図書館にひっそりと置かれていたという。ミッションスクールの生徒である設楽《しだら》久仁子《くにこ》と上月葎子《こうづきりつこ》、そして小枝が回し書きしたというノートには、手記と小説が綴《つづ》られていた。

直撃弾を受けたチャペルで身元不明死体と共に焼死した上月の最期に納得できない小枝は、欣子にノートを読んで思ったことを教えてほしいと頼む。

本作は、時代の仄暗《ほのぐら》さと耽美《たんび》さが濃密に漂う物語だ。

手記とリレー小説を通して語り手と書き手の「わたし」が入れ替わるスタイルで、読み進めるうちに読者はいったい何が現実で何が虚構なのかわからなくなってゆく。戦争の影に浸されながらもどこか浮世離れしたミッションスクール、女性同士の恋愛にも似たエスの関係、作中に散りばめられた海外文学や絵画……。魅力的なモチーフに彩られた物語は虚実がくるくると入り交じり、つい酩酊《めいてい》してしまいそうになる。そんな読者をつなぎ止めるのは、異分子を略したあだ名（イブ）で呼ばれる欣子の存在だ。作中作に隣接しながらもその外側に立つ欣子は、地に足のついた冷静さとたくましさで物語を静かに牽引《けんいん》する。

虚実織り交ぜた語りに潜んだ秘密は、すべてが白日の下に晒《さら》されはしない。「わからない」とされながらもふわりと薫る秘密の残り香を漂わせつつ、物語は収束する。自分の意思でもって猥雑《わいざつ》な社会に踏み出していく欣子の姿が描かれる結末は、幻惑から醒めたような読後感を残す。

魅惑的な毒をはらんだ物語の中に何度も迷い込みたくなる、忘れがたい1冊だ。

（七木香枝）

バッドエンドに書き換えられた本を救え

『魔女の愛し仔』綾里けいし *Keishi Ayasato*

key word▶［異世界］［魔女］［お伽噺］［師弟愛］

装画：一色／2020年／全1巻／
星海社FICTIONS

e-book

夜闇の森の広場で、一晩中篝火《かがりび》が焚《た》かれ、宴が続く魔女集会の夜。凶作続きに困り果てた村人たちは、魔女への生贄《いけにえ》に一人の幼い娘を差し出した。凶作は魔女が呪っているからではなく、古い習慣を蔑ろにしたがために妖精たちが腹を立てた結果なのだが、魔女たちはそれを村人に教えてやる気もない。とはいえ、置いていかれた娘の処遇に頭を悩ませていたとき、「私が貰《もら》いましょう」と一人の古き魔女が手を挙げた。こうして、痩せっぽちの娘サラは、古き魔女エングゲル・ヘクセンナハトの「愛し仔《ご》」となった。

　エングゲル・ヘクセンナハトをはじめとする古き魔女の寿命は長い。何百年も生き続ける代償として、彼女たちには「役割」が与えられている。エングゲル・ヘクセンナハトのは、「幸福になれなかった物語」を管理・保存することだ。本来は「めでたしめでたし」と幕をおろすはずなのに、何らかの力が働き、本来の終わり方とは別の結末を迎えてしまった物語は、呪いを放ち世界に悪い影響を及ぼす。彼女は本を銀の鎖で縛り、呪いが漏れ出さないように封じ込めている。そんな魔女のもとで少女へと成長し、さまざまな知識を学びとって弟子となったサラは、やがて「幸福になれなかった物語」を幸せにすることはできないものかと考え始めるのだが……。

　サラは封印を破り、魔法の力で本の中に入る。物語から幸福になれなかった原因を取り除くか、新たな解釈を導入することで、「世界」にその物語を再評価させようというのだ。

　まず手始めは毒の林檎《りんご》を食べて命を奪われた、美しいお姫様の物語だ。ところが、王子様がキスをする前に白雪姫の死体は忽《こつ》然《ぜん》と姿を消し木偶に置き換えられていたのだ。いったい誰が、なんのために……。

「白雪姫」や「ラプンツェル」や「いばら姫」。お姫様は王子さまに助けられ「末永く幸せに暮らしました」と締めくくられるお伽噺《とぎばなし》に意を唱え、「幸せ」とは何かを再検証するという各話の展開はお伽噺の再話ものにはよくある。しかしそこに、サラはなぜ危険を冒してまで物語の中に入り込み、ハッピーエンドを求めるのかという、もう一つの物語が外挿される。古き魔女と、愛し仔と呼ばれる養い子。二人の関係は、恋人のようでもあり、母娘のようでもあり、唯一無二の親友のようでもある。その二人の甘い物語に影をさす魔女の秘密が切ない。すっきりした結末が用意されているわけではない。そのどこか宙ぶらりんな居心地の悪さこそが本書の肝だ。語られない結末はハッピーエンドかバッドエンドか。物語は読者に委ねられる。（三村美衣）

column ティーンズハートと津原くんの思い出

文＝北原尚彦

1989年、わたしは二番目の会社（業界新聞社）に勤めていました。そんな頃、青山学院大学推理小説研究会時代の後輩である、津原くんから連絡がありました。津原くんは「津原やすみ」として、すでに講談社X文庫ティーンズハートから《あたしのエイリアン》シリーズを何冊も出していました。津原くんがSF少女小説でヒットしたので、編集氏が「今度はミステリ少女小説を書ける書き手はいないか」と彼に訊《たず》ね、そして「北原さん、書きませんか？」と打診してきたのです。

古い手帳を引っ張り出して参照したところ、おそらく10月25日、会社の仕事が終わった後に、津原くんと待ち合わせて講談社の第三編集局企画部（略称「三企」）へ行き、担当編集となる小林氏に会ったのです。

わたしはその頃、同人誌でシャーロック・ホームズのパロディを次から次へと書いていました。ですのでダメ元で「ホームズ・パロディにしていいならミステリ少女小説、書けると思います」と言いました。そうすると、これにOKが出てしまったのです。

このとき、やはり津原くんの声がけで、青学推理研OBがもう一人打ち合わせに参加していました。わたしと津原くんの間の学年だった、Kくんです。このKくんが、『ラブレターの書き方教えます』に始まる《なつきの恋愛事件簿》シリーズの「神保いずみ」になるのです。彼は当時、神保町で「泉」の付く書店に勤めていたので、このようなペンネームにしたのでした。

実はこれ以前に、わたしは（活字にはなりませんでしたが）ミステリ少女小説を1作書いていました。当時、やはり青学推理研の出身者が、講談社の文芸局文芸図書第三出版部（略称「文三」）でバイトしていたのです（ティーンズハートは、三企と文三の二部署で編集されていました）。そこであわよくば本を出してもらおうと作品を書き、彼に託しました。しかし結局なしのつぶてで、これは幻に終わりました。たしかロンドンに留学した女子大生が、シャーロック・ホームズの子孫が開いている探偵事務所を訪ね、一緒に事件を解決する、というものでした。ホームズが初登場した〈ビートンズ・クリスマス・アニュアル〉に関する事件だったと思います。後から考えると、あまりティーンズハート読者向けの話とは思えませんね（『ホームズさんに首ったけ』というようなタイトルにしたかな。もしかしたら実家の納戸に原稿が残っているかもしれません）。

そのときの経験をふまえて、今度はもっとティーンズハート読者層（小学校高学年から中・高校生）向けに、身近な設定にしました。ヒロインは中学3年生の女子・和津さん（もちろんワトソンもじり）で、探偵小説が大好き。彼女のクラスに転校してきたのは、日英ハーフでハンサムな志朗・ホームズ君。彼はシャーロック・ホームズの子孫だということで……という具合です。発生する事件も殺人事件や強盗事件などではなく、「キス泥棒」です。

書いたものを、一度津原くんに読んでもらいました。当初は単にホームズ君が転校してきてヒロインと出会うはずだったのですが、津原くんが「最初からもっと盛り上げたほうがいいですよ」と、二人がぶつかりそうになる（ある意味とてもベタな）出会いに変更するようアドバイスしてくれたのです（そうしました）。

その後も何回か津原くん及び小林氏と連絡を取っています。ティーンズハートの基本枚数は２００枚。それを2カ月で書き上げました。手帳の12月28日に「夕方コーダンシャ」「夜つはらと祝杯」と書いてあるので、この日、完成原稿を届けたか、原稿にＯＫが出たかしたようです。

続けてシリーズ第2作を書くように、ということになり、年末にはプロットを立て、１９９０年が明けてすぐに第2作『緋色《ひいろ》のリップスティック』の執筆を開始。2月末には書き上げました。3月には更に第3作『4年目のラブサイン』を執筆開始。そして3月末になって、ついに第1作『ホームズ君は恋探偵』の見本が出来上がったのです。28日に、講談社へ直接行って受け取っています。あとはこの繰り返しで、ひたすら執筆を続けました。

同年には、編集の小林氏と夫人、津原くんとわたしの四人で、英国旅行をしたこともあります。と言っても講談社持ちではなく、わたしも津原くんも自腹です（小林夫妻については知りません）。津原くんも後年しばしばこぼしていましたが、この旅行では小林氏に酷い目に遭わされました……。

１９９１年2月刊行の第5作『秘密のラブメッセージ』の背景は中3の3学期。続いて第6作から高校篇《へん》を始めるつもりで、途中までは執筆していました（『盗まれた銀炎』というような題名にするつもりでした）。しかし第5作で打ち切ると、小林氏から言い渡されてしまったのです。新しいシリーズの提案などもなく、ここでわたしのティーンズハートでのキャリアは終了したわけです。

津原くんは人気絶頂のままで、着々とシリーズを書き続けていました。一方のわたしは、同年に白泉社から雑誌〈花丸〉と《花丸ノベルス》のレーベルを立ち上げるので何か書いてほしい、と依頼を受けました。これらは途中からＢＬ媒体に舵《かじ》を切りますが、スタート時点では（今で言う）ラノベの媒体だったのです。わたしは今度はＳＦを書くことになり、この機会にペンネームを本名そのままの「北原尚彦」としました。そして現在に至ります。

津原くんとの付き合いはその後もずっと続き、彼が「津原泰水」となったとき、わたしが専業作家になったときにも蜜月状態でしたが……それはまた別の話。津原くんが学生時代に書いた作品のことは〈ＳＦマガジン〉２０２３年4月号に、彼との長い付き合い全体については〈紙魚《しみ》の手帖《てちょう》〉8号に、彼が「津原泰水」となった初期の頃の思い出については津原くんの『羅刹国通信』巻末に書きましたので、それらも参照していただけると幸いです。

北原尚彦（きたはら・なおひこ）
作家・翻訳家・ホームズ研究家・古本研究家。

V
S
F

世界を滅ぼす力を宿していたとしても…

《銃姫》高殿円 *Madoka Takadono*

key word▼[魔法][兵器][旅][バトル][シリアス]

装画:ナエミカツミ/2004-2009年/全10巻+外伝的短編集1巻/KADOKAWA MF文庫J

e-book

５００年前。人は魔法合戦を繰り返し、世界を焼き尽くした。怒った神は、人間から魔法を発動する力を奪った。世界には魔法の力が溢《あふ》れているのに、人はその力を使うことができない。しかし人は知恵を絞り、魔法を銃弾に封じて発動させる方法を編み出した。こうして神の御代から人とテクノロジーの時代へと移り変った世界は、再び騒乱の時代へと突入しようとしていた。そんなある日、聖教会から世界を終わらせる力を秘めた兵器「銃姫」が消え、物語が始まる。聖教会の命を受けた魔銃士の少年セドリックは、姉で修道尼のエルウィングと、ひょんな出会いから同行者となった魔銃士の少女アンブローシアと共に、「銃姫」の探索を続ける。

ライトノベル系レーベルからの刊行ということもあり、過保護な姉とツンデレ娘が主人公を取り合うような人物配置に加え、胸の谷間に顔を埋めて鼻血を噴くといった、いかにもな男の子向けサービスシーンも盛り込まれている。しかし話が進み、女性二人の過去や背景が明らかとなると、エルウィングのセドリックへの執着や、アンブローシアのすべてを拒絶するような態度の、一見定型に見えるそれらの裏に秘められた切実な心情が、読者の胸に深く刺さる。

セドリック、エルウィング、アンブローシアの三人それぞれが過去や能力に秘密を抱え、さらに本人すら知らなかった出自や秘密に翻弄されながら、それでも正しい道を選ぼうと懸命に生きる。世界を滅ぼす究極の兵器「銃姫」とは何なのか、銃姫を手にしたときに果たしてセドリックはそれをどう使うのか。結末は大胆であり、その選択の是非は読者に委ねられる。

《プリンセスハーツ》や《遠征王》といった高殿円の異世界ファンタジーの大半は、パルメニアと呼ばれる国の歴史を形成しており、それらの中でも最も古い時代、魔法の色濃い時代を描いたのが本書だ。それぞれのシリーズは独立しており、時代も場所も異なり、直接的な関係はないが、敢えてその隙間を想像しながらシリーズ踏破するのも楽しい。なお、コミックス版で一文字蛍『銃姫——Sincerely Night』(２００６~２００８年/講談社)はセドリック誕生前、椋本夏夜『銃姫　——Phantom Pain』(２０１０~２０１４年/講談社)は、小説版完結後の世界を舞台にしている。(三村美衣)

女子二人が怪異に溢れた〈裏側〉世界を行く

《裏世界ピクニック》 宮澤伊織 *Iori Miyazawa*

key word▼［**実話怪談**］［**怪異**］［**サバイバル**］［**百合**］

挿画・Shirakaba／2017年-／9巻〜／早川書房 ハヤカワ文庫JA

e-book

二人の女子の友情を超えた親愛ぶりを味わうシリーズと思わせ引きずり込んでは、底知れない恐怖を味わわせるシリーズだ。

紙越《かみこし》空魚《そらを》という名の女子大生は、偶然に見つけた現実とは違う裏側の世界へと迷い込む。そこで、白くてくねくねとした奇妙な存在を見て体を動かせなくなっていたところを、金髪でキラキラとした藍色の目を持つ仁科《にしな》鳥子《とりこ》という美人に助けられる。

ガール・ミーツ・ガールの幕開けだ。戦う女子たちのイチャラブストーリーが始まるのだ――。などという期待はすぐに裏切られ、〈裏側〉という怪異に溢《あふ》れた場所で手に銃器を持った女子たちによるサバイバルが繰り広げられる。時には〈裏側〉に迷い込んだ米軍の海兵隊と「きさらぎ駅」で怪異相手に共闘することもある。絶叫が響き肉がひしゃげ血が飛び散るグロテスクな描写で満載だ。

だからこそ逆に、空魚と鳥子の間にだんだんと醸成されていくつながりを、強く感じたくなるのかもしれない。鳥子がかつて自分の家庭教師をしていて、〈裏側〉へと誘ってくれた閏間《うるま》冴月《さつき》という女性への思いを引きずっていることが、もう一歩踏み込んだ関係に入り込むことを妨げている。鳥子の隣にいるのはどうして自分ではないのかという空魚の感情は、男女を問わず大切な誰かが自分を向いてくれない辛さを抱えている人に刺さるシチュエーションだ。

そうした苦しさを一方に抱きつつ、目の前に次々と現れる怪異たちを退け闇へと誘う声を乗り越えていった先。『裏世界ピクニック4 裏世界夜行』に収録の「ファイル15 裏世界夜行」でひとまず辿《たど》り着いた関係に、よく頑張ったと声をかけてあげたくなる。それは、〈くねくね〉から逃げ〈八尺様〉を退け〈コトリバコ〉の呪いを鎮めるという恐怖体験を二人と共に乗り越えてきた読者たちにもかけたい言葉だ。

ネットロアや実話怪談といった恐怖譚《たん》を、空魚と鳥子の冒険に重ねて描く《裏世界ピクニック》シリーズは、日本に古くから伝わる妖怪や幽霊の物語とは違った脈絡のない怖さがあって、それが自分に起こったらと震えさせる。それでも次を期待してしまうのは、二人の女子の行く末を確かめたいと思えるからだろう。

〈裏側〉に取り込まれた冴月による誘惑は止まずに繰り返され、空魚と鳥子の戦いも続く。〈寺生まれのTさん〉なる笑えてしまう名前のネットロアとの遭遇も経て空魚と鳥子の意識が向かい合った先に、どのような未来が待っているのかを確かめずにはいられない。（タニグチリウイチ）

異世界転生の謎をロジックから解き明かす

《Ｂａｂｅｌ》古宮九時 *Kuji Furumiya*

装画：森沢晴行／2020-2021年／全4巻／KADOKAWA電撃の新文芸

e-book

言語学を学ぶ大学生の水瀬雫《みずせしずく》は、ある日、眼前に現れた窓のようなものに吸い込まれて、剣と魔法の異世界に迷い込んでしまう。右も左もわからないその異世界で、雫は魔法士の青年エリクと出会い、彼と共に元の世界へ帰る方法を探す旅に出るのだが……。

導入はオーソドックスな異世界転移型だ。トラックにぶつかったり、洋服ダンスを抜けたり、うっかり本や鏡の向こうからの呼びかけに応えてしまったりと、異世界に迷い込んでしまう事例はけっこう多い。別の身体に転生したというのならまだしも、意識も身体もそのままなのに、なぜその人は異世界の言語が理解できるのだろうか。という突っ込まないのがお約束みたいな部分に真摯にこだわり、掘り下げ、そこから大胆でドラマチックな物語を生み出したのが本書《Ｂａｂｅｌ》だ。

この世界で使われているのは日本語ではない。にもかかわらず、雫はこの世界の音声言語が理解できる。ところが文字は読めない。このアンバランスさへの疑問が物語の要だ。言語に興味を持つ学研肌の雫とエリックは、互いに文字を教え合いながら旅を重ね、この世界の言語にまつわる謎へと迫る。

旅の途中で二人はさまざまな苦難に直面する。死者の怨念や為政者の無理難題。剣も魔法もない雫の唯一の武器は言葉だ。雫は感情に訴えることなく、冷静にロジックを組み立てる。雫は個性の強い姉と妹に挟まれて育ったために自己肯定感が低い。そのため彼女のロジックは往々にして彼女自身の存在を軽視する。彼女の相棒であるエリックも、魔法技術は高いのにそれを発動するための魔力がないことに起因する屈折とトラウマを抱えている。この二人に共通する、自己や感情よりも論理的帰結を優先する頑固さが、物語にサドンデスな緊張感をもたらしている。理屈っぽいやりとりや考察の合間にかわされる、あくまでも冷静なボケとツッコミの会話のセンスも抜群。不器用な二人のロマンスの行方も楽しい。

『Ｂａｂｅｌ』はウェブ発表から人気を獲得し、２０１５年に電撃文庫より書籍版の刊行が始まったが2巻で途絶。後に電撃新文芸より既刊分に続編2冊を加えた全4巻が刊行。加筆も多いので、新版での通読をお勧めする。また現在も継続中の《Unnamed Memory》も、時代は異なるが同一の世界を舞台としているので、併読をおすすめする。（三村美衣）

key word▶［**異世界転移**］［**言語**］［**恋愛**］［**本**］［**謎**］

人類vs機械知性の戦い描くミリタリーSF

《86―エイティシックス―》安里アサト *Asato Asato*

key word▶［戦争］［無人兵器］［ＡＩ］［異能］［差別］

装画：しらび、I-IV／2017年-／14巻〜／KADOKAWA電撃文庫

人類の存亡がかかり、少女も少年も一介の兵士でしかない戦場で、少女であり少年であり続けることの価値を《86―エイティシックス―》シリーズは問いかける。

ギアーデ帝国が兵士の代わりに戦う無人兵器として開発した〈レギオン〉は、周辺諸国だけに留まらず、独裁体制が打倒され連邦となったギアーデも敵と認識して侵攻した。世界が〝人類vsレギオン〟の戦場と化す中で、マグノリア共和国ではマイノリティの有色種を「エイティシックス」と呼んで差別し強制収容したうえで、兵器の操縦者として戦場に送り込んでいた。

「エイティシックス」の部隊には、〈レギオン〉の侵攻を察知できる異能と高い戦闘力で生き延びてきた少年兵のシンがいて、レーナという少女士官が特殊な通信方法を使って遠方からシンたちを指揮していた。差別を嫌うレーナがシンたちに生き延びてほしいと願っても、過酷な戦場で命を散らすだけのシンたちには偽善として受け取られる。そんなすれ違いをどう乗り越えていくかが第1巻に描かれる。その過程で〈レギオン〉が人間の脳を取り込み進化して強くなっていく可能性も示される。

シンの部隊ではアンジュやクレナといった少女たちが兵士として戦っている。フレデリカというギアーデ帝国の幼い元皇女もいて、その血が持つ力で〈レギオン〉を停止させられないかを模索する。そんなフレデリカやアンジュら少女たちばかり五人が並ぶ第9巻の表紙絵からは、戦えるのなら誰でも戦場に立たざるを得ない全面戦争の苛烈さが浮かんでくる。誰も恋なんてしている余裕はないと思わせる。

それでもレーナは、上官と部下という立場を超えた親愛をシンに対して抱く。シンも、偽善ではないレーナの心情にふれて人生に希望を見出す。アンジュやクレアもそれぞれに思う人を得ながら生き延びようとあがく。誰かを思う心が戦い続ける力になる。だから〈レギオン〉も人類の思考を取り込み進化しようとしたのかもしれない。

それによっていっそう泥沼化する戦争で人類はどこまで戦い続けるのか。絶滅に瀕《ひん》しながらも人類の間で未だ差別や憎悪が止まらない状況も見せられて、滅びてしまえと言いたくなる気持ちも浮かぶが、頑張って生きて恋をしている人々がそこにいる以上、絶対に諦めてはいけないのだ。

進化するAIの兵器利用といった今日的な問題も含んだミリタリーSFの傑作が、誰にとっても幸福な帰結を迎えることを願ってやまない。（タニグチリウイチ）

少女と不死人とおんぼろラジオの列車旅

《キーリ》壁井ユカコ *Yukako Kabei*

key word▼［幽霊］［旅］［列車］［不死］［恋愛］

装画:田上俊介／2003-2013年／全9巻＋短編集2巻／KADOKAWA電撃文庫

この惑星に神様はいない。なのにどうしてこの惑星には、当たり前みたいにこんな立派な教会があるのだろう――。霊の姿が見えるキーリは、4歳にして教会がからっぽであることに気がついてしまった。それから10年後。14歳になったキーリは、身寄りのない女子のための寄宿学校にいた。政教が分離されていないこの世界で、神の存在に疑問を抱く彼女はクラスから浮き上がり、友だちと呼べるのは、寄宿舎の彼女の部屋に棲《す》みついた幽霊のベッカだけだった。ところがある日、キーリは〈不死人《ふしにん》〉の青年ハーヴェイとラジオに憑依《ひょうい》した霊〈兵長〉と出会う。彼らにも霊が見えることを知った彼女は、長年の疑問に応えてくれるかもしれないという期待から、彼らの旅に同行することに決めるのだが……。

《キーリ》は第九回電撃ゲーム小説大賞の大賞受賞作として刊行された壁井ユカコのデビュー作だ。要素を抜き出すと一見リリカル、共にめんどくさい性格のキーリとハーヴェイのラブコメはモダモダで微笑ましい限りだ。しかし、彼らが旅する世界は疲弊しており、死が日常の一部と化している。見た目は普通の青年とかわらないハーヴェイたち〈不死人〉も、80年前の戦争の際に、遺体に〈核〉を植え付けて作られた屍人兵だ。常人離れした運動能力を持ち、さらに腕がもがれようが、列車に轢《ひ》かれようが、死ぬことなく自己再生する万能兵器だ。しかも、終戦を迎えて不要になった彼らは「戦争の悪魔」として、教会の兵に狩られる対象なのだ。ユーモラスな日常の語りが戦闘になると一転、苛酷にして熾烈《しれつ》な描写が続き、皮膚は焼け、抉《えぐ》られ、手足ももがれ、腹に穴もあく。一度は死んでいる所以か、彼らはどこか虚ろで、80年以上生きているにもかかわらず未成熟な部分を持つ。一方でキーリはというと、巻を重ね、困難に直面するたびに着実に成長し、やがては守られる子どもから、支える側へと変化していく。そんなキーリの生き様が〈不死人〉の虚無に風穴を穿《うが》ち、生きることの意味を取り戻し始める。ところが皮肉にも、再生を繰り返す彼らの〈核〉は少しずつ劣化し、不老不死であるはずの肉体のほうが朽ち始める。

彼らの過去と世界の謎が徐々に解き明かされ、苦難の末にキーリが辿《たど》り着く美しい光景が琴線を震わせる。ラノベ版『銀河鉄道の夜』ともいうべき、ロードノベルの傑作。

電子版にはおまけ短篇の付いた巻もあり、10周年記念特別短篇「キーリ 何度でも～Kiele 14 years old～」も購読可能だ。

（三村美衣）

心を持つ武器と、心を取り戻すために闘う少女

《マルドゥック・スクランブル》冲方丁 *To Ubukata*

装画：寺田克也／2003年-／16巻〜／早川書房ハヤカワ文庫JA（※書影は完全版）

e-book

舞台は未来都市マルドゥック。15歳の娼《しょう》婦《ふ》ルーン＝バロットは、自分を買い取った男・賭博師のシェルによって、車ごと焼き殺された。市のデータベースにアクセスして、彼に与えられた新しい自分の名前を見たという理由で。疑ったのではなく、自分の目で見たかっただけなのに……。

　ネズミ型の万能兵器ウフコックと科学者ドクとの捜査官コンビによって救出されたとき、彼女はほとんど焼け焦げた死体だった。しかし、彼女は絶望の底、死の淵《ふち》で「生きる」ことを選択し、特別法令「マルドゥック・スクランブル−09《オー・ナイン》」が発動する。人命保護のために禁断の科学技術を開放する法令により、体表は人工皮膚に置き換えられ、鼓膜や眼球などは再生され、電子機械に干渉する能力も付与された。かつては感覚を遮断して殻に閉じこもることだけが自分を守るすべだった少女が、銃を取り自らの意志で敵と闘う決意を固める。それがすべてを奪い取られた彼女にただ一つ残された、自分を取り戻す手段だった……。

　バロットが手に取る銃は、ウフコックが変身したものだ。物語は、すべてを奪われた少女バロットの自己回復と同時に、自分の意志に関係なく武器として働かざるを得ないウフコックの苦悩にも焦点があてられる。敵と対峙《たいじ》し暴力衝動に身を任せるバロットと、どんどん内にこもり始めるウフコックの対比に胸がしめつけられる。全3巻の半分近くがほとんど動きのないカジノ勝負に筆がさかれるという、アクション小説にはあり得ない構成ながら、巧みな心理描写と斬りつけるような鋭敏な語りで、読者を退屈させることなくねじ伏せる。『天地明察』や『はなとゆめ』などの歴史小説とは異なる、きれっきれの筆をぜひとも楽しんでいただきたい。

　《マルドゥック・スクランブル》は別エディションが3種類刊行されている。初刊時のものと、2010年の映画公開にあわせた単行本の『マルドゥック・スクランブル 改訂新版』（全1巻）と、同年に刊行された文庫3冊の『マルドゥック・スクランブル 完全版』だ。筋立てには大きな差異はないが、これから新たに読む読者には文庫の『完全版』をおすすめする。また、続編シリーズ《マルドゥック・ヴェロシティ》は、《スクランブル》では敵として登場するボイルドとウフコックを主人公にした前日譚《たん》、現在も継続中の《マルドゥック・アノニマス》は、《スクランブル》の結末の2年後から語り始める《マルドゥック》シリーズ完結編だ。（三村美衣）

key word▶［未来都市］［娼婦］［サイボーグ］［ネズミ］［銃］

人工妖精の少女が導く人類の未来

《スワロウテイル》籘間千歳 *Chitose Fujima*

装画：竹岡美穂／2010-2013年／全4巻／早川書房 ハヤカワ文庫JA

e-book

蝶《ちょう》のような羽を背負った美しい少女が、手に持ったメスで敵を切り裂く凄絶なシーンにふれたとき、誰もがその少女の虜となる。

揚羽《あげは》という名のその少女は、人工妖精《フィギュア》と呼ばれる人造人間だ。性交渉で感染して死に至らしめる〈種のアポトーシス〉に冒された人間を、男女に分けて隔離することになり男性地区には女性型、女性地区には男性型の人工妖精が配置された。揚羽は女性型の人工妖精が狂ったとき、密かに始末する仕事を請け負っていた。

シリーズ一作目の『スワロウテイル人工少女販売処』で揚羽は、人間を惨殺して回っていた〝傘持ち《アンブレラ》〟と呼ばれる人工妖精を探し出して狩る任に就く。なぜ〝傘持ち〟はセーフティがかかって実行できないはずの殺人を犯せたのか？　その正体は？　そうした謎に、男性地区で自警団に所属する曽田陽平《そだようへい》という男と共に挑み、解き明かしていくバディもののミステリ的な展開の中、「海底の魔女《アクアノート》」の二つ名を持つ揚羽が見せるクールでスピーディーな戦いぶりに目を奪われる。

一方で、かつて木星の衛星エウロパに派遣された完全自律型の人工知能が、何かを知って地球へと戻ろうとして撃墜された事件が明かされる。〈種のアポトーシス〉が起こった原因と、人工妖精に仕込まれた秘密が、人類の存在に対する何者かの意図が浮かび上がって、人類といえども広い宇宙では絶対ではないのだと思い知らされる。

続く『スワロウテイル／幼形成熟の終わり』では、死んだはずの後輩が動き回る事件の謎に揚羽が挑んだ展開の先で、自治区に蠢《うごめ》く深い闇が浮かび上がる。まだ全寮制の看護学園で、他の人工妖精たちと学園生活を送っていた頃の揚羽を描いた『スワロウテイル序章／人工処女受胎』を経て、完結編となる『スワロウテイル／初夜の果実を接ぐもの』で揚羽は、自分とそっくりな麝香《ジャコウ》という名の人工妖精と対峙《たいじ》し、同じだけの能力を持った敵を相手に奮戦する。愛憎をぶつけあって繰り広げるバトルはクライマックスに相応しい迫力だ。

性交渉が不可能となった人間を慰めるだけの人形ではなく、心を持って人間と接する人工妖精たちの存在は、第三の性というものの可能性を伺わせる。ジェンダーSFを対象にした第十回センス・オブ・ジェンダー賞の話題賞を獲得したゆえんだ。進化に行き詰まった人類の未来を問うポストヒューマンSFでもある。揚羽の決断が世界をどこに導くのかを、読み終えて想像しよう。（タニグチリウチ）

key word▼［人造人間］［ポストヒューマン］［パンデミック］

火星は禁酒法時代のアメリカ裏社会

《マルスシティ》野梨原花南 *Karin Norihara*

(上)装画:うちみけ清香/1996-1997年/全2巻/集英社スーパーファンタジー文庫、(下)装画:木下さくら/2000年/コバルト文庫

e-book

その朝、便利屋キャンティを営む鈴木《すずき》さやかの前に現れた依頼人は、近所に住むダイナーのウェイトレスだった。別れた恋人からもらったネックレスを身に着けてパーティに出かけたところ、いきなりタキシード姿の少年から祖父の仇《かたき》と断罪され、以来、どこにいても狙撃手に狙われ、身動きがとれない。困っているので、事情を知っているはずの元カレを探してほしいというのだ。元カレの名前はチュチェ・フェレイラ。裏社会では名の知れた泥棒だった。そしてちょうどその頃。当のチュチェのもとにも一人の少女が現れ、脅迫まがいの手段で、街一番の富豪の御曹司イリヤ・カンディンスキーの殺害を依頼していた。カンディンスキー家に向かったチュチェは、彼を追うさやかもろとも、カンディンスキー夫人の殺害の容疑をかけられ、警察とイリヤから追われる身となる。

《マルスシティ》は、とびっきりの美少女だが、次々に揉《も》め事を呼び込んでしまう困った体質のさやかと、白いスーツを着こなす小粋な泥棒チュチェを主人公に、マルスシティの裏社会を描いた、軽妙で洒落《しゃれ》たクライム・ノベルだ。設定の要は舞台であるマルスシティだ。時は未来。人類が火星に入植して100年が経過。夢とロマンとテクノロジーの限りを尽くしたテラフォーミングが終わったところで判明したのは、圧倒的な電力不足だった。入植者たちはそれでもこの欠陥植民地を離れなかった。彼らは、情報ネットワークを捨て、機械文明を捨て、自分の手で料理を作り、掃除するという、不便な暮らしを楽しむ道を選んだのだ。街並は禁酒法時代のアメリカを模し、往年の音楽や文化を享受する。テンポの良い映像表現、丁々発止の会話はまさに文字で読むアニメーション。さながらテーマパークで暮らすかのような作り物じみた世界、その舞台あってこその人間味溢《あふ》れるおおらかな裏社会を、元気で愛らしいキャラクターたちが駆け抜ける。過激にもならず、感傷的にも陥らない、軽やかな遊び心がひたすら楽しい。

《マルスシティ》は、『逃げちまえ!』『あきらめろ!』の2冊が当初スーパーファンタジー文庫から刊行されたが、《ちょー》シリーズの人気を受けて2000年にコバルト文庫に移籍。さやかの出自やマクロードの過去に踏み込んだ続篇が期待されたが、既刊分の再刊で終わり、続篇の刊行はなかった。(三村美衣)

key word▼[**火星**][**裏社会**][**便利屋**][**ドタバタ**]

辺境惑星をめぐる陰謀に迫るSFミリタリー

《三千世界の鴉を殺し》津守時生 *Tokio Tsumori*

装画：藍川さとる・麻々原絵里依／1999年-／23巻～＋短編集1巻／新書館ウィングス文庫

e-book

　辺境惑星バーミリオンのカーマイン基地。銀河連邦宇宙軍のルシファード・オスカーシュタイン大尉は、とある理由でこの基地に左遷された。ルシファードは女も男も魅了する美貌と、軍人らしからぬ性格の持ち主で、部下たちは彼の規格外の言動に翻弄されていく。

　ある日ルシファードは、ドクターサイコと呼ばれる外科医・サラディンと運命の出会いを果たす。彼ははるか昔に絶滅宣言が出された種族・蓬莱人《ほうらいじん》の生き残りだった。ルシファードは大物将校である父の02から、サラディンを〝狩る者〟たちの手から守るよう命じられるが——。

　ウィングス文庫を代表する人気シリーズの《三千世界の鴉《からす》を殺し》。優秀な軍人だがトラブルメーカーのルシファードを筆頭に、彼の士官学校時代以来の友人でかつ監視役でもある副官のライラ、解剖マニアでルシファードに恋をするサラディン、外見は美少年だが実年齢は150歳の内科主任カジャ、圧倒的なカリスマ性を放つ02など、物語には魅力溢《あふ》れる個性的なキャラクターが多数登場する。彼らが織りなす愉快な日常と、大きな秘密が眠るバーミリオン星をめぐる陰謀と戦い描く、SFミリタリー小説だ。

　津守時生は男同士の絆《きずな》の描写に定評があり、本作は華やかな男たちをめぐる「ガイズラブ小説」としても楽しめる。なお基地内では、軍人同士の恋愛妄想小説を掲載するゴシップ誌「パープル・ヘヴン」が発行。ほかならぬルシファード自身も「パープル・ヘヴン」を愛読中という設定が、彼のユニークな魅力をいっそう引き立てる。

　メディアミックスとしてドラマCDが出ており、現時点までに10作が作られた。他にも連載10周年記念として刊行された『三千世界の鴉を殺しマガジン』や、イラスト集『三千世界の鴉を殺しILLUSTRATION COLLECTION』などがある。

　津守は多戸雅之名義で『小説ウィングス』に発表した、近未来SF刑事バディ小説「緑の標的」で商標作家デビュー。本作は《ショウ&クラウド》シリーズとして全2巻で展開した。角川スニーカー文庫のスペース・オペラ《喪神の碑》と、未開惑星マサラを舞台にしたエキゾチックな《カラワンギ・サーガラ》シリーズは、《三千世界の鴉を殺し》と同じ世界観で描かれた物語である。両作に共通するキャラクターも登場するので、あわせて読みたい。他シリーズに《やさしい竜の殺し方》や、《揺らぐ世界の調律師》などもある。（嵯峨景子）

key word▼［コメディ］［バトル］［バディ］［異能］

世界が滅んでしまう前に、あなたに会いたい

『ひとめあなたに…』新井素子 *Motoko Arai*

key word▼［旅］［破滅］［ユーミン］［東京］

装画：松尾たいこ／全1巻／2008年／東京創元社 創元SF文庫（※1981年／双葉社Futaba Novelsが初刊。1985年／角川文庫もあり）

e-book

　美大で油絵を専攻する圭子《けいこ》は、２年に進級してすぐに朗《ろう》と出会い、自分の半身を見つけたと思った。それからずっと、同じ風景を見ていると思っていたのに、半年ほど前から朗の様子はおかしくなり、学校にも出てこなくなり、圭子の電話にも居留守を使うようになった。圭子は意を決して鎌倉の朗の家まで出かけたのだが、朗から別れを切り出されてしまう。嫌いになったとか、他に好きな娘ができたからとか、そういった理由ではない。癌《がん》になって利き腕を切断しなくてはならなくなったから、もう俺のことは放っておいてほしいというのだ。昨日まではあんなに近くにいたはずの朗が、とても遠いところにいるように感じ、ショックを受けた圭子は何も言うことができずに、酔いつぶれて家に帰った。ところがその翌日、１週間後に隕石《いんせき》が衝突して人類は滅びるという報道が流れた。もはや人類にはどこにも逃げ場はない。都市機能は麻痺《まひ》し、自暴自棄になった人々が街に溢《あふ》れ、道路は暴走する車が行き交う。世界が滅びる前に、死んでしまう前に、「ひとめあなたに会いたい」。そう考えた圭子は、お気に入りの服とハイヒールをカバンに詰め、朗のいる鎌倉をめざして歩き始める。

　練馬区の江古田から鎌倉までは、およそ50キロの道のりだ。終末に向けてのカウントダウンが始まった東京を圭子は歩く。物語はロードノベルの形をとり、その道中で出会った四人の女性のエピソードが語られる。デコレーションケーキのように純白のマンションの一室で、浮気相手のところへ行こうとする夫を殺して、煮込んで、食べてしまう人妻、世界が終わるというのに受験勉強を続ける女子高生、この世界は自分の夢だと主張する女児、お腹の子どもの生存のために別れた元カレのところに行こうとする母親。世界が終わる前に壊れ、時の移ろいから弾き出されてしまった人々。それらの出会いを通して、圭子はどうせ死んでしまうというのに、なぜ人は喜びと苦しみを知らねばならないのかを考える。人生が終わるときあたしは、この世界に何を残すことができるのか。世界の終わりを前に人という種にどんな意味があったのか。小さな人間ドラマから、人類の未来を俯瞰《ふかん》し、大きな物語から再び私自身へと物語は還っていく。新井素子が20歳で執筆した、後の代表作『おしまいの日』や『チグリスとユーフラテス』につながる破滅ＳＦの名作。

（三村美衣）

空間を瞬間移動し続ける病

『マレ・サカチのたったひとつの贈物』王城夕紀 *Yuki Ojo*

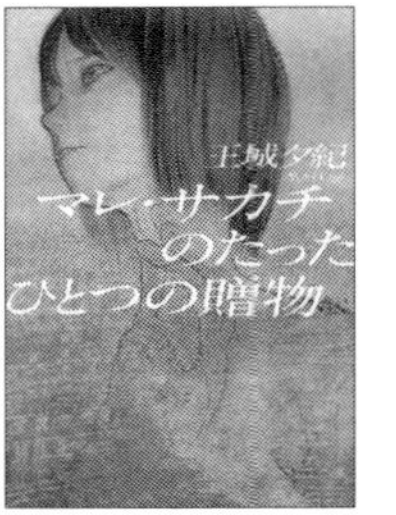

装画：Mieze／2015年／全1巻／中央公論新社（※2018年／中公文庫）

マレ・サカチ。不思議な響きだが、漢字で表記すると坂《さか》知《ち》稀《まれ》。本書のヒロインの名前だ。漁村で生まれ育ち、漁師の長老に跡継ぎと見込まれながら、漁師にはならずに大学に進学。そして、全世界でも症例が二桁程度しか報告されていない「量子病」を発症する。その病を発症した者は、自分の意思とは全く関係なく、突然、それも瞬時に別の場所へと跳躍するという奇病だ。同じ場所に留まっていられるのは、長くて数日、短ければ数分程度。再び同じ場所に戻ることもあるが、大抵は見知らぬ場所に出現する。

物語の舞台は、中国のバブル崩壊に端を発した世界規模の経済破綻によって、ひと握りの富裕層が超多数の貧困層を支配し、テロが横行するディストピア社会だ。マレは世界を飛び回りさまざまな人に出会い、そして何かを見届けると次の場所へと跳躍する。

人間の歴史は、時がもたらす変化に抗い変わるまいとする努力の繰り返しだった、と登場人物の一人が分析する。自然をコントロールしようとするのも、物の保存も、写真や映像も、すべて変化を押し留めようとする行為だというのだ。だから、情報技術に辿《たど》り着いたとき、人は刻々と変化する世界や肉体を捨て、情報ネットワーク世界への移住を画策する。そんな社会の中で、自分の意志で留まることのできない「量子病」という病は、そしてマレという存在はなぜ生まれたのか。マレはこれまで、さまざまな人に出会ってきた。死の床にある母親、自分の存在理由が見出せずに自殺しようとしていた青年、テロリスト。マレは彼らと出会い、何かを見届けると次の場所へと跳躍する。病を発症したときから、自分は傍観者にしかなれないと思っていたマレだが、果たしてそうだろうか。ネットの中の永遠を目撃した彼女は、やがて、永遠と相反する一つの境地へと辿り着く。

漁師にならずに量子病になってしまったという出だしの説明から、まるで言葉遊びのようにイマジネーションが羽ばたく。正直に言ってわかりやすい話ではない。量子論をキーワードにした、断片的な語り口は、読者に親切だとは言い難い。しかし量子論や理系的な理屈っぽさと、生きるとは何かという思索が交錯する場所で、やがてマレは自分が求めていたものを見つけ、伸びやかに跳躍する。その姿の美しさをぜひ味わっていただきたい。（三村美衣）

key word▼［ディストピア］［テレポート］［出会いと別れ］

「わたし」は何でできている?

『ハーモニー』伊藤計劃 *Kikaku Ito*

key word▶［百合］［自傷］［謎］［自己回復］

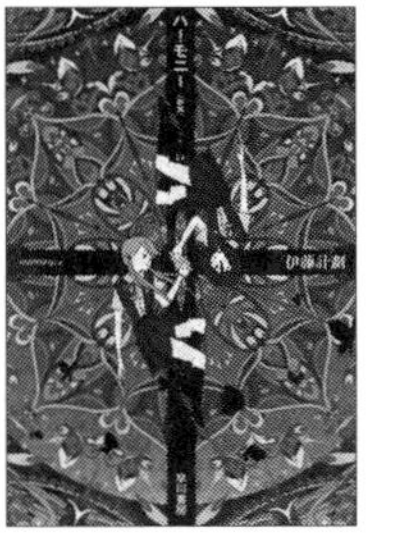

装画：redjuice／2008年／全1巻／早川書房ハヤカワSFシリーズJコレクション（※文庫は、2010年／ハヤカワ文庫JA、新装版は2014年）

e-book

21世紀後半、〈大災禍《ザ・メイルストロム》〉と呼ばれる大量死と破壊と混乱の時代を経て、人類は一つの福祉厚生社会として蘇《よみがえ》った。人間の体内には肉体のみならず精神の健康も管理する医療分子が入れられ、病気の心配もなく誰もが心穏やかに、１５０歳まで生きられる世界が構築された。情報も統制され、残酷や醜悪に人がふれることもない。世界は調和《ハーモニー》の中にあった。そんな優しさ溢《あふ》れる世界に反旗を翻す三人の少女がいた。彼女たちは、この真綿で締めるような、優しさに生き詰まる世界に仇《あだ》なす日を夢見ていた。大人になると、自分たちの体内にも、健康を見張るテクノロジーが入れられてしまう。だから調和者《ハーモニクス》となってしまう前に、「この身体はわたし自身のものなんだって、世界に宣言するために」彼女たちは自死を選んだ。一人がやり遂げ、二人が世界に取り残された。

　それから13年後。なんの予兆もなく６０００人を超える人が同時に自殺をはかり、世界は再び隣人を疑う混沌《こんとん》へと追い込まれる。世界保健機構《WHO》の螺旋《らせん》監察官となったかつての少女・霧慧《きりえ》トァンは、この事件の背後に、あちら側に辿《たど》り着いたはずの御《み》冷《ひえ》ミァハの影を見出していた……。

　著者の伊藤計劃は作家デビューからわずか3年、２００９年に34歳の若さで亡くなった。しかしその3年の月日と、3本の長編と1冊の短編集、それに長編のプロローグは、ＳＦ作家に大きな影響を与え、その出現によって変革した文壇を表す「伊藤計劃以降」という単語まで生まれた。本書『ハーモニー』は、亡くなる3カ月前に刊行された。苦しい抗がん剤と放射線治療を受けながら描いた作品だ。

　病で人が死ぬことのなくなった世界で、大人になることを拒み、社会に与するよりは死を選ぼうとする少女たちの、まるで中二病全開の危うさをビビッドに描く冒頭から一転、物語は、御冷ミァハが抱えていた過去、この世界が隠蔽している暗部を暴くセンチメンタルなハードボイルド小説となり、そして最後には、私たちの認識の根底を覆すＳＦとしか呼びようのない衝撃の結末、ＳＦならではの救済を迎える。

　本を閉じ、完全無欠な世界から放逐された私たち読者は、私とは何によって形作られているのかという問題を抱えながら再び本書の冒頭に戻る。するとこの本の全体に仕掛けられた最後のテーマである「物語る」ことの意味が鮮やかに立ち上がる。世界の終わりに何度も立ち会ってきた、擦れっ枯らしのＳＦファンをも打ちのめした日本ＳＦの名作。（三村美衣）

甘やかで残酷な病をめぐるミステリ

『あなたに贈る×《キス》』近藤史恵 *Fumie Kondo*

（上）装画：今日マチ子／2010年／全1巻／理論社、（下）2015年／PHP文芸文庫（※新装版の単行本は、2011年／PHP研究所）

e-book

キスでのみ感染し、感染から数週間で死に至る病・唾液感染性睡眠恐怖症《ソムノスフォビア》が発見されて15年。ウイルス保持者であるキャリアが存在することはわかっているものの判定法がわからないため、ほとんどの国でキスが禁じられていた。

閉ざされた全寮制の高校に通う美詩《みうた》は、憧れの先輩・織恵《おりえ》の死を知る。織恵の死はソムノスフォビアによるものだという噂《うわさ》を耳にした美詩は、ソムノスフォビアの研究者を父に持つ梢《こずえ》から声を掛けられる。織恵を死に追いやったのは学園内の人物かもしれないと告げられた美詩は、犯人《キャリア》を探し始める。

物語の舞台は２０２８年、ソムノスフォビアの発見によって社会の仕組みが変わり、貧富の差が固定化された近未来。裕福な家は美しい伴侶を選ぼうとし、貧困から抜け出す手立てはほとんど結婚に限られる。ソムノスフォビアへの感染率を低くするために純潔が尊ばれるようになり、親が子どもの結婚相手を決める。閉ざされた学園は、やがて訪れる未来を目前に控えた少年少女たちが最後に過ごす猶予期間の場だ。

織恵の死の謎を探る美詩は、学校で教師と男子生徒・砂川浪《すながわなみ》がキスしているのを見る。禁じられたキス、それも同性同士のキスに美詩は驚くが、彼らのキスには愛情があり、教えられてきたように不潔で淫らなものには見えなかった。

美詩のキスに対する考え方が変化していくと共に、ひたひたと忍び寄る閉塞感も増してゆく。織恵と仲の良かった砂川が語る、どこか歪《いびつ》な織恵の横顔。母が再婚して逃げるように出た居心地の悪い家と、いい人なのに好きになれない義父のこと……。

犯人が明らかになったとき、美詩の世界は反転する。本作は耽美《たんび》的な要素が魅力的な物語だが、青春を美しく儚《はかな》いままで終わらせない。残酷な真実を呑《の》み込んだ先で美詩が選択した結末を見届けてほしい。

同時収録の「夕映えの向こうに」は、砂川を主人公に据えて本編終了後を描いた後日談。斜に構えながらも潔い、アンバランスな魅力を持つ彼の事情が語られる。

ドラマ化された《ビストロ・パ・マル》で知られる著者だが、本書から入った人には次に読む本を紹介するなら、ストーリーテリングの妙が味わえる『凍える島』（創元推理文庫）と『薔薇《ばら》を拒む』（講談社文庫）をおすすめしたい。（七木香枝）

key word▼［近未来］［ディストピア］［謎解き］［同性愛］

ガール・ミーツ・ガールな時間ＳＦの傑作

『紫色のクオリア』うえお久光 *Hisamitsu Ueo*

装画：綱島志朗　／2009年／全1巻／KADOKAWAメディアワークス電撃文庫

毬《まり》井《い》ゆかりは自分以外のあらゆる生物がロボットに見える。見えるというのは語弊がある。彼女の世界において、生き物は確かにロボットなのだ。他の人には肉や骨で構成される有機的なつながりである腕が、ゆかりの目には機械パーツの組み合わせとして映る。ゆかりは小柄で、髪はゆるふわのウェーブ、色白でビスクドールのように可愛い。ところが特殊な目を持つ彼女にとって、自分の姿はコンプレックスのもとでしかなく、常に他のみんなと同じようなロボットの姿になりたいと考えている。

心理的な問題ではない。というのもゆかりは、パーツにふれ、機能を確かめることもできるし、人間を機械と同じように修理したり、組み立てることもできる。ゆかりの親友である波《は》濤《とう》学《まなぶ》もゆかりの修理で救われた一人だ。男の子みたいな名前だし、ボーイッシュに見てくれをしているし、名前もわかりにくいがマナブは女子だ。中学に入ってゆかりの同級生になった彼女は、ゆかりの特殊な目とコンプレックスを知る数少ない人間の一人だ。だから親友の波濤学は、恥ずかしいけど、チャンスを見つけてはゆかりを抱きしめ、ゆかりは可愛いと繰り返し伝えてきた。中2の夏、マナブはゆかりを狙ったある事件に巻き込まれて左腕を切断されてしまうが、ゆかりが修理してくれたおかげで、何事もなかったかのように腕を使うことができる。ただその日から携帯電話がなくなり、そしてときどき、腕から着信音がしたり、ディスプレイが光が漏れたりする。

ゆかりを守るというマナブの決意もむなしく、その年の2学期、ゆかりは特殊能力を持つ天才児を集める機関からスカウトされ、安全と最上級の教育を保証する海外の学校へと転校してしまった。そして、ゆかりはそのアメリカで死んでしまった……。

ここからの展開がすごい。マナブは左手の携帯と量子力学を駆使し、ゆかりを救う道を探し始める。並行宇宙を縦断し、トライ・アンド・エラーを繰り返しながら、マナブは神に近しい存在にもなっていく。ＳＦでしか描き得ない思考の地平の彼方で、マナブはゆかりをもう一度抱きしめ、「かわいい」と伝えることができるのか……。

論理の展開に唖然《あぜん》としながら、マナブとゆかりが辿《たど》り着く結末に涙してしまう、とんでもなくて素敵なガール・ミーツ・ガールＳＦの傑作だ。（三村美衣）

key word▼［ロボット］［並行宇宙］［超能力］

column Incantation（召喚）としての《炎の蜃気楼《ミラージュ》》——至近距離と無限望遠

文＝井辻朱美

だからやめようと思ったのに……と、またもや私は呟《つぶや》いていた。本編40巻の発売後にシリーズを読み出したとき、私はおそろしい目に遭ってしまった。まさしく「時空縫合」にかかってしまったのだ。一瞬の空隙をもさしはさまない物語の粘度、情念の過剰な張力、強引にねじり込まれる必殺の会話、類のない規模の時空間の展開（への没入）に以後2年近く他のいっさいのフィクションが読めなくなってしまった。濃度、密度、何より物語の原液度がまるでちがう。

その「時空縫合」に二度もかかり、ここに落ち込んだら最後まで這《は》い上がれない魔の海溝だ、と悟っていたのに、今回もつい本を開いたら、1カ月半ぶっ通しに読んでしまった。『リーマスじいやの昔話』のコールタールの人形にへばりついたうさぎのようだ。この体験はいったい何なのか。

今回の三度目の抜根状態を機に、わずかな分析を試みてみた。物語の概要は、戦国時代の怨将が、思いを残した地で復活し、無念を晴らし、あるべきであった天下人の自分を実現しようとするドラマである。この設定自体は新しくない。歴史ファンタジーであれば、かつてその地に倒れた勇者が、現代人たちに幻の姿を現し、過去の風景の幕をはぐってみせる。だが《蜃気楼《ミラージュ》》（桑原水菜）においては、それは歴史上の記録ではなく、勇者は現在、生きた肉体に「（転生）換生」して現代人として活躍するのだ。「いま、ここ」の場所で、「いま、ここ」の肉体を消費しつつ、本性である武将（信玄や信長など歴史上の人物）の二重存在として行為する。高校生をやっている加藤清正は確固たる口調でかつての主君への忠誠心を語り、歴史上の過ちも「後悔」としてではなく「さらに未来へ生きるものとして」夢の達成に向かおうとする。年老いた、若い魂。その朽ちることのない揚力。

かくて史上の敗者たちは、勝者となる野望を叶《かな》えんために、現代に戦国時代（闇戦国）を繰り広げている。まさに敗者復活戦である。しかもそれは、いまや現代人である彼らの「現在進行形」の最大出力の生きざまであり、倍の記憶を持つ存在としてのエネルギーで、読者を圧倒する。

そして本作のもう一つの「現在形」は、各地の歴史を現代の地理、風景、城下町、伝説の中に、作者がつぶさに描きこむ臨場感だ。史実であるゆえの回顧の光芒《こうぼう》をまといつつも、「いま、ここ」の、至近距離から、強烈な鮮度をもって眺め直される場所。各地の方言、時代めいた古怪なセリフ、現代の若者の言葉遣い、戦闘時の擬音、擬声語、鬨《とき》の声、悪態、すべてが——リアルという以上に、私には「すぐ、そば」として感じられる。この「すぐ、そば」性が作者の独壇場であり、人物はいきなり脇から「声をかけてくる」し、たたずまいは止め絵で凝視され、たちまちにしてそこは時代と現代が化合した、ページを開く前から存在している場となり、多声の会話は「いま、ここ」に刻印される。50センチの距離に彼らはいるのだ。その臨在感ゆえ、つかみとって愛さずにはいられない。

「この時代と現代」の相乗り効果に加えて、時間軸のスコープも、巻を追うごとに無際限に延びてゆく。筋の説明にはあまりに指数が足りないが、なぜ多くの死者が蘇《よみがえ》って尽きせぬ思いを糧に戦うのかといえば、それは「生前に果たせずにいたもろもろの怨念の重量」「残量思念の圧」ゆえだ。それは生き物のようなエネルギーの塊として蠢《うごめ》いている。時の政権に押し流された民族の悲憤、領土を奪われた将、あるいは天皇の潰えた夢の無念の嵩《かさ》。これだけのリビドーに読者は耐えられるだろうか。

最終四部では、この死者復活戦の原点が、仏教、密教、神道の秘術をからめた欲望にあったことが明かされる。時ははるか神代にまで遡り、天孫族に滅ぼされた古霊たち、そして政変のたびに押し流されていった怨念を、根こそぎ掻《か》き起こし、莫大《ばくだい》な動力として掌握し、歴史全体を正しくやり直そうとするのが、第六天魔王信長。突出した「力への意志」には、ひれ伏すしかない。

やがて日本全土が膨大な量の思念、それも穢《けが》れ、忌み、禁忌の重たいエネルギーの奔騰する場となり、蘇った死者たちは、みずからの非合理な「怨念の力」およびその反動の行方を見据えざるを得ない。いま一度、この愛しい生を生きて何を達成したいのか。

主人公の上杉景虎《うえすぎかげとら》ら「夜叉《やしゃ》衆」は、400年間肉体を換えて生き続け、成仏できぬ戦国の怨霊たちを毘沙門天《びしゃもんてん》の力で、「あの世へ送りつける」調伏を行ってきた。それが怨念の収拾、解決のやり方だった。だがそのうちに、生生流転についての思いが極まり、景虎は、四国の遍路道を用いた「大転換」の秘術によって「精神生存者」（霊）も生きられる掟《おきて》破りの場所を創ってしまう。生と死を架橋したのである。この後の巻では、憑依《ひょうい》、換生《かんしょう》、投念、肉体の分身投影、念動力が当たり前となり、もう肉体も精神も同じ「パワー・エネルギー」でしかない。思いの強さだけなのだ。この夥《おびただ》しいエネルギーは眩《まぶ》しく強すぎる。

最終巻、伊勢神宮の心御柱には、日本史のすべての記録が個人の思念から書き起こされて保存されている。景虎と「魂の伴侶」直江《なおえ》は柱に同一化した信長を追って歴史を辿《たど》ってゆくが、日常の至近距離すなわち彼らの「すぐ、そば」の描写と、無限望遠のレンジのスケールの対比はあまりにも大きい。膨大な意識の流れの中に、すべては溶けこみ、深い悲しみ（それは稀有《けう》な厚みとして語られる）の中に浄化されてゆく。主人公二人の「永劫《えいごう》の愛を求める」思いとは、この潮の中に、すべて悔いなし、として吸われてゆくことにゆきつき、この最終巻の「救済」で、またしても涙が止まらなくなってしまった。

死者も魂として進化するのだ、と景虎は悟る。勝者となって何かをつかみとるのではなく、その瞬間、瞬間にこそオレたちの「最上のあり方」がある。

浅ましさも征服欲も醜さも、400年かけて吐露し合った二人が辿り着いたのは、世界が蔵する限りなき欲動の優しさなのであろう。

そして、この「すぐ、そば」のリアリティは、今にして思えば、すべてを注釈なき現在性へと織り上げる「ネオ・ファンタジー」（たとえば「ハリー・ポッター」のイギリス、万城目学の京都）の書法の魁《さきがけ》であったのだと思う。これを書いている六月末、奇しくも万城目の新刊は現代に本能寺の変がよみがえる『六月のぶりぶりぎっちょう』である。

付言するならば、20世紀末までのファンタジーを駆動する大きなモチーフは、「帰らぬ」過去を惜しむことであった。それは、徐々にダイアナ・ウィン・ジョーンズのような、複数のパラレルワールドの同時進行を許容する方向へ散らされてゆくのだが、「不可逆な時の流れへの哀惜」こそがファンタジーの中心モーメントであったことは否めない。90年代以降のネオ・ファンタジーにおいては、しかし、ハリーのロンドンは代替なしの「いま現在ここにある」存在であり、反実仮想ではない。『炎の蜃気楼』が最初に、ファンタジーの盤面に打ったのも、この過去も未来も包含してしまった「現実」の唯一性の石だった、と思う。

時空すべてが浸潤し合う世界は、令和の世には自然なものになった。初読のあとふらふらと間欠的にミラージュツアーに出かけていった私も、たびたび「時空縫合」にはまった私も、すべて一つの現在の総体として、厚い確かさでもって変わらずここに存在している……。

井辻朱美（いつじ・あけみ）
歌人・翻訳家・白百合女子大学教授。

VI 青春

高校吹奏楽部のことがよくわかるシリーズ

《響け！ユーフォニアム》武田綾乃 *Ayano Takeda*

key word▶［現代］［部活］［吹奏楽］［友情］［成長］

装画：アサダニッキ／2013-2021年／全7巻＋短編集3巻＋スピンオフ1巻＋関連シリーズ全2巻＋ガイドブック1巻／宝島社文庫

e-book

文化部だけど運動部。吹奏楽部がなぜそう言われるかが読めばわかる。

中学時代、吹奏楽部でユーフォニアムを吹いていた黄前久美子《おうまえくみこ》は、北宇治高校に進学して入った吹奏楽部でいくつもの出会いをする。一つが同じ中学校だった高坂麗奈《こうさかれいな》の出現。トランペットがうまく推薦で吹奏楽の名門校にも行けた彼女が実績のない北宇治を選んだことに驚いた。

それは、二つ目の出会いとも重なる。滝《たき》昇《のぼる》という指導者が赴任してきたことだ。麗奈はプロ演奏家の父親を通して滝のことを知っていて、指導を受けたいと北宇治を選んだ。滝は前年までの放任主義を改め、全国大会出場という目標に向かって部員たちを厳しく指導する。最初は反発していた部員たちも、練習に励む中で滝を認め、成長していき全国大会出場を成し遂げる。

野球の弱小校に優れた監督と天才プレイヤーが入って甲子園出場を果たす運動部的なサクセスストーリー。ランニングで体力を付け、週末も夏休みもなく練習を行う様は運動部と変わらない。鍛錬の成果を野球の甲子園のように全国大会という場で確かめられるところも運動部と同じ。そうした吹奏楽部の実体を、《響け！ユーフォニアム》というシリーズは教えてくれる。

その中で、久美子であり麗奈といった部員たちが研鑽《けんさん》に励み、お互いに刺激し合ってうまくなっていく姿にもふれられる。滝への恋情を秘めつつプロになるという目標を持って吹き続けている麗奈がいて、うまくなりたいと思いながらも将来何になりたいかを決められずにいる久美子がいる。

優れた演奏技術を持ちながら親から有名大学への進学を押しつけられて悩む田中《たなか》あすかや、仲の良かった同級生が退部して心に傷を負いながらオーボエを吹き続ける鎧塚《よろいづか》みぞれといった先輩たちもいる。少女たちが迷いを抱きながら吹奏楽に取り組む姿にふれられる青春群像劇となっている。

演奏シーンではどのような音が響いているかが言葉で紡がれ、読んでいるうちに音楽が聞こえてくる感覚を味わえる。久美子たちが何を思いながら演奏しているかにもふれられて、読む前と後とでは吹奏楽の演奏を見る目が変わってくる作品だ。

シリーズには久美子と中学の同級生で、行進しながら演奏するマーチングの名門校に進んだ佐々木梓《ささきあずさ》を主役にした『立華高校マーチングバンドにようこそ』もあって、久美子とは違った壁にぶつかり乗り越えていく姿にふれられる。合わせて読めば、吹奏楽への関心が一段と広がるはずだ。

（タニグチリウイチ）

転生から始まる運命に挑むファンタジー

《メイデーア転生物語》友麻碧 *Midori Yuma*

装画：雨壱絵穹／2019年－／7巻〜／KADOKAWA富士見L文庫

e-book

転生を重ねても結ばれたいと願う少年少女の恋の行方と、世界の命運をかけて国々がぶつかり魔法が飛び交う壮絶なバトルを、共に楽しめるファンタジーだ。

世界に大損害を与えた〈紅の魔女〉の末《まつ》裔《えい》で、貴族令嬢のマキア・オディリールは11歳のとき、市場で出会った奴隷の少年に魔法の才能があると気づき、家に引き取って一緒に魔法の勉強をしながら成長していく。少年はトールと名付けられ婿養子に入る将来も見えたが、14歳になったマキアがトールと共に予兆の流星群を見た夜、二人の身に変化が起こり運命が変わる。

マキアは自分の前世が日本の女子高生だったことを思い出す。好きだった斎藤《さいとう》徹《とおる》に友人の少女が告白しようとした現場に駆けつけ、謎の男にそろって殺害されたことや、その徹が今のトールであることも。前世で悲恋を味わった二人が、転生先の異世界で新たな愛を育むストーリーの始まりか？　物語はそんな予想を超えて広がっていく。

胸に〈守護者〉の印が浮かび上がったトールは、異世界から来たアイリという名の救世主の少女を守る使命を与えられ、マキアのもとを離れて王都に行く。トールを奪われるのではと迷うマキア。恋心と使命との間で揺れるトール。そんな二人の運命は？　前世から続く恋の争奪戦の行方を見守るのが、シリーズの当初の読みどころだ。

物語はそこから、メイデーアと呼ばれる世界にある国家間の争いへと進んでいく。メイデーアでは５００年前に10人の魔術師たちが力を振るっていた。その中の一人、〈紅の魔女〉が起こした災厄は、大陸の中央に今も人の住めない地を生み出した。そして５００年後。世界には〈白の賢者〉や〈緑の巫女《みこ》〉といった魔術師たちがそろって転生し、大きな変化が起こり始めていた。

その中で、マキアが〈紅の魔女〉の転生者だったことがわかり、同じような過去を持っていたトールとの関係が、日本での前世を遡って探求されていく。二人の恋の行方にはまだまだ紆余曲折《うよきょくせつ》がありそうだ。

第5巻までの物語では、マキアが魔法学校で留学生の少女や首席で入った少年、そして留年した先輩といういわくありげな面々とチームを作り、学校内での競争に挑む学園ストーリーも楽しみどころ。マキアが日本人だった前世の記憶でおにぎりを作りコタツのような暖房器具を作る描写も愉快だが、魔法学校を出る第6巻からは、本格的に〈紅の魔女〉の記憶を蘇《よみがえ》らせようと旅に出るマキアの冒険が始まる。固唾を呑《の》んで行方を見守ろう。（タニグチリウイチ）

key word▼［異世界］［転生］［魔法学校］［魔法］

四人の男女の青春は、いつも賑やか

《拙者、妹がおりまして》馳月基也 *Motoya Hasetsuki*

key word▼［江戸］［日常］［成長］［恋愛］［爽やか］

装画：Minoru／2021-2023年／全10巻／双葉文庫

e-book

若さが弾けるという、紋切り型の表現を使いたくなる。それほど本シリーズは、四人の男女が溌剌《はつらつ》と躍動しているのだ。

物語は、文政4年（1821）から始まる。小普請入りの御家人の白瀧勇実《しらたきいさみ》は、境を接した矢島家の離れを使って、手習い所の師匠をしていた。勇実は文武両道だが、面倒くさがりの出不精。彼の妹の千紘《ちひろ》は明朗でお節介焼だが、兄にはつい強く当たってしまう。なお、矢島《やじま》家は剣の道場を開いており、跡取りの龍治《りゅうじ》がいる。白瀧兄妹とは、昔から仲良しだ。この三人に、猪牙船《ちょきぶね》から大川に落ちたところを勇実に救われ、それを切っかけに千紘と無二の親友になった亀《かめ》岡菊香《おかきくか》が加わり、カルテットになる。

そんな彼らの周囲には騒動が絶えない。例えばシリーズの開幕となった第1巻の第一話「つき屋始末」は、千紘たちがよく出入りしている煮物屋つき屋が、ごろつきたちに絡まれ強請られる。このことを知った千紘は黙っていられない。勇実と龍治を連れて、つき屋に向かう。だが、つき屋の主人の態度は、どこか煮え切らないのだった。

素直なヒーロー。本作を読んでいるうちに、そんな言葉が頭に浮かんだ。勇実たちが騒動に首を突っ込むのは、自分の知り合いが困っているなら何とかしたいという、素朴な感情に動かされてのことだ。一件の事情が見えてくれれば、いたずらに正義感を振り回すことなく、事態を解決に導く。そのためには矢島家と縁の深い、目明しの山《やま》蔵《ぞう》親分に話をし、協力してもらう。無理のない範囲で全力を尽くす、若者たちの行動が気持ちいい。

シリーズの内容は多彩であり、さまざまな事件や騒動を通じて、若者たちの日常が綴《つづ》られていく。さらに、白瀧兄妹と龍治は長い付き合いであり、交わす会話に遠慮がない。明るく賑《にぎ》やかな彼らのやりとりに、こちらまで嬉《うれ》しくなってしまうのだ。

また、カルテットの恋愛模様も見逃せない読みどころ。千紘と龍治は、互いを憎からず思っているが、なかなか関係が進展しない。勇実は菊香が好きだが、なかなか気づいてもらえない。二組の男女のジリジリとした恋愛も、シリーズを通じての読みどころになっているのである。

なお本シリーズは、全10巻で完結。その後、スピンオフ・シリーズの《義妹にちょっかいは無用にて》シリーズが始まった。主人公は千紘の幼馴染《おさななじみ》で、今は手習いの師匠をしながら自らの学問も続けている大平将太《おおひらしょうた》だ。勇実たち四人も脇役として登場するので、本シリーズと同じように楽しめるだろう。（細谷正充）

スーパーカブがくれた前に進む力と意思

《スーパーカブ》トネ・コーケン *Tone Koken*

装画：博／2017-2022年／全8巻＋短編集1巻／角川スニーカー文庫

e-book

立ち止まっている場所から踏み出すために必要なものを教えてくれるシリーズだ。

父親を亡くし母親も失踪して孤高の身となった小熊《こぐま》は、奨学金で進んだ高校への通学を楽にするために、中古バイク屋で1万円という破格値のスーパーカブを買って乗り始める。すると、同級生の礼子《れいこ》が自分もカブに乗っていると言って話しかけてきて、そのまま一緒に行動するようになる。

文化祭の準備で困っていたところをカブで助けた恵庭椎《えにわしい》も、小熊や礼子を慕ってカブ乗りになる。お金を稼ぐためにバイク便の仕事も始める小熊。ただの足として買ったカブが、日々を満たして世界を広げていく様子を、巻を重ねる中で追っていける。

風邪で行きそびれた修学旅行にカブで後から追い着いて参加したり、礼子や椎とカブで日本最南端まで走ったりする小熊のキャラクターは破天荒が過ぎるように映る。富士登山にカブで挑む礼子も同様。けれども、何もないところから考えてカブを選び、お金に乏しい境遇から工夫して欲しいものを得る小熊のしたたかさを知り、山小屋でアルバイトをして機会を探る礼子を見れば、無茶にも根拠があるとわかる。生き方の参考にしたいキャラたちだ。

そして、歩き出す勇気を与えてくれるキャラたちでもある。友だち作りも大学に進むためのバイク便での資金稼ぎもカブがあったからできた。けれども、そうすると決断したのは小熊自身。きっかけとしてのカブと、それに乗って走り出す小熊の意思のどちらも必要だったということだ。自分にやれることなんて何もないと悩んで身動きできずにいるのなら、自分にとってのカブを手に入れるところから始めよう。

大学へと進んだ小熊は、バイク通学が禁止された寮には入らず、借家で独り暮らしを始める。生き方を自分で決める小熊らしい。大学では節約研究会という謎のサークルを率いる美貌の上級生・竹千代《たけちよ》や、震災で孤高の身となり金がなく草を食べていたところを竹千代に保護された春目《はるめ》と知り合う。ユニークだが背景があって生きる意味を感じさせてくれるキャラたちにいろいろと教えられる。

19歳になる小熊のお祝いにかけつけた、実に大勢の人たちとの縁が、カブに乗った時から始まったとするなら、一歩を踏み出すことの大切さもわかるだろう。そのことを伝えて文庫のシリーズは完結するが、続きが小説投稿サイトの「カクヨム」に掲載されていて、カブによって世界を広げ続ける小熊の日々にふれられる。気になる人はご一読あれ。（タニグチリウイチ）

key word ▼［現代］［バイク］［友情］［人生］

永遠に続く二人の少女の関係を追い続けて

《安達としまむら》入間人間 *Hitoma Iruma*

keyword▼［現代］［ガールズラブ］［学園］［宇宙人］

装画：のん・金子志津枝・raemz／2013年-／13巻〜／KADOKAWA電撃文庫

e-book

永遠の関係が始まる瞬間を見た。

　授業をサボって高校の屋上に出たしまむらは、同じようにサボっていた安達《あだち》と出会い、何となく行動を共にするようになる。不良少女がツルんで社会に反抗するとか、一人がカッコ良い男子に声をかけられ関係がギクシャクすることはない。二人で卓球をしたり買い物にいったりするような日常が綴《つづ》られていくだけだ。

　そんな物語のどこに惹《ひ》かれるかと言えば、何となく始まった出会いが永遠のものとなっていく様を、併走するように見ていけるところだろう。人付き合いが苦手で自己肯定感が低めな安達にとって、しまむらはホッとできる女子だった。しまむらにとって安達は、すべてが面倒になっていた心を動かしてくれた存在。周囲から浮き気味のしまむらと沈みがちな安達が、二人だけならピタリとハマって重なり合うようになる。その流れを追いつつ、自分にとっての安達やしまむらは誰かを考えたくなる。

　安達よりは社交性のあるしまむらには、日野《ひの》や永藤《ながふじ》といった友人がいる。どちらも良い奴だが、安達はしまむらが日野や永藤と仲良くすることに拗《す》ねたような表情を見せる。その感情をしまむらが理解し受け入れていった先に何があるかは、第8巻に収録の27歳になって二人でマンションを借りて一緒に暮らしている「遠路」、第11巻に入っている、22歳の二人が旅先で人力車に揺られる「Remember22」といったエピソードが表している。

　TVアニメのBD／DVDに付いた特典小説を集めた『安達としまむら99．9』に至っては、死別を経た後の二人の関係にまで話が及ぶ。なおかつ遥《はる》か未来でヤシロという名の宇宙人が安達としまむらを振り返るところにも及び、屋上で始まったのが永遠を超える関係だったと知る。

　巻数から見て番外編的なサービスとも取れるが、ヤシロ自体は本編にも登場して安達としまむらに絡み、二人の甘い甘い関係を客観視するタイミングをくれる。ヤシロがいるのといないのとでは、シリーズの印象も違うものになっただろう。変化球が得意な作者ならではの巧みなキャラ造形だ。

　安達には桜《さくら》、しまむらには抱月《ほうげつ》という名前がありながら名字で呼び合う関係もユニークだ。一生変わらないものだという確信をお互いが得ていたか、変えずにいくと作者が意図していたかはわからないが、遠い未来まで貫かれることになるその呼称が、性別を問わず一個の人間のアイデンティティを表すものだと意識させられる作品だ。


（タニグチリウイチ）

野球で勝って、殿方を見返してみせましょう！

《大正野球娘。》

神楽坂淳 *Atsushi Kagurazaka*

key word▼［大正］［野球］［女学校］［部活］［ほんわか］

（上）装画：小池定路／2007-2010年／全4巻／徳間書店トクマ・ノベルズedge、（下）装画：うさもち／2020年／小学館時代小説文庫

e-book

ミッション系の女学院に通う小笠原晶子《おがさわらあきこ》は、パーティにかこつけたお見合いの席で、お相手の男から「女は家庭に入るべきで、学歴も社会経験も必要ない」と説かれ激怒した。怒りは翌朝になってもおさまらず、彼女は男が自慢げに話していた「野球」で見返してやろうと決意。女学校で野球部の結成を呼びかけた。放課後、言い出しっぺのお嬢と、親友で麻生十番の洋食屋の娘・小梅《こうめ》、それにお嬢の憤りに賛同した学校一の秀才の乃枝《のえ》の三人は、野球部結成に向けてさっそく作戦会議を開くのだが……。

時は大正14年。前年には甲子園が完成し、全国中学校優勝野球大会も始まっているとはいえ、お嬢様たちは野球を見たことすらない。しかし、彼女らはめげることなく、野球を一から学び始める。当然ながら小柄な彼女たちサイズのグローブもユニフォームも存在しないが、ないものは作ればいいのだ。努力と根性で不足する部分は、お嬢様ならではの知力と財力と人脈を駆使して補おうというのだが、何と彼女たちは足りない筋力を補ってくれるスパイクや金属バットを考案して、製造をメーカーに持ちかけたのだ。金属バットの開発は昭和の中期だから、彼女たちの企画力は時代を半世紀先取りしている。この野球の歴史そのものを書き換えるような大胆な行動力は、果たして彼女たちを勝利へと導くのか……。

大正乙女の可憐《かれん》さと、らしからぬ野望が同居するユーモラスな野球青春小説だ。設定は大胆だが、お嬢様たちの服装、食べ物やソーダ水、麻布界隈《かいわい》の風景、目新しい輸入もののキッチン家電など、モダンと伝統がせめぎ合う大正時代の細やかな描写にはリアリティがあり、この時代の女学生の日常を楽しむことができる。

本シリーズは、２００７年に徳間書店から刊行され、アニメ化もされたが未完のまま途絶していた。２０２０年より小学館文庫で加筆改稿のうえ3巻までは立て続けに復刊されたが、こちらも続巻が出るには至っていない。現在は時代小説や漫画原作で活躍中の著者だが、もう1冊スーパーダッシュ文庫から刊行された『征服娘。』というライトノベルがある。こちらは中世交易都市に暮らす13歳の貴族の娘が、紅茶とチョコレートの交易に着手し、食や文化のプロデュースから世界を支配せんとする野望が清々しい傑作。こちらも残念ながら未完だが、機会があればぜひ手に取っていただきたい。（三村美衣）

時代が変わっても、それでも僕らは飛ぶ

《天翔《あまか》けるバカ》須賀しのぶ *Shinobu Suga*

画：梶原にき／1999-2000年／全2巻／集英社コバルト文庫

「イギリスの伯爵家に嫁ぐことになったから、あなたとの婚約は解消よ」

　頭も悪いし、運動神経も鈍いが、飛行機操縦の腕だけは自慢のリック。ある日、曲乗り飛行を終えて無事着陸した彼を待っていたのは、婚約者からの賞賛ではなく唐突な別れの言葉だった。

　アメリカの裕福な家庭で育ち、それまで世界情勢になどなんの興味もなかったリックだが、裏切り者のレイチェルを見返すために、英国の義勇軍航空部隊に志願する。時は１９１７年、第一次世界大戦末期。フランス東部の前線基地には、ひと癖もふた癖もある飛行機バカたちが集まっていた……。

　ミリタリーものを得意とする須賀しのぶが、第一次世界大戦で戦う英国義勇軍とドイツ空軍の飛行機乗りの青年たちの生き様を描いた全2巻の青春群像劇だ。戦った相手に必ず薔薇《バラ》の花と詩を贈るロシア人や、相手かまわず告解をさせようとするイタリア人の司教など、義勇軍に集まった人々の、カリカチュアライズされたキャラクターの奇行ぶりが楽しいが、笑いの背後にチラチラと見え隠れする彼らが背負う状況は複雑だ。アメリカ人のリックからするとお高くていけ好かない英国貴族の〝ロード〟だが、彼の容姿は植民地の血が入っていることを示しているし、詩人〝ピロシキ〟の故郷ロシアでは革命が起こり、彼には帰る場所がない。そのロシア革命の機運は、彼らが戦うドイツにも飛び火している。それだけではない、第一次世界大戦は、開戦後に恐るべき勢いで兵器が開発、投入された戦争である。爆撃機や毒ガスなどの新兵器が投入されるたびに戦場の常識は塗り替えられ、大量殺害兵器の前に、戦前の欧州にあった美意識は完膚なきまでに否定された。ドイツ軍の捕虜となったロードが、ドイツの貴族にして英雄〝レッドバロン〟マンフレート・フォン・リヒトホーフェンに向かって放つ、「戦争はとっくに貴族のものではない」という台詞が重い。そんな怒りや悲しみを抱えるセンチメンタルな欧州勢とは異なり、複雑な感情など全く意に介さないリックの無邪気な突き抜けたおバカっぷりはどこまでも気持ちよく、空への憧れと飛ぶ楽しさが心に残る。（三村美衣）

key word▶［ＷＷⅠ］［イギリス］［ドイツ］［飛行機］［群像劇］

不思議な隣人と過ごす四季の物語

《お隣の魔法使い》篠崎砂美 *Sami Shinozaki*

装画：尾谷おさむ／2006-2008年／全4巻／SBクリエイティブ GA文庫

e-book

家族旅行から帰ってきたメアリーは、枯れ草だらけだった隣の空き地に家が建っているのを見つける。お隣に引っ越してきたのは、作務衣のような服装に身を包んだ青年・トゥックトゥイック。

昼食を差し入れにお隣を訪ねたメアリーは、妙に早く淹《い》れられたお茶やティーポットから鳴る電話の音、雑草だらけだったはずなのにきちんと整えられた庭に疑問を覚える。釈然としないながらも自宅の庭の思い出を語ったメアリーは、翌日一面草の海になった庭を目の当たりにする。

数々の不思議を体験したメアリーは、トゥックトゥイックは魔法使いなのではないかと考える。「ツクツクさん」と呼ぶようになったお隣さんとお茶を楽しむうちに、メアリーの日常にはちょっぴり不思議な出来事が起こるようになって……。

《お隣の魔法使い》は、メアリーと魔法使いのような隣人・ツクツクさんが出会う不思議な出来事を四季のうつろいと共に綴《つづ》ったファンタジー。本作は毎巻春から冬にかけての連作短編で進み、物語自体は3年目にあたる3巻でいったん区切りが付き、4巻は時系列の異なる話が収録されている。

しっかり者のメアリーと、彼女を「ミス・メアリー」と呼ぶおっとりのんびりしたツクツクさんの掛け合いが微笑ましいのはもちろん、二人に訪れる不思議が胸をあたためてくれるシリーズだ。

うさぎのぬいぐるみにしか見えない旅人、迷い込んだ火のように真っ赤な鳥、しゃべるチェスの駒、人を喜ばせようと早咲きした桜、気づけば家の中にいるメイドさん……。お茶を飲む二人のもとに訪れる不思議は何気ない日常と地続きにあり、作中には読者にとっても身近なアイテムが登場する。引っ越しパスタや願いごとを書く短冊など、端々に紛れ込んだ「東洋の文化」も楽しい要素だ。

本作に登場する魔法は、一般的なそれとは少し異なる。1巻の結末でツクツクさんが語る魔法のあり方は、いわゆる特別な力ではない。「特別な力がなくても他人を幸せにすることができる」魔法は、ページを超えて読者の心にも優しく届く。

本作はほのぼのとした物語だが、よく読むと呼び方の変遷など、ちょっとした変化や伏線が埋め込まれていることに気づかされる。そうした読みどころも味わえる、お茶と一緒に楽しみたいシリーズだ。

（七木香枝）

key word▼［メルヘン］［魔法使い］［不思議］［ほんわか］

思春期の揺らぐ気持ちと淡い恋

『チェリーブラッサム』『ココナッツ』山本文緒 *Fumio Yamamoto*

(左)『チェリーブラッサム』、(右)『ココナッツ』2000年/全2巻/角川文庫(※『ラブリーをつかまえろ』『アイドルをねらえ!』1991年/集英社コバルト文庫をそれぞれ改題)

e-book

もうすぐ中学2年生になる実乃《みの》は、4年前に母を亡くし、現在は銀行勤めの父と要領のよい姉・花乃《かの》の三人暮らしをしている。

姉が補導された1カ月後の春休みのこと、父が突然会社を辞めて三人で便利屋として働こうと言い出した。親戚一同で説得にかかるも、父の決意は揺らがない。1年経って軌道に乗らなければ堅気の仕事に戻るという約束で「ヒョウスケお便利商会」がスタートするが、実乃は相談もなく勝手に家族のことを決めてしまった父に対して複雑な気持ちを抱く。

新学期が始まり、「ヒョウスケお便利商会」に幼なじみの弾《ハズム》から依頼が持ち込まれる。その依頼とは、弾の祖母の盲導犬・ラブリーを探してほしいというものだった。(『チェリーブラッサム』)

少女小説からデビューして、一般文芸へ越境する作家は少なくない。コバルト文庫の新人賞・ノベル大賞受賞者一覧には、本好きなら知っている名前をいくつも見つけられるはずだ。1980年代には、唯川恵、山本文緒、角田光代(彩河杏)をはじめとした名だたる作家を輩出している。

その一人である山本文緒は、1987年度下期のノベル大賞で佳作受賞後、コバルト文庫で15冊の著作を執筆。コバルト文庫版『ラブリーをつかまえろ』を『チェリーブラッサム』、『アイドルをねらえ!』を『ココナッツ』に改題した角川文庫版は、現在一番手に取りやすい山本文緒の少女小説作品だ。

母を失ってようやく落ち着いた頃に訪れた家族の変化に、思春期の実乃はもやもやしてしまう。家族が好きだからこそ苛立ちを抱く実乃の良き相談相手となるのは、若き僧侶・永春《えいしゅん》だ。『ココナッツ』で、実乃は永春の過去を知る。憧れまじりの淡い片想いが育って、実乃の心にしっかりと根差すラストシーンが美しく、鮮やかに心に残る。

この2作を読んでまず感じるのは、懐かしさだ。出版当時とは世相も価値観も変化しているが、自分だけでは心の整理が難しい思春期の揺らぐ気持ちは、今も昔も変わらない。自分のことが歯《か》がゆくてならない葛藤や、噛み合うようで噛み合わない家族関係を丁寧に描く物語は、かつて思春期だった大人の心をも優しく包み込む。

かつて通り過ぎた「あの頃」を愛おしく思わせてくれる、大人になった今こそ読みたい青春小説だ。(七木香枝)

key word▶［中学生］［成長］［家族］［僧侶］［恋愛］

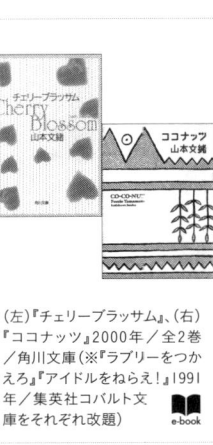

見事な〝失恋〟を描く氷室冴子の隠れた名作

『恋する女たち』氷室冴子 *Saeko Himuro*

key word ▶［学園］［友情］［恋愛］［片想い］

装画：石関詠子／1981年／全1巻／集英社コバルト文庫

　高校生の多佳子《たかこ》には二人の友人がいる。美貌の持ち主だが、何かというと自分の葬式を出したがる奇癖のある緑子《みどりこ》。勉強もスポーツもできる秀才だが、何を考えているのかがいまいち見えにくい汀子《ていこ》。ある日、多佳子と汀子は失恋した緑子から「死亡通知」を受け取った。二人は黒のフォーマルドレスを着こみ、多佳子はレモン、汀子は曼殊沙華《まんじゅしゃげ》を片手に弔問に出かける。

　帰り道、多佳子は汀子から恋愛事情について問い詰められた。自身の恋愛観を言い当てられたうえに、彼氏がいると汀子から告白された多佳子は、おもしろくない気分のまま書店に立ち寄った。そして黒いフォーマルドレス姿のまま富士見ロマン文庫のポルノ小説を購入するが、この様子を秘かに恋する相手の沓掛勝《くつかけまさる》に目撃されてしまうのだった……。

　氷室冴子の岩見沢東高等学校時代を下敷きに、三人の少女の友情と恋を描く『恋する女たち』。作品の舞台の湯沢市は氷室の故郷岩見沢をモデルにしており、作中には天狗饅頭《てんぐまんじゅう》やふるかわ書店、大正池など実在する名称が登場する。

　主人公の多佳子は恋愛に対して過剰な自意識を抱いており、沓掛勝に惚《ほ》れていることを本人にも周囲にも悟られないよう腐心する。その結果、好きな人に「置屋の遣り手婆」呼ばわりされ、一度も思いを打ち明けることなく失恋するのだが、そんな多佳子の姿は悲しくも可笑しい。最後まで自分の信念を貫く多佳子を筆頭に、独自の美学を掲げて生きる緑子や汀子の姿と、深い友愛で結ばれた三人の関係性の描写が絶品である。

　脇役として登場する美術部の絹子《きぬこ》も、三人に引けを取らない強烈なインパクトを残す人物だ。ポルノ小説を読み耽《ふけ》る清純な少女の図を見てみたいと多佳子に話しかけ、女性の裸体のエロティシズムをいきいきと語る絹子を筆頭に、『恋する女たち』に登場する少女たちは自然な欲望を持つ主体として描かれている。

　小説家・ゲームシナリオライターの奈須きのこが『空の境界全画集＋未来福音』のインタビューで本書の魅力を語り、『本の雑誌』２００８年10月号の「座談会コバルト文庫黄金時代ベスト10」でも第1位に選出されるなど、『恋する女たち』は根強い支持を集めている。氷室冴子の隠れた傑作の一つである。本作は斉藤由貴主演、大森一樹監督という布陣で１９８６年に実写映画化された。舞台は北海道から金沢に移されており、瑞々《みずみず》しい青春映画としてあわせておすすめしたい。（嵯峨景子）

「みんないっしょ」の呪縛から魂を解き放て！

『悦楽の園』木地雅映子 *Kaeko Kaji*

（上）装画：ヒエロニムス・ボス／2007年／全1巻／ジャイブ、（下）装画：五十嵐大介／2010年／全2巻／ポプラ文庫ピュアフル

学校が掲げる「みんないっしょ」という優しさが息苦しくて、そこから抜け出そうとした途端、今度はその「みんな」が敵になる。本能か、それとも物心つく前から肌で感じとるのか、「みんな」はそのことを知っているので、言葉を呑《の》み込んだまま、いつしか無難な大人になっていく。本書はそんな上っ面の「いっしょ」に反旗を翻す革命の物語だ。

　主人公の相原《あいはら》真琴《まこと》は13歳。幼い頃に母を亡くした彼女は、曾《そう》祖母、祖母、叔母二人と真琴という、四代の女が暮らす相原家で育った。この相原家がファンタスティックな女系家族で、男子はめったに生まれず、生まれても家に居着かない。女性は早婚で、十代で子どもを産むも、まっとうな仕事につかない男を娶《めと》る悪癖があり、そしてその婿も居着かない。ただ、数世代に一人、大当たりの婿が財産を築き、何世代かでその蓄えを食い潰す、という循環を繰り返してきた。女たちは長寿で、曾祖母の祖母まで合わせて六世代の女が同居していたこともある。そんな中、真琴の母だけは虚弱体質で（さらに極めつけに陰険な性格だった）、中学生で革命家の青年に出会い、彼を家に匿い、15歳で真琴を産んで死んだのだという。このどこか浮世離れした、ある意味で呪いの家系みたいな設定が、生真面目になりがちなテーマに、ポップな軽やかさをもたらしている。

　真琴はくだらないと思いつつも、学校や友だちとも無難に折り合いをつけていた。ところが中学校に進学した彼女は、心を揺るがすような二人の少年と出会う。一人は学習障害のあるクラス一のチビで、教科書やノートの端にいつも気味の悪い絵を描いている南《みなみ》。それから大人びた言動の不良少年・染谷《そめや》だ。ある日、南から画用紙に書いた絵をもらった真琴は、南の描く化け物が、ひとたび広い画用紙に解き放たれれば、物語を持った素晴らしい作品となることに気づき、教科書の隙間のように狭っくるしく自由のない学校を、変えようと決意するのだが……。

　友情と愛情によって結ばれた「ふつうではない」三人が、自分が立てる場所、踏んばるための足の置き場を探す過程が、南の描く絵をモチーフとした幻想世界での探索行を交えて描かれる。この世界は生き難いが、だからと言って縮こまっていたくない。はみ出すことを恐れず、さりとてつながることにも怯《おび》えずに生き抜くためのバイブルとなりうる物語であると同時に、煩悩の多い中学生男子二人と、肝の据わった早熟女子の、切実だけど、でもついつい笑っちゃうトライアングルなラブコメでもあるところが楽しい。（三村美衣）

key word▼［学校］［三角関係］［絵画］［学習障害］

女子寮を舞台にしたコミカルな青春学園小説

『お庭番デイズ――逢沢学園女子寮日記』有沢佳映 *Kae Arisawa*

key word▶［現代］［学園］［女子寮］［友情］［コメディ］

装画：Yunosuke／2020年／全2巻／講談社

e-book

お調子者のアス（明日海《あすみ》）、頭のよい美少女でマイペースな侑名《ゆきな》、ボーイッシュでスポーツ万能だが大人しい性格の恭緒《たかお》。男女共学の中高一貫校・逢沢《あいざわ》学園に通う中学1年生の三人は、女子寮の101号室で共に暮らす仲良しトリオだった。

2学期最初の日、アスたちは寮生の集会で「お庭番」の候補に選ばれる。「ピープル・ヘルプ・ザ・ピープル」をモットーとする逢沢学園女子寮では、学園内のさまざまなトラブルを解決するために情報収集を行う、お庭番と呼ばれる役目が代々受け継がれていた。101号室の力を見込んだ先輩たちは、全会一致でトリオを推薦する。だが平穏な日常を望むアスだけは、人助けは荷が重いと一人抵抗を続けるが……。

アス・侑名・恭緒の三人を中心に、逢沢学園女子寮の賑《にぎ》やかな日々と、さまざまな事件が起きる学園生活をコミカルに描く『お庭番デイズ』。氷室冴子の『クララ白書』を彷彿《ほうふつ》とさせる物語には、個性豊かな生徒が多数登場する。冒頭には部屋割別にリスト化された名前と呼び名、学年・性格などがリスト化されており、ずらりと並んだ寮生たちを眺めているだけでも楽しい。なお、リストには幽霊のレイコ先輩や、女子寮の番犬ミルフィーユ先輩もしっかりと寮生の一員として載っている。ハンパない偏食でサプリばかり飲んでいる「ケミカル先輩」や、失言クイーンゆえに発言を割り引いて聞く必要がある「オフ子先輩」など、ユニークなニックネームも秀逸だ。

お庭番を引き受けることになったトリオは、以後学園の内外で起きるさまざまな事件に関わっていく。「恋に落ちたら」は恋多き女として有名で、これまで19人に告白して振られ続けているラブハンター・ユリア先輩が、男子寮の生徒に恋をしたことで生まれる騒動を描いたエピソード。他にも学園近くの文具店で起きる万引きをきっかけに、高齢の女性店主の人生が掘り下げられる「ババアにインタビュー」や、学園七不思議を主題にした「真冬の怪談」を収録。お庭番というシステムを通じて寮全体で困りごとを解決しようとするチームワークや、作中で描かれる少女同士の絆《きずな》は少女小説好きにも響くだろう。寮生活ならではの濃い人間関係と、少女たちのテンポのよい掛け合いが爽快な青春学園小説である。

著者の有沢佳映は『アナザー修学旅行』で第50回講談社児童文学新人賞を受賞。他にも第24回椋鳩十児童文学賞や第47回日本児童文学者協会新人賞を受賞した『かさねちゃんにきいてみな』など、YA文学を中心に活躍中である。（嵯峨景子）

コロナ禍をパワフルに生きのびる少女たち

『腹を空かせた勇者ども』金原ひとみ *Hitomi Kanehara*

key word▶［コロナ下］［学校］［母娘］［友情］［SNS］

装画：beco+8／2023年／全1巻／河出書房新社

e-book

金原ひとみの小説は、常に私小説的な色彩がある。しかし本書において著者自身の分身は母親であり、主人公のモデルはリレーエッセイ『パンデミック日記』（新潮社）で「私は常にスーパーアクティブな長女に感嘆し」と語られた長女のほうだ。

中高一貫の女子校に通うレナレナは、2020年代の「現在」を生きる中学生だ。食欲旺盛で、身体も感情も活発に動く、金原ひとみの小説における登場人物としては、過去に例のないポジティブなキャラだが、だからといって悩みがないわけではない。一番の問題は母親との関係だ。

「十歳くらいの頃にママと自分が人としてものすごく『違う』ことに気づいてから、どんなに彼女に優しくされ抱きしめられ、褒《ほ》められても、どことなく私とママとの間には超えられない壁があるような気がしてきた」と語られる母は、映画配給会社に勤めながら、夫と娘の食事に気を配り、手の込んだ弁当も作ってくれる。しかし彼女には家族公認の恋人がおり、週に2日、夕食と翌日の弁当を作ると、彼の家に泊まりに出かけてしまう。社会や周囲との関係、自分と感情と論理の整合性に悩みを抱えているのだが、しかしレナレナの目からみると、常に決然としており妥協しない強い女性だ。恋人の存在についてもレナレナは歓迎しているわけではない。彼女が抱える不満は、母の彼がコロナの濃厚接触者となったために、レナレナの行動にまで制限がかかったことで爆発する。しかしそんな事態になっても母は冷静に論理を解き、決して謝罪はしない。社会と折り合いをつけることを求める親と反抗する娘という当たり前な図式とは真逆の親子関係がおもしろい。

レナレナの中学1年から高校1年に至る3年は世界中がコロナに翻弄された3年間だ。コロナ下であろうと彼らの時は止まることなく、日常の一部に吸収しながら進んでいく。位置情報共有アプリを使って互いの居場所を確認し、複数のグループチャットを行き来する。人とつながることに真摯なレナレナは、ネットとリアルの間を自在に往還しながら、年齢や地域や学校だけに縛られずに動き回る。自分自身に苛立ち、近しい人が抱える問題に苦しみ、立ち入ることのできない領分があることを学び、それでも動かなければいけない瞬間には全力で駆け出す。そして、その友人との付き合いに揉《も》まれながら、娘が母を別の人間として理解し、歩み寄っていく姿が頼もしい。

（三村美衣）

〝腹心の友〟との友情を描く現代の『赤毛のアン』

『本屋さんのダイアナ』 柚木麻子 *Asako Yuzuki*

key word▼［友情］［学園］［読書］［成長］［呪いからの解放］

（上）装画：平澤朋子／2014年／全1巻／新潮社、（下）装画：斉藤知子／2016年／新潮文庫

e-book

矢島大穴《やじまダイアナ》はキャバ嬢の母親と二人暮らし。おかしな名前や母に染められた金髪など自分のすべてが嫌いなダイアナは、本だけが友だちの孤独な少女だった。小学3年生の新学期、ダイアナは名前をからかわれるが、皆の憧れの的である神崎彩子《かんざきあやこ》が『赤毛のアン』に登場する名前だとかばってくれた。共に読書が大好きな二人はこれをきっかけに親しくなり、〝腹心の友〟となる。

ダイアナは彩子のハイセンスで文化的な家庭環境に憧れ、一方の彩子はダイアナの母・ティアラが好むキッチュでキラキラとした世界に羨望を抱いている。互いを羨ましく思う二人は、本を通じてかけがえのない友情を育んだ。ところが彩子の中学受験を控えたある日、誤解が原因で彼女はダイアナに絶交を言い渡す。ダイアナは公立の中学校に進み、私立の女子校に進学した彩子との仲は途切れた。仲直りのきっかけを見出せないまま二人は別々の道を歩み出し、さまざまな鬱屈や葛藤を抱えながら少しずつ大人になっていくが……。

女性の関係性を題材にした小説を多数手がけ、私たちの心を鼓舞し続ける作家の柚木麻子。『本屋さんのダイアナ』は、そんな柚木の最高傑作とも言えるガール・ミーツ・ガール小説である。物語はダイアナと彩子の二人の視点を交互に交えながら、十数年にわたる彼女たちの成長を描き出す。

絶交の後、二人の歩みは交わることのないまま長い時が流れるが、心が離れ離れになったわけではない。ダイアナも彩子も、それぞれの場所で自分にかけられた「呪い」を解こうと苦闘する。そのときに心の支えとなるのが、かつての友人の存在であり、二人の愛読書である『秘密の森のダイアナ』という本だった。フェミニズム的なテーマを織り込みながら、女性同士の絆《きずな》に光を当てた『本屋さんのダイアナ』は、現代の『赤毛のアン』とも言える小説であり、自分の道を進もうとする人々の背中をそっと押してくれる、優しい祝福の物語でもある。

作中で重要な役割を果たす『秘密の森のダイアナ』は架空の小説だが、実在する書名も多数登場し、上質のブックガイドとしても楽しめる。とりわけ少女小説に関する言及が手厚く、『若草物語』や『秘密の花園』のような古典的名作から、『おちゃめなふたご』や『はりきりダレル』、『おてんばエリザベス』のような学園ものまで、作中のあちこちに顔を出す書名に心が踊らずにはいられない。「優れた少女小説は大人になって読み返しても、やっぱりおもしろいのだ」という作中のメッセージが強く心を打つ名作だ。（嵯峨景子）

挫折に沈む心を優しく慰撫する物語

『バスタブで暮らす』四季大雅 *Taiga Shiki*

key word ▶［現代］［挫折］［家族］［生きづらさ］

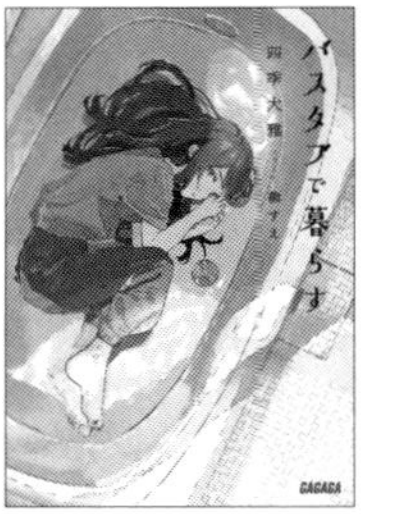

装画：柳すえ／2023年／全1巻／小学館ガガガ文庫

e-book

〝わたし〟こと磯原《いそはら》めだかは、苦戦した就活でどうにか採用されたレストラン運営会社に勤め始めて早々に、店長のパワハラに耐えられなくなって心が壊れ、そのまま退社してしまう。部屋のバスタブに引きこもっていためだかは、実家に連れ戻されても同じようにバスタブに横たわったまま動けないでいた。

父親や母親や兄は、バスダブから出られないめだかを叱《しか》ることなく優しく接する。めだかもそうした家族の温かさにふれて少しずつやる気を取り戻し、バスタブからではあるもののゲーム実況を配信できるまでになる。再就職だとか復学だとか結婚だとかいった社会との接点の回復だけが、社会復帰の道ではない。ネットというツールを使ってどこにいたって生きていく糧を見つけることができる、現代ならではの自活の道を見せてくれる展開だ。

そのままだんだんと社会との接点を取り戻していければよかったが、母親に癌《がん》が見つかり、再発を経て余命を宣告され状況になって中でめだかの心は揺れ動き、母親の顔がかつての上司と同じ能面に見えるようになってしまう。鬱屈を娘にぶつけている母親に抱く恐怖心がそう見せているのだろうか。自分を育ててくれた母親への申し訳なさに心が固まってしまったのだろうか。何かに追い詰められているような苦しみや、世界と折り合いを付けられない悩みを抱えた人の見ている奇妙なビジョンを、想像させてくれる描写だ。

同時に、今まさにそうした感覚に陥っている人の共感も得られる物語でもある。読者はめだかが、そこから母親との関係をどのように繕っていくかを追っていくことで、めだかと同じように快復への道を進んでいくための力を得るのだ。

就活に苦労している人や、社会に出てパワハラやリストラといった苦難に直面している人、学校でいじめに遭って立ちすくんでいる人には、苦しい気持ちを刺激されてより深い絶望を抱きかねないところもある。そうした人は、今でなくても進むべき道を知りたい気持ちが浮かんだときに、開いて少しずつページを繰っていけば十分だ。喪失を乗り越えてめだかが辿《たど》り着く穏やかそうな境地にふれて、自分もいつかその沃野へと辿り着きたいと思えればよい。そう教えてくれる物語だ。

今は無理でもいつか立ち上がりたいと思えるようになるそのときまで、この本をバスタブのかたわらに置いて眠り続けよう。

（タニグチリウイチ）

ガールズバンド×新興宗教×少女×青春

『みるならなるみ／シラナイカナコ』

泉サリ *Sari Izumi*

装画：NAKAKI PANTZ／2022年／全1巻／集英社オレンジ文庫

e-book

ガールズバンドに打ち込む高校生の情熱を描く「みるならなるみ」と、カルト教団に身を置く宗教2世の少女の鬱屈に切り込む「シラナイカナコ」。新興宗教という共通するモチーフで結ばれた中編2編を収録した本作は、若き俊才のただならぬ筆力を知らしめた意欲的なデビュー作だ。

中学時代からの友人の鳴海《なるみ》とチカは、高校入学初日に楽器経験者をスカウトして念願のガールズバンドを結成する。ギターボーカルの鳴海、ベースのチカ、キーボードのさやか、ドラムの焼肉で結成されたGenuine《ジェニュイン》はプロをめざして活動を続けていった。高校3年生になり、メジャーデビューを賭けたロックフェスへの出場を勝ち取るも、大学受験を口実にさやかが突如脱退。困ったメンバーはフェスでの代役を探し、マリと名乗る音大生をようやく見つける。ところが当日現れたのは男性だった。鳴海は性別を偽って応募してきた胡散《うさん》臭《くさ》い男を警戒するも、彼の確かな腕前を見て期間限定のメンバーとしてバンドに加入させることになり——。

疾走感溢《あふ》れる文体と独創的な比喩、そしてほとばしる熱さの中に顔を出す冷静な視点が魅力的な「みるならなるみ」。音楽への強い愛と執着を抱えた鳴海は、人一倍努力を続けながらプロデビューという夢に向かってがむしゃらに進んでいく。内心では不安を抱えながらもバンドのフロントマンとしてあくまで強気に振る舞い、数々の困難や野次にも立ち向かう鳴海の覚悟が眩《まぶ》しい。バンド青春小説という王道のテーマに新興宗教をかけ合わせるセンスにも要注目だ。

本作が青春のきらめく光を切り取った作品であるのに対して、ノベル大賞受賞作「シラナイカナコ」はダークなトーンで宗教2世問題や思春期の影をあぶり出す。カルトな新興宗教・運命共有教で「幸福の子」と崇められている四葉《よつば》は、自らの異常な境遇を誰にも明かせず、教団から逃げ出したいと願いながら毎日を過ごしている。唯一の友人は、貧乏でいじめられっ子の加《か》子《こ》だった。ところがある時、四葉は加子が自らの特技を活かして外の世界とつながり居場所を築いていることを知る。そんなすべを持たない四葉は加子が許せなくなり、彼女の大切なものを破壊するが……。

嫉妬や劣等感と四葉の罪を、少女期から大人へと至るロングスパンで書き切る大人びた筆致に刮目《かつもく》させられる。作中でのSNS使いも巧みで、それぞれ独立した中編として読める物語のリンクを発見するのも楽しい。今後の作品にも期待が高まる要注目の作家だ。（嵯峨景子）

key word▼［ガールズバンド］［新興宗教］［友情］［妬み］

祈祷師の血を受け継いでいない「わたし」の物語

『祈祷師《きとうし》の娘』中脇初枝 *Hatsue Nakawaki*

key word▼［家族］［学校］［いじめ］［霊］［母娘］

（上）装画：卯月みゆき／2004年／全1巻／福音館書店、（下）装画：小倉マユコ／2012年／ポプラ文庫ピュアフル

春永《はるなが》の家は少し複雑だ。

まず、彼女の母は祈祷師《きとうし》だ。神の声が聞こえ、ときには未来の断片を視ることもある。近隣の人たちは、病院に行っても原因がはっきりしない不調や、何か気になることがあると春永の家にやってきて、祈祷師である母にサワリを祓《はら》ってもらう、コミュニティに溶け込んだいわゆる拝み屋である。さらに両親と娘二人の四人家族だが、春永は誰とも血がつながっていない。「お父さん」と「お母さん」と呼んでいるが、二人は夫婦ではなくて兄妹で、姉の和花《わか》は母の実子、春永のほうは父の別れた妻の連れ子だ。幼い頃からこの環境で愛されて育った春永は、祈祷師のお手伝いはできないが、身体を壊したおかあさんの代わりに水行をしたり、畑の収穫を手伝ったりして暮らしていた。しかし、姉の和花が祈祷師の力に目覚めたとき、春永は、自分には血のつながりがないことを意識せずにはいられなくなる。

物語は春永の一人称で描かれているが、観察者としての淡々とした筆致で、家族や友だちや学校、実の母、祈祷師のことなどが綴《つづ》られる。祈祷師は、神の声が聞こえ、時には未来の断片を視ることもある。しかし視えたからといって、何ができるわけでもない。苦しむ人に寄り添い、少しでもその苦しみを取り除くだけだ。春永には何も視えないし、視えたふりもしない。あるものはあるとして自然に受け入れるだけだ。しかし春永の同級生の中には、胡散《うさん》臭い宗教家を弾劾しようと押しかけてくる子もいる。祈祷師の覚醒には肉体的にも精神的にも痛みを伴うし、儲《もう》かっているわけでもない。わかっていながら、春永の語りに疎外感に起因する家族への苛立ちが微かに交じる。しかし霊的な能力を持つ近所のひかるちゃんが周囲の子どもたちからいじめられているのを目にしたとき、春永の手は自然に彼女に伸ばされ……。

児童虐待をテーマにした連作『きみはいい子』や、戦争を題材とする『世界の果てのこどもたち』で注目を集める中脇初枝が、2004年に上梓《じょうし》した1冊。14歳の少女が自己を受け入れる過程と、それを見守る家族との絆《きずな》が描かれる。単行本刊行時は児童書の体裁をとっていたが、広い世代におすすめできる1冊だ。（三村美衣）

植物と偏愛が織りなす幻想サスペンス

『キキ・ホリック』森晶麿 *Akimaro Mori*

key word▼［サスペンス］［女学園］［植物］［百合］

装画：丹地陽子／2019年／全1巻／KADOKAWA

家では両親から虐待を受け、学校ではクラスメイトからいじめられていた若宮波留花《わかみやはるか》は、校庭の一角にあるガラス張りの温室〈プラントハウス〉で、蘇芳《すおう》キキと出会う。クラスメイトから〈ジュモク〉とあだ名されるほど植物に強い関心を寄せる彼女は、たった一人で〈プラントハウス〉の管理を任されている生徒だった。

キキによっていじめから救い出された波留花は足繁く〈プラントハウス〉に通うようになり、彼女に惹《ひ》かれていく。

キキへの想いを募らせていく波留花は、カラと名乗ったキキの妹から「姉をあまり信用しすぎないほうがいい」と忠告を受ける。おまけに、キキは殺人鬼だというのだ。ある日、波留花をいじめていた少女が死んだという報せが入る。死体が枝切りばさみでめった刺しにされていたという噂《うわさ》を耳にした波留花は、キキが犯人ではないかと考え始めるが……。

本作は、一つの恋にくちづけが贈られるまでを描いた物語だ。

物語は、植物係の少女・那奈《なな》が10年前に閉鎖された〈プラントハウス〉の前で二人の卒業生と出会うところから始まる。蘇芳キキと名乗った卒業生は、閉ざされていた温室の扉を開けて「特別な思い出を掘り起こしに来た」と話す。以降は時を遡り、物語は「私」こと波留花を語り手とした回想へと切り替わる。

女学園にある温室、少女同士の恋と聞くと繊細な物語を思い浮かべそうになるが、波留花の回想には、腐敗する寸前の植物が放つ甘い匂いのような不穏さが付きまとう。日常的な虐待といじめ、かつて温室で開かれていたという〈薔薇《ばら》紳士団〉の集まり、教師から向けられる生々しい視線と呼び出し、蔓《つる》で覆われた部屋に置かれた腐臭のするベッド……。ひたひたと迫る不安と謎が蔓草のように絡み合っていく物語は、抗いがたい魅力でもって読者を引き込んでゆく。現実と幻想が混ざり合う語りへの違和感が頂点に達したとき、読者は二度三度驚かされるはずだ。

百合小説、幻想、ミステリ、サスペンス。そのどれもに当てはまるようでいて完全には一致しない独自の物語を、まずはありのままに受け止めてほしい。

著者の森晶麿は、端正な文章と幅広い作風が魅力の作家。次に読むなら、代表作・黒猫と呼ばれる美学教授とその付き人が謎を解く《黒猫》（早川書房）がおすすめだ。

（七木香枝）

和菓子に彩られたほんのり甘い一年間

『わたしと隣の和菓子さま』仲町鹿乃子 *Kanoko Nakamachi*

装画：pon-marsh／2022年／全1巻／KADOKAWA富士見L文庫

母の看病に追われて学生らしい時間を過ごせてこなかった高校生の慶子《けいこ》は、高校3年生を目前に控えた春の朝、ケーキのような甘い匂いをたどって「和菓子屋　寿々《すず》喜《き》」を訪れる。洋菓子のような匂いがするのに和菓子屋に辿《たど》り着いたことに首を傾げた慶子は、背の高い店員の青年に招かれて店内に足を踏み入れる。

自分が惹《ひ》かれた甘い匂いがどら焼きの生地を焼く匂いだと教えてもらった慶子は、ショーケースに収められた上生菓子を買い求める。以来、和菓子の魅力に惹かれてお店に通い始めた慶子は、和菓子屋の見習い店員をひそかに「和菓子さま」と呼ぶようになった。

進級後、新しいクラスで慶子の隣の席になったのは、何と「和菓子さま」こと鈴木《すずき》学《まなぶ》だった。さらに、慶子は鈴木の手引きで剣道部に入部することになり……。

個人サイトでウェブ小説が掲載されていた頃から「和菓子さま　剣士さま」のタイトルで親しまれていた本作は、あの頃のウェブ小説を知る人なら一度はタイトルを見かけたことがあるだろう。書籍版では、ウェブ版の雰囲気はそのままに恋愛要素が足されているので、かつて個人サイトで読んでいたという人も安心して手を伸ばしてほしい。

四季のうつろいを閉じ込めた和菓子と共に、遅れて学生生活を楽しむようになった慶子の何気なくも愛おしい日常が連作短編形式で綴《つづ》られる。折々に登場する和菓子に込められた想いや由来が物語と優しくリンクして、時にほっこり、時に切なく胸を温めてくれる。

一年をかけて少しずつ積み重ねられていく慶子の遅れた青春には、朗らかな剣道部の友人たちの存在が欠かせない。賑《にぎ》やかな友人たちの目を通して明らかになる和菓子さまの独占欲と慶子の鈍さが微笑ましく、じわじわと近づいていく距離感が心地良い。

高校生の何気ない日常を丁寧に、おっとりと描く物語は、現在のウェブ小説の主流ではないのかもしれない。だが、この物語が持つ少し古風で、懐かしい思い出を覗《のぞ》いているかのような温かさは、丁寧に作られた和菓子をいただいたときのようにほんのりと幸せな気持ちにさせてくれるはずだ。

もっと著者の優しい世界観にふれたい人には、同じくお菓子が物語に絡んだ最新作『代官山あやかし画廊の婚約者』と併せて、小説家になろうで公開されている『ご近所恋愛のすすめ』がおすすめ。（七木香枝）

key word▼［現代］［和菓子］［部活］［剣道］［ほっこり］

留学帰りの僕と二人のヒロイン

『薔薇《ばら》の冠 銀の庭』久美沙織 *Saori Kumi*

key word▼［恋愛］［学園］［悪役令嬢］［薔薇］［三角関係］

装画：かがみあきら／1984年／全1巻／集英社コバルト文庫

休学扱いでの一年の海外留学を終え、高校3年に復学した葦伸《よしのぶ》。かつての同級生たちはすでに卒業しており、19歳で学生服を着ることに抵抗を感じながらも、後輩と机を並べる最後の高校生活が始まった。留学前、彼は校門脇の欅《けやき》の木の下で、一年後輩の玲子《れいこ》に「待ってて欲しい」と言ったのだが、玲子は明瞭な返答をせず、成田に見送りにも来なかった。まだインターネットなんて便利なものは存在しない時代だ。葦伸はアメリカから手紙を送ったが、玲子から返事が来ることはなく、そんな一方通行の手紙に葦伸が飽きた頃、ようやく玲子が手紙を書き始め、そして葦伸がそれには返事をしない。ウキウキ交際中な高校生カップルのイメージには程遠い、すれ違い続ける二人。

出会いは生徒会役員のスカウトだ。葦伸は中学生で生徒会長を務めたという玲子を勧誘する。実はこのときにもう一人候補がいた。それが此原野枝実だ。自宅の庭で薔《ば》薇《ら》を育てる彼女。雨が降ればどこにいようともとんで帰り、薔薇の花が濡《ぬ》れないように花の上に傘を広げ、丹精込めて育てた薔薇を周囲の人々に贈る。少し内気だが、「好き」なことには一生懸命でありそれを隠さない。素直で可愛い頑張り屋な女の子。一方の玲子はというと、すらっとした美人で成績優秀。同性からも憧れられる孤高の存在であり、友だちはいない。表には出さないが、大人びた態度とは裏腹に子どもじみた屈折を抱えている。この二人、まさにヒロインと悪役令嬢的性格とポジションで、そしてヒロインはその例にもれず無邪気にも悪役令嬢を追いつめてしまう。

1984年、人気シリーズ《丘の家のミッキー》の直前にコバルト文庫より刊行された、高校生の恋愛小説だ。芥川龍之介のアフォリズムや、中井英夫『虚無への供物』などに言及する会話からはスノッブな匂いがぷんぷんとするし、タバコも吸えばセックスもするし、19歳の葦伸はアメリカ留学中に免許も取得しているために車も運転する。お洒落《しゃれ》な日常風景や大人びた会話は80年代後半に社会現象となったトレンディ・ドラマを先取りしているかのようだが、そのスタイリッシュな景色の向こうで、少女たちの心が切なく揺れる。当時の読者ははたしてどちらの少女により共感を覚えたのだろうか……。本書刊行から間もなく急逝した漫画家かがみあきらによる、内面を写し取った繊細な挿絵も印象深い。

（三村美衣）

一週間だけ生き返れることになった少女の片思いの行方は…

『わたしに魔法が使えたら』小林深雪 *Miyuki Kobayashi*

key word▶［恋愛］［学園］［天使］［幽霊］［魔法］

装画：牧村久実／1994年／全1巻／講談社X文庫ティーンズハート（※2015年／講談社青い文庫からの新装版には電子あり）

「天国の入口にようこそ！」

宇宙のすべてが自分を包み込み、祝福してくれているような、幸せな夢から目覚めた椎《しい》名《な》葵《あおい》の眼の前にいたのは、背中に羽のある美しい男の子だった。どうやら葵は今朝、建設中のビルから落下してきた鉄骨の下敷きになって死んでしまい、天に召されたということらしい。ところが何と、担当天使の不注意で、予定より一週間早く葵の頭の上に鉄骨を落としてしまったことが判明する。その日、葵の通学鞄《かばん》の中には、一年間悩んだあげくようやく書き上げた良樹《よしき》君あてのラブレターが入っていた。手紙を渡せなかったことも悔しいが、家族にあの手紙が見られるのも嫌だ。「このままでは死んでも死にきれない」と怒った葵は、一週間の返却を要求する。弱った天使は、三つの願いが叶《かな》う指輪を与えて、葵を地上に戻す。

生前の姿のままとはいかないので、葵は天使にアイドル並みの容姿にしてもらって地上に戻る。ボーイッシュな生前とは正反対のふわふわした女の子っぽい姿に、これまで来たことのない可愛いワンピースをブティックで試着してみたり、ナンパしようと声をかけてくる男の子を捌《さば》いたり、「きれいな女の子」であることを楽しんだ葵は、自分が死によって失ってしまったもの「生きる」ということの素晴らしさを実感。良樹や家族に会いたいと、強く願うのだった……。

死後に、一週間の猶予を与えられ地上に戻った少女が、伝えられなかった思いを、大好きな男の子に伝えに行く。コンパクトでストーリー展開も他愛ないが、詩のようなモノローグを交えて綴《つづ》られる思春期前期の少女の、真っ直ぐできれいで切実な心の叫びが、とても愛おしい。軽やかでロマンチックなティーンズハート文庫らしい1冊。

なお、本書はティーンズハート文庫が廃刊となった後、２０１５年に青い鳥文庫から『新装版』として再刊されたが、その際に《泣いちゃいそうだよ》シリーズに編入。大筋に変更はないものの、葵は『泣いちゃいそうだよ』の主人公・凛《りん》の小学校の同級生という設定が加わり、エピソードもそれに沿った形に改稿されている。また、凛が登場する場面が書き加えられ、ロマンチックなティーンズハート版に比べ、全般的にユーモラスな方向に寄せられている。

（三村美衣）

column

少女小説の迷いの森で

文＝紅玉いづき

『大人だって読みたい！ 少女小説ガイド』に載った。私の書いた、出版した小説が。信じられる？ これってつまり、これってもしかして、私の小説は、「少女小説」ってことなんじゃない……？ 私は、少女小説家、なんじゃない……？

少女小説家になりたかった。初めて読んだコバルト文庫の巻末に、ノベル大賞の募集があった。ここに送れば私の好きな、大好きな少女小説家になれるんだ！ そう信じて書いて、送って、書いて、送って、書いて……。当時は女子高生作家という言葉がもてはやされていた。中学の終わりに投稿をはじめ、私は、女子高生作家には、なれなかった。それどころか大学生作家にもなれなかった。20歳《ハタチ》過ぎればただの人、ではないけれど、このまま一生、少女小説家にはなれないのかもしれないと思った。けれど、そのときにはもう、後戻りはできなくなっていた。小説を書くことを、好きになりすぎていたのだ。

大学生活の終わり、私は、「働きながら、プロになれなくても、小説を書いて生きていける人生」を模索していた。その、大きな人生のシフトとして、これまで送ってきた小説を、「少女小説以外」に送ることに決めた。大学最後の年。最初の4月10日。これが、私を作家にした、電撃大賞の締め切り日だった。

あんなにもなりたかった少女小説家に、私はなれなかった。けれど、私の作品はもしかしたら、少女小説として世に出すよりも、多くの人に愛され、読まれたのかもしれない。わからない。私にとって、少女小説の可能性は無限だから。けれど、プロになってからも、少女小説を書くことに、少女小説家になることに、強烈なあこがれがあった。

あなたの小説はちゃんと少女に届いている、という編集さんがいた。こんなにも少女の小説を書かせてあげているのに、何が不満なんだ！ という編集さんもいた。誰もが私の小説をとても大切にしてくれた。でも私は少女小説家になりたかった。なんて不義理でわからずやなんだろう。そのために、できることはなんでもやった、でも、私は少女小説家になれなかった。私のなりたい、少女小説家には。

やがて、コバルト文庫が毎月の刊行をやめるという報が流れ、私は泣きながら、若木未生先生に電話をかけ、「悲しい」と言った。好きだったものが終わる、消える、失われてしまう、かもしれない。悲しい。

もう悲しむな、と先生は言った。悲しんでいる暇はない、あなたは書くんだよ、と言った。私はそこでも駄々をこねた。いやだ、私は、ずっと悲しんでいたい。それが私が、あの世界を愛していたということだから……。そうさんざんごねたあとに、「ところで、同人誌をつくりたいんですけども」と切り出した。はい、同人誌です。アンソロジーです。今、先生、書けっていいましたよね？　寄稿を……いただけますよね？

泣き落とし詐欺だと、今でも言われている……。

そんなこんなでつくられた、「少女文学」という企画合同誌は、私の、「少女小説なるもの」への祈りだった。七号を数え、別冊まで出した。個人の楽しみ以上の意義を見出し、多くの出会いを与えてくれた。

そうして、私の小説は、『大人だって読みたい！　少女小説ガイド』にまで、載せていただいた。

私は、私の書いた小説は、もしかしたら、「少女小説」の仲間に、はぐれものながら、まぜてもらえたのかもしれない。

それでもまだ、何一つ、少女小説家になれたような気がしない。

もしかしたら、私は少女小説家になれないのかもしれない。アマチュアだった頃の絶望とは、また違う色で考える。私は少女小説家になれない、のではなく、私の思うような少女小説家なんて、本当はどこにもいなかったのかもしれない。一人ひとりの、小説家がいるだけで、この世のどこにも、私が求めるような、少女小説家なんて。

少女小説家というものに、夢を見ただけ。幻想を抱いただけ。迷いこんだだけ。

でも、それならばそれでいい、と思う。少女小説家。その言葉は、私にとっては、無限の夢を見るに足るものだから。

青い鳥のように、ないものは追い求めたって、永久に手に入れることができないのだろう。でも、もう四半世紀くらい、私は「それ」を求めて小説を書いてきたのだ。

今さら、書くことがやめられないように、少女小説家になりたいと思うことも、やめることはできないのだろう。しかしそうして書いてきた小説が、やっぱり、私の好きな小説なのだ。

この、少女小説の迷いの森で。

私は死ぬまで、少女小説家になりたい、ままでいたい。

紅玉いづき（こうぎょく・いづき）
株式会社ツクリゴト代表・小説家。

Ⅶ 女性・自立

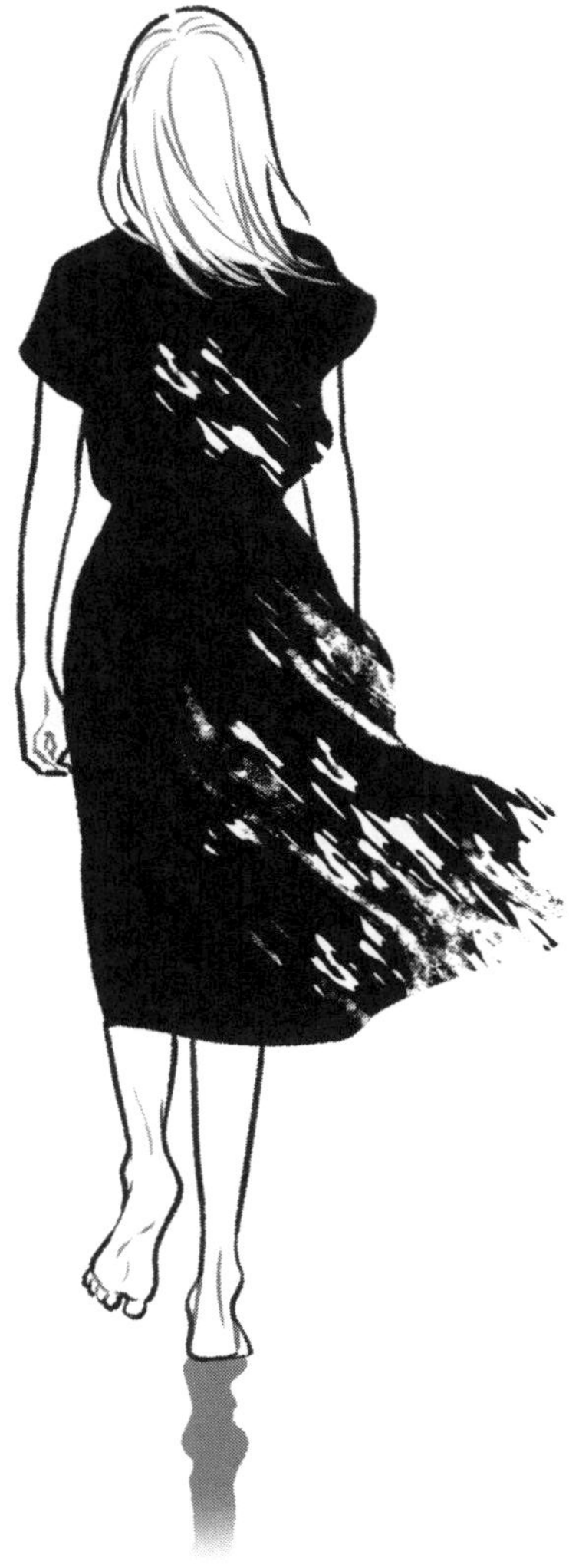

放浪する戦士と魔法使い

《女戦士 エフェラ&ジリオラ》 ひかわ玲子 *Reiko Hikawa*

(上)装画:米田仁士/1993-2004年/全8巻+外伝10巻/講談社X文庫ホワイトハート、(下)装画:HACCAN/2008-2009年/全5巻+外伝3巻/幻冬舎コミックス 幻狼ファンタジアノベルス(※上とは別の作品)

e-book

「外は、おもしろい?」

ある日、王宮に忍び込んだおちこぼれ魔術師のエフェラは、庭で出会った少女に話しかけられ、「ここよりはおもしろいんじゃない?」と答えてしまったがために、その子を王宮の外に連れ出すことに。ところが何と、彼女はムアール帝国の唯一にして正統な後継者のジリオラ姫だった。帝国の後継者をめぐる陰謀劇に巻き込まれながらも、「二人でなら、どこまでも行けるかもしれない」という、大胆であやふやな見通しで出奔した二人は、傭兵《ようへい》として働きながらハマーラ大陸を旅を続ける。

大雑把で野性的でお人好し、全く姫君らしくない黒髪の戦士ジリオラと、ひねくれ者でネガティブな青い髪の魔術師エフェラ。群雄割拠を迎えた時代を背景に、二人の少女が降りかかる火の粉を払い、とんでもない男と恋をして、子連れになっても放浪はやめない。宿命を敵に回しても自己を貫かんとするヒロインたちのしなやかな強さがなによりも魅力の、剣と魔法のヒロイック・ファンタジーだ。

シリーズは、１９８８年末に大陸ノベルスで開幕。本格異世界ファンタジーとしては先駆的な作品であり、フリッツ・ライバー《ファファード&グレイ・マウザー》シリーズを女の子に置き換えたようなバディ設定のおもしろさと、彼女たちの大胆な行動力と複雑な内面のギャップが生むドラマチックな展開が読者の支持を集めた。

しかし完結直前に大陸書房が倒産。１９９３年に講談社Ｘ文庫ホワイトハートから既刊分の再刊に続いて、『天命の邂逅《かいこう》』と『星の行方』が刊行され本編は完結する。やはり大陸書房で未完だったエフェラの息子シリーンを主人公とする外伝『青い髪のシリーン』も講談社で完結、さらにジリオラの次女アリエラ、エフェラの娘セリセラへと主人公をバトンタッチした後、時代を一世代前に遡り《真ハラーマ戦記》を上梓《じょうし》。その後、２００８年に幻狼《げんろう》ファンタジアノベルスから本編を再々刊。さらに《真ハラーマ戦記》の続編『帝国の双美姫』が刊行された。メディア化は１９９０年にはＯＶＡ『女戦士エフェ&ジーラ グーデの紋章』が、その翌年にＰＣエンジンのゲーム版「エフェラ アンド ジリオラ ジ・エンブレム フロム ダークネス」がリリースされている。

(三村美衣)

key word▼［異世界］［魔法］［バディ］［アクション］［陰謀］

裸足で恋をつかみにいくシンデレラ

《屋根裏の姫君》香山暁子 *Akiko Kayama*

装画：楠本こすり／1998年／全2巻／集英社コバルト文庫

ランプリング商会の娘・美春《みはる》は、継母のエマや二人の義姉からいじめられている。

変わり者と評判のオーラル王子の花嫁探しの舞踏会が催されることになったが、ドレスまで仕立ててくれたというのに、エマは当日になって美春の出席を許さない。

悲しみにくれる美春は、母・花陽子《かよこ》の親友で名付け親の仙人・ゼルダの助けを借りて舞踏会へ向かう。王子にひと目惚《ぼ》れされた美春は楽しいひとときを過ごすが、魔法が解ける前に慌てて去る。王子は、美春が落としていったガラスの靴を手がかりに花嫁探しを始めるのだが……。

シンデレラの物語を語り直した《屋根裏の姫君》は、現在は野村美月名義で執筆する著者のコバルト時代の作品。投稿時代から野村美月名義で再スタートを切った以降も通底する、物語への愛情に満ちた作風が感じられるストーリーとなっている。

大筋では誰もが知るシンデレラの展開をなぞるが、いま改めて読むと新鮮な驚きがある。シンデレラは可哀想なヒロインが王子に救われる文脈の物語だが、登場人物たちは従来のシンデレラの筋をなぞりながらも伸びやかに動き回る。

中でも濃《こま》やかに掘り下げられるのは、悪役にあたる継母と義姉の心情だ。美春に彼女の母を重ね合わせてしまう義母の友情ゆえの憎しみ、可憐《かれん》な美春と自分を比較してしまう秀才だが皮肉屋な義姉アネットの頑なさには、主人公として生まれなかった誰もが知っている切なさが滲《にじ》む。うぬぼれやで周囲を振り回すもう一人の義姉キャロルも含めて、悪役のはずだった彼女たちに注がれる著者のまなざしは優しい。危機に瀕《ひん》したランプリング商会を立て直すために団結する三姉妹の姿は愛おしく、令和の今だからこそ沁《し》みる温かさがある。

美春の名付けや祖母の来歴に抱く疑問は、2巻の終盤、ワインを買い付けに来た異国の紳士・松戸《まつど》の手紙によって紐《ひも》解かれる。作中の世界と日本が地続きではないことが仄《ほの》めかされる舞台設定の妙も、読書好きの心をくすぐるポイントだ。

美春が胸の底にある望みをきちんと口にできるまでには、長い時間がかかる。そんな彼女が、誰かの助けを待つのではなく一度は諦めかけた恋に向かって駆け出すことで迎えた結末は、まさに「めでたしめでたし」のひと言に尽きる。フェアリーゴッドマザーならぬ仙人ゼルダと、紆余曲折《うよきょくせつ》を経て王子の婚約者になる小さなココ姫の粋なアシストが光る、美しいラストシーンは必見。（七木香枝）

key word ▼［シンデレラ］［青春］［家族］［女性の生き方］

正しいから解放された家族の姿

『汝、星のごとく』凪良ゆう *Yuu Nagira*

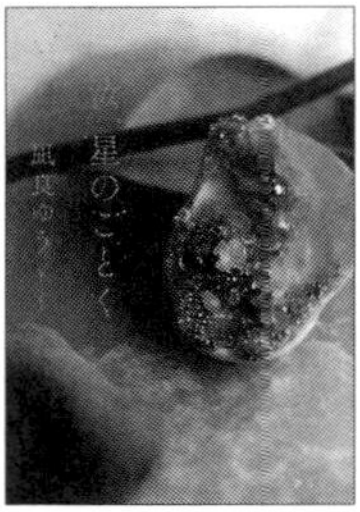

写真：aurore／2022年／全1巻／講談社

暁海《あきみ》は瀬戸内の小さな島で育った。コンビニもなければマクドナルドもカラオケボックスもなく、島民はみな顔見知りで、暇があればご近所の噂話《うわさばなし》に明け暮れ、お財布の中身から恋愛まで、秘密はすべて暴かれてしまう。変化が乏しいためか、ひとたび白日のもとに晒《さら》された秘密は、何年経っても忘れてもらえない。島の高校に通う暁海と櫂《かい》がつきあっていることも、もちろん島中に知られている。二人はそんな島の閉塞感に窒息し、一緒に東京へ進学することを夢見ていた。

　二人は共に、家族にも悩まされている。暁海の父は都会からきた移住者と浮気し、家を出てその恋人と暮らしている。プライドの高い母は、平気なふりを装いながら徐々に壊れていた。櫂のほうは移住者で母親と二人暮らしだ。島で居酒屋を営む母は、惚《ほ》れっぽく、息子の存在も忘れて男に入れあげ、ふられては荒れて、息子に寄りかかってくる。島の標準である「正しい家族」という規範からはみ出している二人は、自分たちを縛る島を出て広い世界の空気を吸いたかった。

　漫画原作者をめざす櫂は、高校在学中にデビューを果たし、島を出る切符を手にする。しかし暁海は、心を病み自暴自棄になっている母を一人にはできず、東京への進学を断念する。たとえ遠距離になろうと、二人の関係はかわらない。そう思っていたのだが……。

　ＢＬ読者の間では圧倒的な人気を誇る凪良ゆうが、『神様のビオトープ』以降、専門レーベル以外にも活躍の場を広げ、２０２０年に『流浪の月』で本屋大賞を受賞、さらに２０２２年に上梓《じょうし》した本書で二度目の本屋大賞を受賞した。本来は守られるべき立場の子どもが、誰かを世話する立場に立たされてしまうヤングケアラーの問題や、女性の社会進出、ジェンダー問題、村社会の同調圧力、ネットの攻撃性など、現代社会が抱える問題を詰め込んだ。

　家族に振り回され、狭い島の中で喘《あえ》ぎ続ける暁海。自分に厳しく、人の手を借りることも、抜け出そうとすることすらも拒絶していた彼女が、やがて自分の足で立ち、手で稼ぎ、呼吸をする術を身に着けていく。そして物語は、暁海とその伴侶との不思議な家族のあり方へと着地する。この結末に共感できない人も多かろう。それでも理解することはできる。幸せは他者の物差しで測れるものではない。そこに気がつくことができれば、人は「正しい」から開放され、もっと身軽に生きることができるのだろう。

（三村美衣）

key word▶［島］［恋愛］［家族］［ヤングケアラー］

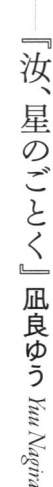

姥皮によって老婆になった娘の、波乱の人生

『うばかわ姫』越水利江子 *Rieko Koshimizu*

key word▼［戦国］［波乱万丈］［美醜］［本当の幸せ］

装画：こより／2015年／全1巻／白泉社 招き猫文庫

うばかわ。漢字で書くと姥皮。「デジタル大辞泉」によれば、「昔話で、身に着けると老女の姿になるという想像上の衣。脱ぐと、もとの美男か美女の姿に戻り、幸福になるとされる」とある。本書は、その姥皮をシンボリックに使った時代小説である。

戦国時代の末期。東国の領主から強く側女にと望まれた美少女の野朱《のあけ》は、嫁入りの旅の途中、夜盗の一団に襲われた。乳母も殺され、一人になって逃げる野朱は、出会った老婆——姥《うば》ヶ淵《ふち》の姥から小袖を渡される。その小袖こそ〝姥皮〟であった。一度、老婆の姿になった後、姥皮は脱げたはずだった。だがなぜか野朱は、老婆の姿に戻ってしまった。姥ヶ淵の姥から教えられたが、娘の姿に戻れるのは、望月の夜、ただ一夜だけとのこと。かくして、広く知られた美貌をなくした彼女は、厳しい現実に晒《さら》されるのだった。

史実は匂わせる程度なので、戦国時代の知識がなくても、特に気にすることはないだろう。和風ファンタジーとして、波乱に富んだ野朱の人生を、楽しめばいいのである。とはいえ主人公の置かれた状況はシビアだ。一国の領主の血を継ぐ娘だと聞かされてきて育まれた矜持《きょうじ》と、誰もが羨む美貌。どちらも失った箱入り娘は、老婆の姿で、戦国乱世に放り出されたのだから。

姥皮は人の心を映す鏡。多くの人から野朱は嘲られ、手酷い扱いを受ける。同じ人間であっても、外側の〝皮〟が違うだけで、他人の態度が違っている。しかし、ごくわずかだが、老婆姿の野朱を労わったり、普通に接してくれる人もいた。その一人が、鳰《にお》の水軍の若者・豺狼丸《さいろうまる》だ。彼は野朱に、亡き母の姿を託しているらしい。その豺狼丸と、娘の姿も知られた野朱の関係が、一つの読みどころとなっている。また、安土の廃城にいる亡霊たちとの関わりも、ストーリーを盛り上げる。その他にも奇妙な夢を見るなど、姥皮から始まった野朱の不思議な人生を堪能したい。

さて、昔話で姥皮を脱いだ美男美女は幸せになったようだが、本書の野朱はどうだったろうか。詳しく書くことは控えよう。ただ注目したいことがある。さまざまな体験を経て辿《たど》り着いた、彼女の境地だ。人間は何を求めて生きるのか、この世で一番大切なものは何かということを、しっかりと見つめるようになったのである。美貌と脆《もろ》い矜持しかなかった少女が、ここまで至ったのかと思えば、感慨深い。この物語は、ファンタスティックなのにリアルな、少女の成長譚《たん》といえるのだ。（細谷正充）

独ソ戦の最前線で戦った少女たち

『同志少女よ、敵を撃て』逢坂冬馬 *Toma Aisaka*

装画：雪下まゆ／2021年／全1巻／早川書房

舞台は独ソ戦が激化するロシアだ。ドイツ軍がロシアに侵攻し、モスクワ近郊の農村で暮らすセラフィマは、たった一人の肉親である母と村の人々を一瞬にして失った。射殺されそうになった彼女を救ったのは赤軍の女性兵士イリーナだった。イリーナは母や村人の遺体に火を放ち、脱虚状態に陥ったセラフィマに「戦いたいか、死にたいか」と問う。怒りによって目覚めたセラフィマは、母を撃ったドイツ兵と、遺体を燃やしたイリーナへの報復のために「戦う」ことを選択し、狙撃兵となる訓練を受ける。イリーナが教官を務める狙撃兵訓練所には、セラフィマと同様に戦争によって家族や故郷を奪われた少女たちが集められていた。

訓練所の仲間たちとの連帯や戦場の絆《きずな》は胸に迫り、狙撃の訓練や戦場シーンは緊張感と臨場感溢《あふ》れる。戦争によって大切なものを奪われた少女の自己回復と成長物語としての充実感、ミリタリー小説としてのおもしろさを備えながら、さらに「女性兵が添え物の他国とは違い、ソ連では女性も戦場で対等に戦っている」ということの意味が掘り下げられているところが本書ならではの魅力だ。戦争は人を変える。国策によって愛国心と復讐《ふくしゅう》心が煽《あお》られ、戦場は敵と味方だけになり、個としての人格は消え失せる。略奪や女性への性暴力が戦意高揚のための仲間の結束手段として使われる。そんな戦場で、こんな世界で、「女性」であること「狙撃兵」であることはどんな意味を持つのか。「戦いたい」相手、撃つべき「敵」はいったいどこにいるのか。さらに物語の終盤、独ソ戦の終わりが見え始めたときに訪れるのは安堵《あんど》ではなく「戦後、狙撃兵はどのように生きるべきか」という命題だ。「戦後」という言葉がもたらす、戸惑いと絶望と焦燥感が生々しく響く。

本書は２０２１年に早川書房が主催する新人賞、アガサ・クリスティ賞の受賞作である。選考委員全員が満点の評価をしたことでも注目を集め、直木賞の候補に入り（惜しくも受賞は逃したが）、第19回本屋大賞を受賞した。翌２０２２年にロシアのウクライナ侵攻がはじまり、本書で描かれている問題の多くはそのまま21世紀の現在につながっていることを知り愕然《がくぜん》とさせられる。本書と併せぜひともノーベル文学賞を受賞したスヴェトラーナ・アレクシエーヴィチの『戦争は女の顔をしていない』（三浦みどり訳／岩波現代文庫）をお読みいただきたい。

（三村美衣）

key word▼［戦争］［シスターフッド］［性暴力］［学校］

女しか知らない文字で綴る

『思いはいのり、言葉はつばさ』まはら三桃 *Mito Mahara*

key word▼［中国］［風習］［文字］［結婚］［シスターフッド］

装画：まめふく／2019年／全1巻／アリス館

児童文学の世界で活躍する作家・まはら三桃の『思いはいのり、言葉はつばさ』は、女性だけが知る秘密の文字と、義姉妹の絆《きずな》を題材に描いた、少女の成長物語だ。

高山に囲まれ、さまざまな部族が混在する中国南部の村。チャオミンの家は、父親の民族である漢族の風習にのっとって暮らしているが、母親は陽気な山岳民族の出身だ。この時代の漢族の女性は、足を小さく抑えるテンソクを行っているため、チャオミンも足を布で硬め、寝るときも小さい布の靴を脱がない。小さな足は、女性が外で労働を行わないという幸せの象徴だが、畑仕事はおろか、野山を自由に歩くこともできない。漢族の女性には幸せの形を選ぶ自由がないのだ。しかし、彼女たちにはニュウシュ（女書）と呼ばれる秘密の文字があった。女性に学問など必要ないと思われているこの時代に、秘密裏に編み出された、まるで刺繍《ししゅう》の飾り模様のように見える文字だ。さらにこの地域には、仲の良い女性同士が姉妹の約束をする「結交姉妹」という風習があり、結婚の際にはニュウシュで書いた祝い文を贈り合う。10歳になり、手仕事の会へ加わることを許されたチャオミンは、その会合でニュウシュを学び、憧れの先輩と姉妹の約束を交わす。

まるで架空歴史小説のようだが、ニュウシュもテンソクも、結交姉妹も、100年ほど前まで実際に行われていた風習である。

チャオミンは無邪気な元気娘だが、手仕事の会に加わることで、子どもの世界から一歩、大人の社会へと踏み出していく。秘密の文字の存在を知り、テンソクに疑問を抱き、大好きなお姉さまの婚姻の儀式に加わるが、見知らぬ相手の家へと嫁ぐその結婚も、手放しの幸せではない。同じ村で育った者の間にも、民族、貧富、家風などに格差が存在し、それが友だちとの関係を左右する。そして山で出会い、淡い恋心を寄せる少年は、官憲に追われる身だった……。

大人の社会は不条理で、不平等だ。それでも彼女たちは生活の中に喜びを見つけ、苦しいときは歌い、辛いときはそっとニュウシュに気持ちをこめる。文字で記す。私たちには当たり前の行為だが、それを支えとし、大切にした女性たちがいる。その書くという行為の持つ意味を、時代を超えて人に伝えるのも文字なのだ。文字の力を改めて考えさせられる1冊。（三村美衣）

支配の構造を問う意欲作

『忘らるる物語』高殿円 *Modoka Takadono*

装画：木原未沙紀／2023年／全1巻／KADOKAWA

e-book

男が女を犯せぬ国があるという。

まるで謎掛けのような一文から物語は始まる。

環璃《ワリ》は、ずっとその話を井戸端で交わされるお伽噺《とぎばなし》だと思っていた。環璃は遊牧民の女王《フーダ》だ。6歳で婚約、13歳で結婚し、16歳で母となった。ところが18歳のある日、帝国の占い師が環璃を「皇后星」に選んだことで一変する。皇后星とは、燦《さん》帝国の皇帝を決める選定システムだ。皇后星になるのは、出産経験のある若い女性。一族は根絶やしにされるが、唯一、幼い子どもだけが人質として生かされる。皇后星は、四人の藩王《ジョグル》のもとへ順繰りに送られ、各国に2カ月間滞在。その間、藩王と閨《ねや》を共にし、孕《はら》めばその子の父親が次の皇帝となる。誰の子どもも懐妊しなければ、人質の子ども諸共に殺され、次の皇后星が選ばれる。一族も尊厳もすべてを奪われながら、環璃は赤ん坊のために従うしかない。そんな絶望の淵《ふち》で彼女は、女性兵士チユギとめぐり合う。環璃の眼前で、チユギに触れた野盗の身体は次々に破裂し、一瞬で灰燼《はい》へと帰した。彼女こそ、男が女を犯せぬ国〈果て《トー》の国〉からやってきた女だったのだ。

というのが冒頭、わずか10頁ほどの展開だ。チユギたち果ての国の女は、子宮に寄生する〈確神《ゲゲル》〉と共生関係にある。そして女の子宮に棲《す》む〈確神〉は、〈宿主〉になり得ない邪魔な男を攻撃する。チユギからその話を聞いた環璃は、皇后星の立場を利用して皇帝に近づき、〈確神〉の力でその座を簒奪《さんだつ》することを決意。すべてを奪われた彼女が、自らの意思で皇后星としての旅の続行を選択することで、この環璃の物語は本格的に動き始める。

環璃の国では神は鹿の姿をとる。一族を根絶やしにされた日から、彼女は、一族に何もしてくれなかった神の化身を食するようになった。絶望と引き換えに手に入れた、不屈の精神と自由で柔軟な思考力を手に、彼女は世界を観察し始める。ヒトの社会は家父長制を基盤とし、女が産み、男が支配する。そんな不平等なシステムに、なぜ、女は組み込まれてしまうのか。文明は幾度も失敗し、滅びを繰り返しているのに、なぜこの社会制度は生き永らえているのか。その疑問の先に『忘らるる物語』というタイトルの意味が待つ。そしてこの重厚な物語も、実は著者一連の異世界ファンタジー《パルメニア》シリーズの1冊であるというあたりは、巻頭のインタビューをご参照いただきたい。（三村美衣）

key word▼［ジェンダー］［物語論］［闘う女性］［旅］

王妃を慕う幽霊が語る「彼女たちの物語」

『ベルサイユのゆり――マリー・アントワネットの花籠』吉川トリコ *Toriko Yoshikawa*

key word▼［語り］［コメディ］［シスターフッド］［メタ小説］

装画：斉木久美子／2019年／全1巻／新潮文庫nex

時は2018年。パリを旅行中の女性は突如幽霊に話しかけられた。幽霊の正体はマリー・アントワネットの女官長を務め、フランス革命で虐殺されたランバル公妃。アントワネットに熱烈な友情と愛情を捧《ささ》げる彼女は、幽霊となった今も王妃との再会を待ち続けながらこの世を彷徨《さまよ》っている。久しぶりに幽霊が見える人に出会ったランバル公妃は、世界各地を旅して集めた「彼女たちの物語」を語り出す。ランバル公妃はいつかアントワネットに渡すための〝薄い本〟を作るべく、王妃と関わった女性たちの身の上話を収集していたのだ――。

本作は、時代を超えたメタ視点のユーモアをふんだんに盛り込みながらアントワネットの生涯を描く衝撃の日記小説《マリー・アントワネットの日記》のスピンオフ。同じ世界観のもとで、さまざまな想いや野心を抱えて激動の時代を生きた女性たちの姿に光が当てられていく。

ランバル公妃はアントワネットの寵愛《ちょうあい》を受けたものの、のちにポリニャック公爵夫人に〝推し変〟された女性である。彼女はその後も忠節を尽くし、今も王妃に変わらぬ思いを抱いている。そんな女性が語る「二十一世紀を生きるあなたには理解しがたい話かもしれませんが、十八世紀の女性にとっては夫や愛人を見つけることよりも、心を許しあえるたったひとりの友人に出会うことのほうがはるかに難しかったのです」という言葉には幾重にも連なる重みが感じられ、いっそう強く胸に響く。

物語には他にもさまざまなかたちで王妃と関わった女性たちが登場し、愛情や執着、憎しみや連帯など女性同士の多様な関係性が綴《つづ》られる。フランス革命の引き金となった「首飾り事件」を起こした詐欺師のラ・モット夫人、ルイ15世の公妾《こうしょう》で天才娼婦《しょうふ》のデュ・バリー夫人、アントワネットの寵愛を争ったライバルのポリニャック公爵夫人、アントワネットの娘でフランス革命を唯一生き抜いたマリー・テレーズ。中でもファッション・デザイナーのベルタンや画家のルブラン、アントワネットに仕えた後は女子教育に身を捧げたカンパン夫人など、仕事を持ち自立して生きた女性の信念や社会に対する怒りは、現代に生きる私たちにとっても他人事ではなく、心を突き動かされる。

吉川トリコは「女による女のためのR-18文学賞」を受賞した『ねむりひめ』でデビュー。第28回島清恋愛文学賞を受賞した『余命一年、男をかう』や、コバルト文庫の『トゥインクルスター☆シューティングスター』など著書多数。（嵯峨景子）

幻の百合を探す７日限定の爆走ロードノベル

『ペーパー・リリイ』佐原ひかり *Hikari Sahara*

key word▼［夏］［青春］［ロードノベル］［エモ］

装画：ばったん／2022年／全1巻／河出書房新社

野中杏《のなかあん》は、結婚詐欺を生業とする叔父に育てられている高校生。夏休みのある朝、叔父にお金を騙《だま》し取られた女性キヨエが自宅を訪ねてきた。彼女の深く傷ついた顔を見てしまった杏は、取られたお金が３００万と知り、叔父に対する仕返しをその場で提案する。叔父が家の中に貯めていた現金５００万円を丸ごと二人で持ち出して、必死に追いかけさせて謝らせようという計画だ。

「キヨエと百合を見にいく。八月十三日。返して欲しかったら追っかけてこい！」。そんな書き置きを残して、杏は５００万円の札束と共にキヨエが運転する車に乗り込んだ。めざすゴールはN郡T町にあるという、お盆の３日間だけ咲く幻の百合の群生地。いつか一緒に見にいこうと、叔父がキヨエと約束していた場所だった。

年齢も性格も異なる杏とキヨエは、旅の途中で事あるごとに衝突を繰り返す。大小さまざまなアクシデントに見舞われつつ、それでも着実に目的地であるT町へと近づいていく二人。ただ、奇妙なことに叔父が追いかけてくる様子がまるでなく、杏の携帯に何の連絡も届かない状態が続いていた。

結婚詐欺師の子どもと、彼に騙された女の二人が繰り広げる奇妙な逃走劇を描く『ペーパー・リリイ』。杏は犯罪で稼いだ悪いお金で生きているという罪の自覚があり、年齢のわりにしたたかでコミュ力にも優れている。そんな彼女の目からすると、自分の殻を破れない善良なキヨエはどこかもどかしい。そして旅の途中で出会ったファンキーな老女ヒッチハイカー・えなっちゃんと意気投合し、常識も世間も笑い飛ばす彼女のような生き方に憧れるのだ。

杏はこの旅を通じてキヨエを立ち直らせ、それによって自分と叔父の罪を帳消しにしようと企んでいた。幻の百合を探す７日間限定の旅を通じてキヨエと杏の絆《きずな》は徐々に深まっていくが——。二人の名づけられない関係と、疾走感あふれるハイテンションな文体、ページから溢《あふ》れ出す真夏の熱い気配が爽快な、爆走ガールズロードノベルである。

読書のルーツに少女小説があり、２０１７年にコバルト「ままならないきみに」で第１９０回コバルト短編小説新人賞を受賞した佐原ひかりは、第２回氷室冴子青春文学賞の大賞を受賞した『ブラザーズ・ブラジャー』で本格作家デビュー。少女小説のスピリットを受け継いだ青春小説の書き手として注目を集める期待の新鋭だ。他作品に「食べる」という行為ができない女子高校生を主人公にした『人間みたいに生きている』や、初のお仕事小説『鳥と港』などがある。（嵯峨景子）

シスターフッドでつなぐ「シェア」の精神

『らんたん』柚木麻子 *Asako Yuzuki*

key word▼［明治］［大正］［昭和］［シスターフッド］［フェミニズム］

装画：金子幸代／2021年／全1巻／小学館

　大正の終わり、一色乕児《いっしきとらじ》は見合いで出会った渡辺《わたなべ》ゆりにプロポーズする。ゆりが結婚受諾の条件にあげたのは、恩師であり親友の河井道《かわいみち》とのシスターフッド関係を結婚後も維持すること。三人の顔合わせの日、ゆりと道がシスターフッド関係を築くに至ったいきさつを乕児が尋ねる場面を契機にして、道のこれまでの来歴、そして女性の権利を求める人々の戦いを軸にした、近代日本の歩みがつづられてゆく。

　伊勢の神職だった道の父は明治維新をきっかけに失職、一家で移り住んだ北海道で道はキリスト教を基盤とした教育を受ける。その後、新渡戸稲造《にとべいなぞう》や津田梅子《つだうめこ》に学んだ道は、アメリカのブリンマー女子大に留学、のちに津田が創立した女子英学塾の教師となる。ゆりは女子英学塾の新入生として道と出会い、二人はシスターフッドを育んでいく。昭和を迎え、道はゆりと共に念願の学校を創設するが、やがて戦争の影が近づいてくるのだった。

　恵泉女学園《けいせんじょがくえん》の創立者・河井道の人生を追いながら、史実に基づくフィクションとして仕立てられた本作が描き出すのは、男性と同等の権利を得られず、男性に対して従属的・周縁的な位置に留め置かれ、文芸創作においてさえ悪者にされ悲劇の死に至る役割をあてがわれてきた女性の立場を変えていくための、長い軌跡である。道やゆりのほか、津田梅子、平塚《ひらつか》らいてう、山川菊《やまかわきく》栄《え》、村岡花子《むらおかはなこ》、広岡浅子《ひろおかあさこ》、大山捨松《おおやますてまつ》ら、実在する登場人物たちの思想や行動は必ずしも同じ方向を向いているわけではなく、方針も違えば衝突もする。しかし、それら一人ひとりの活動は波紋を生み、次代への橋渡しとなって、現代まで受け継がれていく。その中で道が常に意識する「シェア」の精神は優しく、同時に力強く苦境の下を生き延びて人々を受け止め続ける。

　徳冨蘆花《とくとみろか》の「不如帰《ほととぎす》」への批判など、実在の著名男性たちと関わるエピソードからたびたびうかがえるのは、社会に深く根を下ろした旧弊への抗いである。また、印象的なかたちでしばしば立ち現れる有島武郎《ありしまたけお》の言葉は、家父長制や他国への侵略を促してきた、日本の根本的な制度の問題点をさし示す。今日の読者にとってもなお、普遍的な問いといえるだろう。

　タイトルの『らんたん』は、上級生から下級生に灯籠を継承する、道の母校の伝統にちなむ。それは光をシェアして社会全体を照らすための道標であり、後世を生きる私たちに受け継がれた、未だ進行形の志である。（香月孝史）

本を通して描き出される女の苦しみと勁さ

『本を読む女』林真理子 *Mariko Hayashi*

(上)1990年／全1巻／新潮社、(下)装画：西淑／2015年／集英社文庫

e-book

山梨で菓子商を営む小川屋に生まれた万亀《まき》は、本を読むことが好きな末娘。好きなことに耽《ふけ》る父と器量良しで働き者の母、そんな母を快く思わない祖母の様子に違和感を覚える万亀だが、ある日父が死んでしまう。

本を書く人になりたかった万亀は、一生結婚せず本だけを読んで暮らしたかった。けれども、現実はままならない。地元の女学校を経て東京の女子専門学校に進み、卒業後は女子青年学校や出版社で働く万亀の前には、たびたび現実という壁が立ちはだかる。幸せそうには見えない姉たちの結婚生活や変化する親子関係、姉の死、ようやくと思った縁談の破談、30歳を目前に控えた頃に決まった結婚。大陸での苦しい結婚生活、厳しくなる戦局の中で生まれた子ども……。

近いようで遠い昭和を舞台に本好きの少女・万亀がたどった半生を綴《つづ》った本作は、著者の母親をモデルにした長編小説だ。

万亀は子どもの頃から世間の「ふつう」と自分の望みがズレている自覚を持つ、生きづらさを抱える人物として描かれる。いい子でいようとすることが習い性になっている万亀は、疑問や不満、やるせなさを抱きながらも、現実という波に抗いきれない。作中で、万亀は時代や世間、そして母が良かれと思って敷くレールの上にうまく乗れない苦しさを飲み下し、諦念と共に現実を受け止めることを繰り返す。それが大人になることであり人生だとくるのは、ひどく乱暴なことだろう。林真理子の筆力で描き出された万亀を取り巻く息苦しさは、現在を生きる読者にとっても全く未知のものではない。だからこそ、現実と折り合いをつけざるを得ない中で万亀が吐露する思いに胸が苦しくなり、焦がれるような共感が湧き起こる。

「女は損だけんど、女に生まれちまっただから仕方ないだよ」

そう唱える万亀の側には、いつも本がある。万亀の綴方《つづりかた》が掲載された雑誌『赤い鳥』、本棚の特別な場所に並ぶ吉屋信子『花物語』、貪るように読んだ吉川英治『宮本武蔵』。破談になった男から借りた田中英光『オリムポスの果実』、大陸に携えていった『万葉集』。とりわけ、戦後を迎えた万亀が太宰治『斜陽』を読んで魂を揺さぶられるシーンの鮮やかさは格別なものがある。現実の生々しい苦さの中で、本を支えに生きる万亀の勁《つよ》さに心打たれる1冊だ。

（七木香枝）

key word▼［昭和］［戦争］［読書］［挫折］［生きづらさ］

「らしい」の呪縛と闘う裁縫男子

『水を縫う』寺田はるな *Haruna Terada*

装画：生駒さちこ／2020年／全1巻／集英社（※2023年／集英社文庫）

key word▼［裁縫］［家族］［母子］［自分らしさ］

「縫物が得意なので手芸部に入るかもしれません」。進学した高校での自己紹介でそう発言し、クラスをざわつかせた清澄《きよすみ》。清澄の母と父は離婚しており、彼は祖母と母と姉の四人暮らしだ。姉の水青《みお》は、まもなく結婚して家を出ていく。レストランウェディングを行うことは決まったが、彼女は「女の子らしさ」やキラキラした「かわいらしさ」を毛嫌いし、ドレスを選ぶことができない。清澄はそんな姉のために、「フリフリぴらぴらしてない、ええ感じのドレス」を自分の手で作ろうとするのだが、清澄のデザインはことごとく水青に拒絶されてしまう。

清澄は自分が好きなものに正直だ。中学時代にソーイングセットを持ち歩いているというだけで「女子力高過ぎ男子」と呼ばれ、ゲイではないかと疑われもした。クラスから浮いた存在となっていたが、裁縫スキルを性自認や性的指向と結びつける突拍子もなさに呆《あき》れるだけ。息子を心配する母は、「普通の男の子」らしさを求めるが、本人は「普通ってなんやねん」とお仕着せを拒絶し、常に自分らしくあろうとする。目立つことを嫌う姉の水青は、清澄のそんなまっすぐな強さが眩《まぶ》しくて、少し疎ましい。水青の可愛いを拒絶する心は複雑だ。シンプルが好きだからというだけではなく、子どもの頃に遭遇した事件のトラウマから、着飾ることに抵抗があるのだ。

寺地はるなの小説はどれも、簡単に答えを出せない問題に向き合いながら生きる人々の物語だ。「男らしい」や「女らしい」といった性別でひとくくりにするような偏見や、「普通」や「常識的」といった多数決による圧迫は日常に溢《あふ》れている。人は無神経に、さしたる悪意も覚悟もなく、そして時には善意から、ひとにそれを押し付けてしまう。「ひとそれぞれ」という当たり前で簡単な言葉が、家族の間ですら何と難しいことか。

自分の「好き」に対して真摯な清澄という光に照射された周囲の人々は、見ないふりをしてきた背後の影に意識を向け始める。それは多くの読者にとっても覚えのある痛みであり、歳を経てもなお溶けきらず残るわだかまりだ。

水青の「自分らしい」と清澄の「美しい」。二人の思いが互いを損なうことなく同居する「水を縫ったドレス」は、痛みから強張ったままの心を少し軽やかにし、今からでも遅くないよと背中を押してくれる。

（三村美衣）

平成30年史から浮かび上がる女子の生きざま

『一心同体だった』山内マリコ *Mariko Yamauchi*

key word▼［平成］［青春］［友情］［シスターフッド］

装画：Michelle Kingdom／2022年／全1巻／光文社

e-book

小学生の千紗《ちさ》は、同じクラスの裕子《ゆうこ》と大の仲良し。体育の時間にはいつもペアを組むし、クラブ活動も一緒だった。ところが席替えを機に、千紗は前の席になった美香《みか》とよく話すようになり、裕子との仲はぎくしゃくする。――（「女の子たち」）

中学生の裕子は、怖い3年生の先輩に命令されて、同級生のめぐみを体育館裏まで連れていくことになった。その出来事の後で二人は親しくなり、めぐみを中心とした男女グループの中に裕子は自分の居場所を見つけるが……。――（「アイラブユー、フォーエバー」）

高校を卒業しためぐみは、東京の大学へ進学する遥《はるか》に渡すための手紙を書く。楽しかった高校の3年間の思い出、かけがえのない友人への感謝と、夢を追って故郷を離れる彼女に送る応援の祈りを込めて。――（「写ルンですとプリクラの青春」）

大学生の遥は、失意の日々を送っていた。映画研究会に入部したものの、与えられた役割は助監督とは名ばかりの雑用係で、それすらも上手くこなせない。映研が制作した作品の上映会の途中、新入部員の歩美《あゆみ》が部室から飛び出していき、心配した遥はその背中を追いかける。――（「白いワンピース殺人事件」）

『一心同体だった』は女子の友情をテーマにしたロンド形式の連作短編集。１９９０～２０２０年までの30年間にわたって、語り手の年齢が異なる八つの物語がバトンリレーのように紡がれる。

各章において、それぞれの主人公は親友と呼ぶに値するような運命的な相手と出会う。しかし、章が変わって語り手が交代したときには、二人の友情はすでに過去のものとなっている。感情的なすれ違い、あるいは進学や転居といったライフイベントによって、一度は固く結ばれたはずの絆《きずな》は緩み、時には完全に解けてしまう。そして、その後はまた別の相手との間に新しい絆が結ばれていく。

けれども、本書は決して「かくも女子の友情とは儚《はかな》い」と後ろ向きに嘆いているわけではない。むしろ反対に、たとえ長続きはしなかったとしても、人生のある時を友人と共に過ごした大切な記憶は消えないし、その経験も決して無駄にはならないと、力強いメッセージを送っている。また、作中には光ＧＥＮＪＩ、ミサンガブーム、ルーズソックス、「アナ雪」、そして新型コロナウイルス感染症に至るまで、各年代に実在していたさまざまな人や物が登場する。この時期に青春時代を過ごしてきた読者の頭には、当時の友人との思い出が懐かしく浮かび上がるだろう。（嵯峨景子）

非合法格闘技ショーで戦う少女たちの物語

『赤×ピンク』桜庭一樹 *Kazuki Sakuraba*

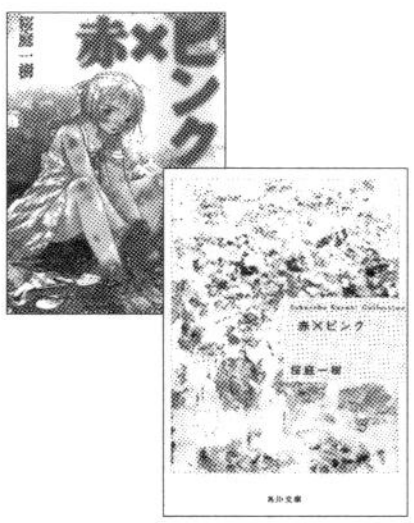

(上)装画:高橋しん/2003年/全1巻/KADOKAWA(エンターブレイン)ファミ通文庫、(下)装画:増田佳江/2008年/角川文庫

e-book

六本木駅から麻布方向に下ったところにひっそりとある小学校の廃校跡。その校舎の中庭のぽっかり空いた夜空の下に八角形《オクタゴン》の鉄の檻《おり》が建てられ、そこでは毎晩、女の子同士の格闘ショー〈ガールズブラッド〉が開催されている。完全会員制で入場料は1万円。さらに指名料を払えば、鎖につながれた推しの選手をテーブルに呼んで話をすることもできる。女子プロレスとショーパブの機能を併せたような秘密クラブだ。

21歳のまゆは、半年前から毎晩このリングにあがっている。小柄で見るからにか弱く、つけられたリングネームは〈まゆ十四歳〉。もちろん14歳などではないが、幼い外観と檻の中から外に向けた怯《おび》えたような表情で人気ナンバーワンだ。ただし対人恐怖症のため指名客と目を合わすこともできない。ところがある日、トレーニングに通う空手道場で、まゆは見知らぬ男性からいきなり結婚を申し込まれ……。

2003年にファミ通文庫から刊行された本書は、非合法のファイトクラブのリングにあがる少女たちを語り手にした三部構成の連作長編だ。虚構性を孕《はら》む現実世界を舞台に、児童虐待、ジェンダーパニック、家族、運命の恋人、シスターフッドといった思春期の少女たちが抱える苦悩や歓びに真正面から向き合い、そこに風変わりでさびしい大人たちの姿を絡めて描く、現在の桜庭一樹につながる作風が確立したエポックメーキング的な作品である。

タイトルの赤とピンクはどちらの色も少女を象徴する色だ。そのタイトルに呼応するように、各話とも対照的な二人の少女を組み合わせ、リングでのバトルにそれぞれが抱える問題が描かれる。第1話は〈まゆ十四歳〉と、ファイターとSMクラブの女王さまのダブルワークの〈ミーコ女王様〉、第2話ではそのミーコと、将来を嘱望されていた空手選手の〈皐月《さつき》〉、第3話は皐月と夫から逃げてきた人妻の〈上海リリー〉というように、一人を残して物語は次の少女へとバトンされる。少女であることに息苦しさを感じながら、闘うことでしか得られない充足感を求め、八角形の檻の中で役割を演じる彼女たち。リングの上は確かに彼女たちの場所なのだが、それは必ずしも居心地がいいということではない。揺れ動く彼女たちが、スポットライトの光条からふっと外れるその瞬間の衝動を鮮やかに活写した、桜庭一樹にしか描けない青春小説だ。(三村美衣)

key word▼［東京］［格闘技］［ジェンダー］［家族］

故郷の再興をめざす女性の半生

『青の女公』喜咲冬子 *Toko Kisaki*

装画：月子／2021年／全1巻／集英社オレンジ文庫

e-book

3年前に父を冤罪《えんざい》で亡くした北部領主の娘リディエは、家族を人質に取られて残虐公の名で知られた父の仇《かたき》・ウロス公に仕えている。秘書官として働く彼女に新しく下された命令は、王女スキュイラと結婚したウロス公の息子・ヴァシルの仲を取り持ち、世継ぎ誕生を後押しすること。

故郷に帰りたい一心でヴァシルのために作戦を立てるリディエだが、いつしか彼から執着されるようになってしまう。そんなある日、スキュイラから呼び出されたリディアは、ヴァシルとの離婚を進めるつもりだと聞かされる。リディエは危険が迫ったヴァシルを逃がそうとするが、何者かに崖から突き落とされてしまう。

スキュイラに保護されたリディエは、北部の王領イラ荘の荘主に任じられる。リディエは故郷の地を踏もうとした矢先、ウロス公が死んだという噂《うわさ》を聞く。新たにその後を継ぐと宣言したのは、行方知れずになっていたヴァシルその人だった……。

本作は、女王の治世を支える政治家・青の女公として後世に名を残すリディエの半生を描いた物語。

激動の数年間を軸に描いた物語は、一冊完結とは思えないほど濃厚で読み応え抜群だ。物語は冒頭から怒濤《どとう》の展開を見せ、政治闘争に巻き込まれたリディエの立ち位置はめまぐるしく変化する。

無自覚の人たらしでもあるリディエを通して、登場人物たちはさまざまな表情を覗《のぞ》かせる。女王をめざすスキュイラ、その取り巻きだった騎士イアソンと監督官ウラドをはじめ、リディエを支える周囲の人々は、最初から彼女の味方だったわけではない。だからこそ、確かな信頼が結ばれていくさまが心を揺さぶる。また、当初は頼りなく見えたヴァシルの印象がぐるりと反転するさまは圧巻で、ぞくりとさせられる。

立身出世を果たした物語では、しばしば後世に伝わる主人公の生涯が語られて締めくくられる。例に漏れず本作でもリディエの辿《たど》った道筋が語られるが、この物語はそこで幕を下ろさない。最後に明かされるのは、ごくわずかな人しか知らないリディエの一面だ。もしかすると、この結末を蛇足と感じる人もいるかもしれない。ここがなければ清々しい気持ちで本を閉じられたのに、と。だが、歴史に残る足跡からは窺《うかが》い知れないリディエの姿には、人が持つ弱さと勁《つよ》さが共存していて美しい。重厚なストーリーを描き切った筆力に唸《うな》らされる、骨太な物語だ。（七木香枝）

key word▼［政治］［シリアス］［執着］［女性の立身］

column 性の夢を見る——90年代少女小説のジェンダーについて

文＝瀬戸夏子

少女小説は〈少女〉のための小説ではあるけれども主人公が〈少女〉である必要はない。90年代に少女小説に夢中になった私はそのことに何の疑問も抱いていなかった。主人公が、少年や青年の作品がたくさんあったからだ。

たとえば、三国志の孫策《そんさく》と周瑜《しゅうゆ》の友情が熱い、朝香祥《かぜ江《こう》》シリーズ。ラグランド王国を舞台にスターリングとクラウスが騎士の最高位をめざす、ゆうきりん《薔薇《バラ》の剣》シリーズ。名門貴族の少年と貧困家庭の少年が赤ん坊の頃に取り替えられており、それぞれの階級での暮らしを経験する、高遠砂夜《純情少年物語》シリーズ。とある事情から暗殺を請け負っている高校生が主人公の、本沢みなみ《東京ANGEL》シリーズ。タロットカードで人を占い謎解きをしていく大学生の物語、七穂美也子《占い師SAKI》シリーズ。人々が眠りから覚めない王国に辿《たど》り着いた傭兵《ようへい》が不思議な力を持つ王子と出会う、金蓮花《竜の眠る海》シリーズ。23世紀の火星での政治闘争が描かれる、須賀しのぶ《ブルー・ブラッド》シリーズ。中世のイギリスを舞台に従騎士のリチャードとギルフォードが事件を解決していく、駒崎優《足のない獅子《しし》》シリーズ。〈妖の者〉と〈空の者〉の戦いを描く、若木未生《ハイスクール・オーラバスター》シリーズ。ふつうの男子高校生が異世界では魔王になるコメディタッチのファンタジー、喬林知《まるマ》シリーズ。枚挙にいとまがない。少年／青年たちが活躍し、友情を交わし合い、成長していく物語。

当時の私は毎月発売される集英社コバルト文庫、集英社スーパーファンタジー文庫、後段社X文庫ティーンズハート、講談社X文庫ホワイトハート、角川ビーンズ文庫、すべてのラインナップを把握し、少なくともその7〜8割方を読んでいた。なので当然〈少女〉が主人公の小説もたくさん読んでいる。タイムスリップした女子高生が織田信長《おだのぶなが》と恋に落ち、生まれた子どもがさまざまな時代にタイムスリップしながら津田信澄《つだのぶすみ》と恋に落ちる、倉本由布《きっと》シリーズ。タロットの精霊の封印を解いたことから核戦争にまで関わることになる本格SF、皆川ゆか《運命のタロット》シリーズ。エスの関係を現代に夢見させてくれるような今野緒雪《マリみて》シリーズ。大好きだった。少女小説とはとにかく、主人公が少女であれ少年であれ、まず、そこは少女たちにとって安全な場所だった。読者数が限られていたことを当時はさみしく思っていたけれど、他のコンテンツと違い、〈少女〉のものであるからこそ、他の読者の参入はほとんどなく、不快なマウントをとられることも、馬鹿にされることもなく、私たちはそこで息をすることができたのだった。

少年が主人公の物語は別のジャンルにもいくらだってある。けれどそこには当然〈少女〉以外の消費者がたくさんいて、いつだって私たちは軽んじられてきた。だからこそ〈少女〉小説における〈少年〉主人公は画期的な発明だったのだ。

　少女漫画で〈少年〉が主人公になる話といえば24年組の作家たちの作品に代表される同性愛ものがまず想起される。しかし少女小説においては必ずしもそうではない。桑原水菜《炎の蜃気楼《ミラージュ》》シリーズのように性描写を含む同性愛作品もあったが、大半は、主人公を少年に据えつつも、そこで描かれる関係性はBLではないけれどもBL愛好家の心をくすぐる、という域に留められた作品が多かった。それがとても粋なものに見えていた。2000年代が近づくにつれ、コバルト文庫やホワイトハート文庫のラインナップに直球のBL作品が増えていく。一方で相変わらず少女が主人公の作品もある。ヨーロッパのさまざまな時代を舞台にしつついつも極上の異性愛ロマンスを届けてくれる榛名しおりの小説と、むしろあっけらかんとしてみえるほど性描写が濃密なあさぎり夕のBL小説それぞれを少女小説というジャンルのなかで同時に楽しみ、その間で《ハイスクール・オーラバスター》や《まるマ》の新刊を読むというのはいつでも非常に不思議な感覚で、かつかけがえのない体験だった。余白を読んでBL的解釈をすることもできる、けれどしない人たちだって充分に楽しく読める、少年や青年が主人公の作品群を私は貪り読んでいだ。そう、まるでそれらは少年漫画や人気アニメのように解釈に開かれていた。

　一方、時が経ったいま、90年代は少女小説にとってやや例外的な時代だったのだといまではわかる。けれど私の少女期は90年代の少女小説と共に結晶化している。もっとも性に迷い、揺らぎ、傷つきやすかった〈少女〉の時期に自分を守ってくれた、ジェンダーの感覚に対してもたくさんの夢を見せてくれた、当時の少女小説に心から感謝している。

瀬戸夏子（せと・なつこ）
歌人、批評家。

Ⅷ 歴史

烏に転身する皇太子のお妃選び

《八《や》咫《た》烏《がらす》》阿部智里 *Chisato Abe*

key word▼［謎］［変身・メタモルフォーゼ］［宮廷］［陰謀］

（上）装画：名司生／2012年-／第一部6巻＋外伝1巻、第二部3巻〜＋外伝1巻／文藝春秋、（下）2014年-／8巻〜＋外伝2巻／文春文庫

e-book

松本清張の業績を讃《たた》えて新設された松本清張賞。歴史小説やミステリなどを対象とする短編賞として始まり、後に長編賞となったこの賞だが、11回からはジャンルの枠を広げ、エンターテインメント全般を対象とするようになった。この賞の度量の広さを印象付けたのが、第19回（2012年度）の受賞作『烏に単《ひとえ》は似合わない』だった。受賞者は現役の大学生。ミステリ、歴史小説の要素は持つが、物語舞台は人型にも烏の姿にもなれる八咫烏の一族が暮らす異世界のような場所だった。

『烏に単は似合わない』は、〈山内《やまうち》〉と呼ばれるその世界の皇太子・日嗣《ひつぎ》の御子《みこ》のお妃選び〈登殿《とうでん》の儀《ぎ》〉の物語だ。〈山内〉は四つの領に分割され、それぞれ東家《とうけ》、西家《さいけ》、南家《なんけ》、北家《ほくけ》の四家によって治められている。そしてそれら貴族階級の頂点が宗家の長の〈金烏《きんう》〉だ。日嗣の御子は次の金烏であり、そのお妃はやがて皇后となる。登殿の儀は、山内の中央の山中にある雅な館、桜花宮《おうかぐう》で行われる。四つの家から選出された妃候補はここで暮らし、四季折々のイベントで技と美を競い合う。

しかし桜花宮はロマンチックな恋の舞台などではなく、四家の権力闘争の場であり、当の姫たちもそのことは承知のうえだ。ところがその登殿の儀に、一人、場違いな姫君が紛れ込んでいた。北家の二の姫あせびだ。直前に病を患った姉の代役で送りこまれた彼女には、準備も心構えもなく、権謀術数渦巻く桜花宮でただ一人、純粋に日嗣の御子への思慕の念を募らせていた。ところが姫たちの想いをよそに、日嗣の御子は桜花宮に全く姿を現わさず、ただ月日だけが徒に流れていった。やがて焦燥感を募らせる桜花殿に、今回の登殿に〈烏太夫《だゆう》〉が交じっているという噂《うわさ》が立ち始め、やがて恐ろしい事件へとつながっていく……。

八咫烏シリーズはトリッキーな構成を持つ。少し内気でゆるふわな見た目ながら真面目なあせびは、大器晩成型のみそっかすヒロインキャラと思わせておいて、終盤でとんでもないどんでん返しを仕掛けてくる。このどんでん返しは、シリーズの中で幾度も繰り返される。例えば、第2巻『烏は主《あるじ》を選ばない』は、第1巻に若い近習として登場する雪哉《ゆきや》を視点人物に、この〈登殿の儀〉の裏で日嗣の御子に何が起きていたかが語られ、事件がより大きな政変の一部であることがわかる。山内とはどういう世界なのか、金烏とは何なのか。巻を追うごとに世界は広く深くなり、物語はやがて、滅びに向かうこの世界を救おうとする人々の群像劇へと変化する。（三村美衣）

篤姫＆和宮＆〃ゆい〃が魅せる幕末ロマン

《パニック初恋城！》佐和みずえ *Mizue Sawa*

画：竹本泉／1988-1991年／全4巻＋外伝1巻／講談社X文庫ティーンズハート

嘉永《かえい》5（1852）年、秋。薩摩《さつま》で暮らす下級武士の娘・春藤《しゅんどう》由衣《ゆい》は、城中で披露した薙刀《なぎなた》さばきを認められ、島津藩の分家である今和泉《いまいずみ》家の篤姫《あつひめ》付きの侍女に抜擢《ばってき》された。だが城に上がってみれば、篤姫とその妹の才姫《さいひめ》はいたずら好きで、由衣にさまざまな嫌がらせをしかけてくる。それでも由衣は屈せず、持ち前のパワーで篤姫に立ち向かった。篤姫はそんな由衣を気に入り、二人の間には友情が生まれ、やがて主従を超えた絆《きずな》で結ばれていく。

由衣は篤姫の兄・忠敬《ただたか》に恋をし、忠敬もまた由衣を憎からず思っていたが、彼に縁談が持ち上がる。一方の篤姫も、忠敬の友人で今和泉家の用人の息子・伊東知熙《いとうともひろ》と密かに愛し合っていた。だが身分違いの二人は、篤姫が島津本家の養女になるという運命に引き裂かれてしまう。やがて由衣は、篤姫が第13代将軍徳川家定《いえさだ》に嫁ぐ身であることを知る。時は幕末、外国船が開国を要求し、日本は揺れ動く。少女たちもまた、激動の歴史の波に翻弄されながら運命に立ち向かっていくのであった。

本シリーズは篤姫、そして第14代将軍徳川家茂《いえもち》に嫁いだ皇女・和宮《かずのみや》を題材にした歴史ラブロマンス。史実をほどよくアレンジし、ティーンズハートらしいラブ要素とポップな文体を囲いながら、幕末に生きるたくましい少女たちの姿をいきいきとかつユーモラスに描き出す。

各巻にはそれぞれ〃ゆい〃という侍女が登場し、主人公を務める。第2巻『ミルキーウェイでささやいて』は、江戸城の篤姫に仕える結衣《ゆい》の物語。第3巻『ウェディングロードでささやいて』では、京で暮らす和宮とその侍女・夕衣《ゆい》が描かれる。そしてシリーズ最終巻の『ラブステージで抱きよせて』では、江戸に嫁いだ和宮に仕える洋学塾の娘・有衣《ゆい》が主人公となる。本作には天璋院《てんしょういん》と名を変えた篤姫も登場し、少女の視点を通じた江戸城開城と徳川幕府の終焉《しゅうえん》が綴《つづ》られる。

作品の知名度は高くはないが、篤姫や和宮をモチーフにした小説として読みどころがあり、歴史好きにおすすめしたいシリーズだ。「あたしたち女の子だって、やるときはやるんだからっ」と、ガールズパワーを打ち出した歴史ものとして、今後の読み直しが期待される。

佐和みずえは、一卵性双生児の姉妹のペンネーム。少女小説や児童書、少女マンガ原作などを手がけており、近作として《パニック初恋城！》と同じ幕末を舞台にした『江戸の空見師 嵐太郎』（フレーベル館、2020年）などがある。（嵯峨景子）

key word▼［**幕末**］［**ラブコメ**］［**政略結婚**］［**友愛**］［**群像劇**］

持たざる者が国家の中枢に立つ

《龍ノ国幻想》三川みり *Miri Mikawa*

装画：千景／2021年-／7巻～／新潮文庫nex

巨大な火山島〈央大地《ひきしだいち》〉の上に造られた一原八州と呼ばれる九つの国。島の大地の底には龍《りゅう》が眠っており、龍神が目覚めれば大地は崩壊して海に没すると伝えられている。島の中央に位置する一原・龍ノ原《たつのはら》は神の国であり、龍神の荒魂を鎮める祭祀《さいし》を担う皇尊《すめらみこと》が住む。そしてもう一つ。この地には、生きた龍が棲息《せいそく》し空を飛翔《ひしょう》している。この国の女はその飛翔する龍の声を聴く。その力を持たない女子は、「遊子《ゆうし》」と蔑まれた挙げ句、龍ノ原を追われ、命をも奪われてしまう。その一方、龍の声が聴こえる男子は、国に凶事をもたらす忌まわしい存在として処刑される。

物語は先の皇尊が崩御したところから始まる。鎮める者が不在となった大地には雨が降り続き、次代の皇尊の候補である三人の皇族が龍陵に参内した。その一人であり最も若い日織皇子《ひおりのみこ》には大きな秘密があった。日織は実は女なのだ。日織も日織の姉も、皇族の女性でありながら龍の声が聴こえない遊子であった。我が子を二人も奪われることを恐れた母は、下の日織を男子と偽って育てた。日織は遊子ゆえに殺された姉の復讐《ふくしゅう》を誓い、国の掟《おきて》を変えるべく性別を偽ったまま権力の中枢をめざす。

《龍ノ国幻想》は、持っていなければならない力を持たずに生まれてしまった娘と、持ってはならない力を持って生まれてしまった皇子。ありのままの姿では生きることを許されず、偽りの姿で暮らす男女の出会いと、変革を描いた男女逆転異世界ファンタジーだ。しかし性別を偽り、人を謀ることができたとしても、果たして女である日織が皇尊となることを龍は許すのか。日織の行動の根底にあるのは、姉を見殺しにした神への命を賭した問いでもある。さらに禍《まがつ》皇子であることを隠して日織に嫁いだ悠花《はるはな》の存在が物語を複雑にする。皇尊となった日織が双方の男女逆転を明らかにして結ばれるというような、おとぎ話な展開は望むべくもない。

神としての龍が登場する異世界ファンタジーではあるが、日織が立ち向かわなければならないのは、国家や一族の権利や利益をめぐる闘いや、人の欲や憎悪や信念である。しかし、苦悩する日織が見上げる先には龍が飛翔しており、その姿が強く印象に残る。（三村美衣）

key word▼［**男女逆転**］［**龍**］［**宮廷陰謀劇**］［**継承争い**］

大陸一の女郎をめざす少女の冒険大河ロマン

《芙蓉千里《ふようせんり》》須賀しのぶ *Shinobu Suga*

（上）装画：梶原にき／2009-2012年／全3巻／角川書店、（下）2012-2013年／全4巻／角川文庫

e-book

物心ついたときから辻《つじ》芸人として生きてきた12歳の少女フミ。彼女は大陸一の女郎になるという夢を抱き、自らを女衒《ぜげん》に売り込んで新潟港から海を超え、一人哈爾濱《ハルビン》にやってきた。フミは一つ年上のタエと共に、女郎屋「酔芙蓉《チョイフーロン》」の下働きとなる。

ある日街でケンカをしたフミは、山村《やまむら》と名乗る謎めいた男に助けられた。誰もが女郎になりたいというフミを莫迦《ばか》にする中で、山村だけは彼女の夢を肯定してくれる。ほんのひとときを共に過ごした山村の言葉にフミは心を救われ、彼に淡い恋心を抱いた。フミが芙蓉を名乗れる女郎になったら必ず会いに来ると約束を交わし、二人は別れる。

上客の前で披露した特技の角兵衛獅子《かくべえじし》をきっかけに、フミは芸妓《げいぎ》の道をめざすことになった。やがてフミの名はハルビンに広まり、彼女の舞の才能に惚《ほ》れ込んだ若き華族・黒谷《くろたに》に水揚げされるが――。

日露戦争後のハルビンを舞台に、フミの成長と恋を描く《芙蓉千里》。激動の時代に生きるフミにさまざまな困難が襲いかかるが、彼女は自らの意思で人生を切り拓いていく。もっと自由に生きたい、広い世界を見たいと願うフミの決して闇に絡め取られない強い心と、たくましい姿に胸が熱くなる、血湧き肉躍る大河女子小説だ。

巻によってストーリーが大きく変わるのも本作の魅力の一つ。第1巻では酔芙蓉を舞台に、さまざまな業を抱えた女郎たちの悲哀や、夢を共有するタエとの強い絆《きずな》が描かれる。続く第2巻『北の舞姫』は、大陸一の舞姫となったフミの芸をめぐる苦悩を掘り下げる舞踊小説としても楽しめる。最後の第3巻『永遠の曠野《こうや》』（文庫本では2冊に分割）ではフミはすべてを捨てて馬賊になり、運命の男・山村と共にとある野望の達成に向けて馬に跨《また》がって銃を手に戦う。

山村や黒谷との恋とあわせて、背景となる歴史の書き込みも《芙蓉千里》の大きな読みどころだ。伊藤博文の暗殺やロシア革命に第一次世界大戦など、フミは揺れ動く時代に翻弄されながらも決して屈することはなく、その足で自身の道を踏み固めていく。大陸を舞台に壮大なスケールで展開する女子の冒険活劇と、骨太な歴史要素が生み出す唯一無二の物語世界を楽しんでほしい。

《芙蓉千里》は2012年のセンス・オブ・ジェンダー賞の大賞を受賞。須賀しのぶの一般小説としては、他にも大藪春彦賞を受賞した『革命前夜』や直木賞候補になった『また、桜の国で』などがある。

（嵯峨景子）

key word▶［大陸］［舞踊］［三角関係］［シスターフッド］

王と王妃。政略結婚から始める夫婦とは

《王妃ベルタの肖像》西野向日葵 *Himawari Nishino*

key word ▼［**政略結婚**］［**政治**］［**出産**］［**駆け引き**］

装画：今井喬裕／2020-2021年／全3巻／KADOKAWA富士見L文庫

　北方から侵入しこの地を支配した白系の貴族層の力が低下し、黒髪の原住民ペトラ人が台頭し始めたアストリア国。世継ぎのいない国王ハロルドの第二妃として迎えられたのは、南部で絶大な力を持つペトラ人のカシャ一族の総領姫ベルタだった。

　ベルタは20歳。とうがたっているうえに、十人並みという意識のあった彼女は、自分が王の寵愛《ちょうあい》など受けるはずもないとたかをくくり、出戻る気まんまんで王都に向かった。

　しかしベルタが輿《こし》入れする王宮はなかなかに複雑だ。

　侵略と共にこの国に持ち込まれた国教は一夫一婦制を謳《うた》い、離婚を認めていない。しかし近親婚を繰り返した王家は子どもに恵まれず、王妃は死産の末に子を為せない体となっている。そもそも国王自身も、王妃付きの侍女が生んだ婚外子であり、国教会派は王座の正当性に疑問を呈している。そんな状況に嫌気がさしたハロルドは、古い体質から脱却をめざして、新しい国教会の設立と遷都を画策している。そんな危うい状況に降ってわいたのが、南部の交易都市の豪商カシャ一族との婚姻話だったのだ。

　まさに絵に描いたような政略結婚である。ところが、南部の血が勝ったのか、ベルタはあっさり懐妊し世継ぎとなる王子を産んでしまった。そして王子誕生を切っ掛けに、ベルタとハロルドの間にも相互理解が生まれ、それがやがて愛情へと変わっていく……。

　ベルタは合理的であると同時に情に厚い。王妃としてのカリスマ性を備えているが、一人の人間としての弱さも併せ持つ。一方、ハロルドは、常に国王であることが優先され「私」という観点を持たない。それゆえに矛盾がないが、それは一歩間違えれば圧制者となりかねない危うさでもある。育った文化も違えば、考え方も異なる二人が、王と王妃として共に生きるとは、どういうことなのか。戦乱もなければ、王座を揺るがすような宮廷陰謀劇が描かれているわけでもないが、生れや育ちから決して自由になることのない夫婦のドラマチックな人生は、架空歴史小説ならではだろう。

　ネットで人気を博した『王妃ベルタの肖像――うっかり陛下の子を妊娠してしまいました』の書籍化。田中文のコミカライズ版は『うっかり陛下の子を妊娠してしまいました――王妃ベルタの肖像』と副題を前面に押し出している。今風に内容を端的に表してはいるが、作品テイストには重厚な文庫の造作が似合っている。（三村美衣）

時の歪みに迷い込んだ姫が切り拓く運命

《佐和山《さわやま》物語》 九月文 *Aya Kutsuki*

装画：久織ちまき／2009-2010年／全5巻＋短編集1巻／角川ビーンズ文庫

関ヶ原の戦いから5年が過ぎた頃、鳥居《とりい》家の姫・あこは徳川《とくがわ》の重臣である井伊《いい》家嫡男のもとに輿入《こしい》れが決まる。ところが、いざ婚礼を迎える直前になって次々と不測の事態が起き、婚礼は三度も延期されてしまう。たびたびの延期に、鳥居家は何かに祟《たた》られているのではと考え、あこは駕籠《かご》に乗っての輿入れではなく、お忍びで井伊家の城がある佐和山へと旅立った。道中で出くわした井伊家の誠実な家臣・采女《うねめ》と共に佐和山に着いたあこだったが、許嫁のはずの直継《なおつぐ》からは、「鬼に食われぬうちに山を下りて江戸に帰れ」と追い返すような言葉を告げられてしまう。

鬼とはすなわち、佐和山に現れる物の怪であるという。戸惑うあこだったが、さらに不可解な事態が生じていることに気づく。彼女は5月に江戸を発ったはず。しかし、佐和山に到着してみると暦は2月下旬に遡っていたのだ。時の歪《ゆが》みに迷い込んでしまったあこをめぐって、直継をはじめとする井伊家の人々や鳥居家の家臣、さらにはこの世に思いを残す怪異たちまでが思案あるいは策謀を交わしていく――。

〝時迷い人〟として本来とは異なる時制に遷移してしまったあこは、あるべき時に戻らなければならない存在である。許嫁の直継があことの縁談を受け入れずにいるのも、彼女をもとの時制に返してやるためだった。物語が進むにつれてあこが帰るための手立ても明らかになっていくが、少しずつ惹《ひ》かれ合っていくあこと直継にとって、帰還とは別離を意味していた。

明るい性格の中にも芯の強さを秘めるあこ、常人離れした美貌と強い「祓《はら》い」の能力を持つ直継、直継の忠実な部下で穏やかな性格の采女に加え、直継の異母弟で不器用な性格の直孝《なおたか》や、采女の兄だが弟とは対照的にフランクで飄々《ひょうひょう》とした風情の主馬《しゅめ》らが、波乱続きの佐和山の日々を彩る。また、あこの幼馴染《おさななじみ》で鳥居家の家老名代を務める小一郎《こいちろう》が抱くあこへの秘めた思いも、直継と対照をなすように切なさを引き立てる。

本作の時代設定ならではの、関ヶ原合戦から江戸初期にかけてのキーパーソンたちの人物造型も見どころ。また、あこの小《こ》姑《じゅうと》のようでいて実は作中で最も俯瞰《ふかん》した視野を持つ存在の童女たまが、ところどころであこと繰り広げる小競り合いも微笑ましく、物語のアクセントになっている。本編は全5巻で完結、ほかに本編の合間や後日のエピソードを収録した短編集が刊行されている。（香月孝史）

key word▼［戦国］［江戸］［許嫁］［怨霊］［時空］

孫策と周瑜の関係性で読む三国志

《かぜ江《こう》》朝香祥 *Sho Asaka*

装画：桑原祐子／1997-2000年／全9巻／集英社コバルト文庫

e-book

コバルト文庫のファンタジー全盛の時代に開幕したシリーズだが、ファンタジーの要素は全くない〈三国志〉もの。少女小説レーベルで〈三国志〉はかなりめずらしいが、呉《ご》視点、つまり孫策《そんさく》と周瑜《しゅうゆ》を主人公に据え、幼馴染《おさななじみ》の二人の主従を超えた友情をテーマにしているところが、少女小説的でありこれまでの〈三国志〉ものとも異なる。

第1巻『旋風《かぜ》は江《こう》を駆ける』は、孫策の父・孫堅《そんけん》の戦死から始まる。孫策は孫家の総領となるも、盟主・袁術《えんじゅつ》に父の兵を召し上げられて身動きがとれない。そんな彼に、周瑜が提案したのは、「一揆征伐《いっきせいばつ》で負け戦を演じて逃げ帰ったのち、袁術に頭を下げて父の兵を返してもらう」という屈辱的な計画だった……。

共に17歳。直情的でわかりやすい性格の孫策と、やわらかな笑みの下に感情を押し隠してしまう周瑜。動と静、武術と知略、太陽と月のように対局にある若き天才が、信念や立場、それにプライドに邪魔され、仲違いを繰り返しながら、それでも共に江東制覇をめざし戦乱の世を駆け抜ける。武将たちが規律や忠誠心や猜疑心《さいぎしん》でがんじがらめになっていない、アットホームでちょっと緩い奔放さは、孫家という中心を持つ呉軍ならではの魅力かもしれない。

史実の通りではあるが、本シリーズで初めて〈三国志〉にふれる読者のために名は伏すが、呉陣営はこの後、主要人物の一人が欠け、残された者が遺志を受け継ぐムネアツの展開となる。さらに第3巻『江のざわめく刻』で諸葛亮《しょかつりょう》が、第4巻『二竜争戦～星宿、江を巡る～』では曹操《そうそう》が登場、第5巻『鳳凰飛翔《ほうおうひしょう》～華焔《かえん》、江を薙《な》ぐ～』で〈三国志〉最大の見せ場である赤壁の闘いが終結する。6巻からは時を遡り、孫策と周瑜の出会いから初陣までのエピソードが語られる。レーベルをビーンズ文庫に移した『運命の輪が廻《まわ》る時』は、『旋風は江を駆ける』のプロローグとなる孫堅が戦死する戦闘を、単行本『天翔《あまかけ》る旋風――三国志断章』では孫策・周瑜と大喬《だいきょう》・小喬《しょうきょう》姉妹の結婚と、孫策の妹・尚香《しょうこう》と蜀《しょく》の盟主・劉《りゅう》備《び》の結婚とその後の成り行きが盛り込まれ、これで歴史的なエピソードはほぼ消化されたことになる。2013年に刊行された『天駆ける旋風』は一般書の体裁で抑えた筆致のため、《かぜ江》の孫策と周瑜の距離感という意味合いでは物足りなさは否めないが、歴史エピソード的には呉の異才・魯粛《ろしゅく》も登場するおもしろい部分なので、こちらもぜひ手に取っていただきたい。

（三村美衣）

key word▶［三国志］［戦争］［バディ］［政治］［惜別］

呪われた地から始まる革命の物語

《レーエンデ国物語》多崎礼 *Rei Tasaki*

装画：よー清水／人物画：孳々/2023年-/4巻〜＋ガイドブック1巻/講談社

e-book

key word▼［異世界］［革命］［波瀾万丈］［年代記］

物語の舞台は、西ディコンセ大陸にある聖イジョルニ帝国。シュライヴァ州の首長の弟・英雄と名高いヘクトルの娘ユリアは、父と共にレーエンデへと向かう。

山脈の狭間にあるレーエンデは、帝国領内にありながらどこにも属さない「呪われた土地」で、この世ならざるものが息づく場所として恐れられていた。レーエンデには、銀呪病《ぎんしゅびょう》と呼ばれる全身が銀の鱗《うろこ》に覆われて、10年も経たないうちに死んでしまうという謎の風土病がある。

レーエンデに交易路を作り、銀呪病を根絶やしにしたいと考える父と共に、ユリアは古代樹の森にあるウル族の集落で暮らし始める。父が案内人に雇ったのは、夜を思わせる肌に琥珀《こはく》の瞳が印象的な元傭兵《ようへい》のトリスタンだった。

シャボン玉のような泡虫、石化した乳白色の古代樹、満月の夜に出現する銀の霧を泳ぐ幻魚、銀呪病に罹《かか》った銀色の動物たち……。不思議が息づくレーエンデで日々を重ねていくにつれて、ユリアとトリスタンは互いに惹《ひ》かれ合うようになる。そんなある日、ユリアはトリスタンが銀呪病に罹っていることを知る。（『レーエンデ国物語』）

《レーエンデ国物語》は、第２回Ｃ・ＮＯＶＥＬＳ大賞を受賞してデビューして以来、本好きの心を射止め続けている多崎礼による革命を描いた年代記。

１巻は、のちに「レーエンデの聖母」と呼ばれる革命の始原者・ユリアの物語。２巻は革命の英雄になった怪力の少女・テッサと、後に残虐王と呼ばれるルーチェを軸に、帝国の圧政に抗う人々の姿が描かれる。

３巻は、劇作家リーアンと男娼《だんしょう》にして舞台役者のアーロウの双子が、失われた英雄・テッサの演劇を通して人々を鼓舞し、４巻ではレーエンデのために圧政を選ぶ妹ルクレツィアと、妹を殺すしかなかった兄レオナルドの物語が語られる。

それぞれの巻の間には１００年以上の時が流れており、革命が成就するまでには長い時間がかかる。登場人物たちに感情移入すればするほど、「語られた歴史の一部」である物語の行き着く先は重苦しく感じられる。物語は巻を増すごとに厚みを増し、細く長い糸をつなぐように絶望の中に微かな希望が見えてくる構成が心憎い。

《レーエンデ国物語》は残すところあと１冊。歴史を俯瞰《ふかん》したときにはごく短い人々の営みが縒り合わされながら一つのうねりとなり、やがて大きな革命へと連なっていくさまを確と見届けたい。（七木香枝）

毒で結ばれた夫婦の歪な結婚生活

《蟲愛《むしめ》づる姫君》宮野美嘉 *Mika Miyano*

装画：碧風羽／2019-2023年／全12巻／小学館文庫キャラブン！

e-book

大陸一の大国・斎《さい》帝国の第17皇女・玲琳《れいりん》はずば抜けて美しい姫だが、華やかな衣《い》裳《しょう》や宝石には関心がない。彼女が愛しているのは、蟲《むし》と毒だった。心から蟲を愛で、蠱から生成される蠱毒《こどく》を扱う蠱術《こじゅつ》を受け継いだ玲琳は、風変わりな姫として遠巻きにされていた。

玲琳は、最愛の姉にして現皇帝である彩《さい》蘭《らん》の命により、遠く離れた魁《かい》国の王・鍠牙《こうが》のもとへ嫁がされる。

嫁ぎ先でも周囲の目を気にせず蠱を愛し、毒草園の手入れに勤しむ玲琳は、鍠牙が蠱毒に侵されていることに気づく。さらに、王宮では風土病が流行り始めて……。

《蟲愛づる姫君》は、《幽霊伯爵の花嫁》（ルルル文庫）でデビューした宮野美嘉の出世作にして真骨頂となるシリーズだ。

宮野作品の主人公は、清々しいまでに自分の望みに忠実でしたたかだ。こよなく蟲を愛する玲琳も例に漏れず、世間体や遠慮とは無縁の人物である。我が道をゆく玲琳が周囲を振り回すさまは痛快で、「普通」の枠組みには到底収まり切らないがゆえにうっすらと狂気を感じさせる。

玲琳の夫・鍠牙は一見飄々《ひょうひょう》としているが、彼もまた身の内に毒を抱える人物だ。そんな二人の結婚生活が普通に進むはずもなく、毒に美しさを感じる玲琳は鍠牙の内側に歪《いびつ》さを見出し、鍠牙は妻に執着するようになる。毒で結ばれた奇妙な夫婦関係の一本芯の通った歪さと、脇を固める面々までしっかり濃いキャラクターの魅力で読ませる物語は、癖になること間違いなし。

7巻からは、二人の結婚から8年後を描いた新章がスタート。夫婦関係が一段落すると物語が落ち着いてしまうのでは？　と気になるところだが、ひと癖もふた癖もある物語が勢いを止めることはない。最終巻は、これまた一癖ある玲琳の侍女・葉歌《ようか》がしたためる彩蘭宛の機密文書という形式で綴《つづ》られる短編集。大団円を迎えた物語のその先まで余すことなく見せてくれる、シリーズを追いかけてきた読者にとってご褒美のような1冊だ。

可愛らしい絵で物語のおもしろさと蠱術を漫画に落とし込んだコミカライズ（ネーム：小原愼司、作画：楽楽、ビッグコミックス）は、原作を既読でも新鮮な気持ちで楽しめる。（七木香枝）

key word▼［中華］［政略結婚］［蠱毒］［謎］［ヤンデレ］

タイムスリップした女子高生と織田信長の恋から始まる…

《きっと》倉本由布 *Yu Kuramoto*

装画：本田恵子・あいざわ遥・榊ゆうか／1995-2002年／全20巻／集英社コバルト文庫

高校で知り合って親友になったみほが、濃子《のりこ》の幼馴染《おさななじみ》の亘《わたる》と付き合い始め、なぜか二人のデートに付き合うはめに。ところが喫茶店に入るや、みほがいきなり、濃子と亘の間を邪魔してごめんなさいと涙を浮かべ……という、親友との三角関係を描いた切ないロマンスから物語は一変、落雷のショックで三人は、何と過去へタイムスリップしてしまう。濃子が飛ばされたのは、1556年弘治《こうじ》2年。斎藤道三《さいとうどうざん》の娘の身代わりに仕立てられた彼女は、まだ家臣からも「うつけもの」呼ばわりされている織田《おだ》信長《のぶなが》に輿《こし》入れすることに。当初は元の時代に戻ることばかり考えていた濃子だが、やがて信長に心を寄せ、自分がこの時代に来たことには何か意味があるはずだと考えるようになる……。

1984年に弱冠16歳でコバルトノベル大賞を受賞し、高校在学中にデビューした倉本由布。大学在学中も年4冊のペースでコンスタントに作品を発表し《天使のカノン》で人気を博すかたわら、1991年に日本史を題材にした『夢鏡 義高と大姫のものがたり』を発表、さらに本シリーズの第1巻『きっとめぐり逢《あ》える〜濃姫夢紀行』からは、現代人と歴史上の人物との時を超えたロマンスものに着手。時間ものとはいえパラドックスをメインにしたパズル的アプローチではなく、タイムトラベラーを歴史の流れに巧みに馴染ませ、時と史実という二つの強固な壁に阻まれながら、それでも諦めることのできない強い想いに胸が震える。

シリーズは全20巻。異なる時代の男女の間に産まれた子ども〈時のハーフ〉は、タイムスリップしやすい体質を持つため、物語は濃子（1〜2巻）から、時のハーフである娘の蒼生子《たみこ》（3〜14巻）、外伝的短編集を1冊挟んで、孫の瑚々《ここ》（16巻〜20巻）へとバトンタッチされていく。母子三代のタイムトラベラーが過去と現代を幾度も往還、時代を行きつ戻りつしながら、時には不条理としか思えない歴史に翻弄される人々を描く。さまざまな時代が描かれるが、やはり一番読み応えがあるのは〈安土夢紀行〉の副題のある信長の時代だ。そういう意味では、本能寺の変と濃子の選択を描いた6巻『きっと泣かない〜安土夢紀行〜』がシリーズ最大のクライマックスかもしれない。

（三村美衣）

key word▼［タイムスリップ］［日本史］［恋愛］［切ない］

従騎士バディが事件を解決

《足のない獅子《しし》》《黄金の拍車》 駒崎優 *Yu Komazaki*

装画：岩崎美奈子／1998-2006年／全10巻+全6巻／講談社X文庫ホワイトハート

舞台は13世紀のイングランド。荘園領主の息子ギルフォードと出生の秘密を抱えるリチャードは、兄弟同然に育てられた従兄弟同士。従騎士として騎士をめざす彼らは、貴族でありながら周囲で起こる事件に首を突っ込んでは解決を請け負い、小金を稼いでいる。あるときはユダヤ人の金貸しの依頼を受け、あるときは司祭の急死やワイン商の殺人の犯人捜しなど、身の回りで起こる事件に取り組んでいく。

少女小説ではめずらしく中世イングランドが舞台の本作は、聡明《そうめい》でどこか影のあるリチャードと陽気でやんちゃなギルフォードのコンビが、身の回りで起こる事件を解決していくバディもの。二人の従騎士時代を描いた《足のない獅子《しし》》と、騎士に叙任後を描いた《黄金の拍車》は、基本的に1巻完結型のドタバタ活劇。陰謀ありバトルありコメディありで、さながら海外ドラマのように楽しめるシリーズだ。

家族同然の仲であり唯一無二の相棒であるリチャードとギルフォードの凸凹コンビの掛け合いが楽しく、脇を固める従者のトビーや司祭のジョナサンをはじめとする登場人物もいきいきと物語を引き立てる。

本作が魅力的なのは、重要な役割を果たす人から脇まで作中に登場する人物にそれぞれ思惑や考えがあり、必ずしも主人公二人にとって都合がよい人物ではない点だ。さらりと描写される中にも、人間臭い欲望や現実のままならなさが随所に盛り込まれており、物語のリアリティが補強されている。リチャードとギルフォードもその例外ではなく、彼らは騎士見習いではあるが、いわゆる清く正しい騎士像に準じてはないところがユニークで、かつ親しみを覚える所以だろう。

史学科を出た著者らしく時代の風俗描写も細やかで、リチャードとギルフォードと共に中世イングランドの街を歩いているかのように、そこで暮らす人々の息づかいを感じられる。バディものが好きな人はもちろん、歴史や文化を押さえつつエンタメ性を忘れないストーリーが読みたい人におすすめだ。

次に読む駒崎優作品には、したたかな傭《よう》兵《へい》たちの活躍と骨太で読み応えのあるストーリーで読ませる《バンダル・アード＝ケナード》を挙げたい戦争や政治の場で陰に日向に戦力となる傭兵たちが何とも魅力的に描かれており、海外文学好きにも響くおもしろさだ。こちらは最初にC★NOVELSで刊行された後、朝日文庫で再始動したシリーズで、電子書籍があり手に取りやすい。（七木香枝）

古代日本ファンタジーの先駆け的三部作

《勾玉《まがたま》》荻原規子 *Noriko Ogiwara*

装画：佐竹美保／2005年／全1巻／トクマ・ノベルズEdge（※初出は1988年／福武書店、また装画：いとうひろし／1996年／徳間書店、2010年／徳間文庫もあり）

e-book

key word▼［古代］［ファンタジー］［恋愛］［神と人］

輝《かぐ》の大御神《おおみかみ》と闇の女神を信奉する氏族が敵対し、激しく争う乱世の時代。幼い頃に拾われた少女・狭也《さや》は、輝の大御神を信仰する村で育ての親と幸せに暮らしていた。ところが15歳で迎えた祭りの日をきっかけに、彼女を取り巻く状況は一変する。村を訪れた楽人から狭也は自分が闇の氏族の出身で、闇の女神に仕える巫女《みこ》「水の乙女」の生まれ変わりだと知らされる。右手にあるあざの存在がその証拠で、生まれたときに握っていたという勾玉を手渡された。

自身の出自を知り衝撃を受ける狭也はその後、輝の大御神の御子・月代王《つきしろのおおきみ》に見初められ、都にあがって采女として仕え始める。だが輝の宮に来てみると、周囲は一介の村娘にすぎない狭也に冷たく、おまけに月代王の姉・照日王《てるひのおおきみ》も水の乙女である狭也の命を狙う。自分を迎えにきた一族の手を振り払い、遠い存在である月代王を慕って輝の宮に来たことを後悔する狭也。そんな狭也の運命は、できそこないとして幽閉されている大御神の第三子・稚羽矢《ちはや》との出会いで大きく動き出すのであった。

荻原規子のデビュー作『空色勾玉』は『白鳥異伝』『薄紅天女』とあわせて《勾玉》三部作と呼ばれ、今もなお多くの読者を魅了している古代ファンタジーの名作だ。『空色勾玉』では日本神話を下敷きに、転生を繰り返す闇の一族に生まれながら輝に惹《ひ》かれる狭也と、不死身である輝の一族の異端児・稚羽矢を中心にして、神々と人間の物語が壮大なスケールで展開される。互いに相対する〈輝〉と〈闇〉との関係は、単純な二項対立や善悪に回収することのできない複雑さをはらむ。その世界観こそ本シリーズの大きな魅力だ。

第二作『白鳥異伝』はヤマトタケル伝説を下敷きにした、闇の一族の子孫である橘《たちばな》一族に生まれた少女遠子《とおこ》と、捨て子の小倶那《おぐな》の物語。二人は仲良く育つが、都に行った小倶那は謀反に巻き込まれて遠子の故郷を滅ぼしてしまう。遠子は小倶那に復讐《ふくしゅう》を誓い、彼を倒すために勾玉を探す旅に出るが――。

シリーズ最終巻の『薄紅天女』では時代が奈良時代末期に下り、大王の子孫と言われる竹芝の一族に生まれた同い年の甥《おい》と叔父である阿高《あたか》と藤太《とうた》を軸に、竹芝伝説やアテルイ伝説、坂上田村麻呂や藤原薬子など史実の人物も登場させながら綴《つづ》る。重い宿命を背負った少年少女の成長物語、そして神々と人間の関わりを重ね合わせた、古代ファンタジーのパイオニア的三部作だ。

（嵯峨景子）

メイドと貴族の身分差ヴィクトリアンラブ

『愛を綴《つづ》る』森りん *Rim Mori*

装画：夢咲ミル／2020年／全1巻／集英社オレンジ文庫

婚外子として生まれ、孤独と貧困の中で育った少女フェイス。17歳になったフェイスは、ファーナム侯爵家のメイドとして働き始めた。ある時森の中で迷ったところを、ルークと名乗る青年に助けられる。ルークの正体はファーナム侯爵の嫡男・ルシアンだが、彼はフェイスの素直な明るさに惹《ひ》かれ、身分を隠して彼女に接し続けた。

貧しさゆえに学ぶ機会を奪われ、読み書きができないフェイスにルシアンは手を差し伸べ、文字の手ほどきをする。文字の書き方を覚えた後は読む練習へと進み、さらにはルシアンの朗読を通じて本を読む喜びを知るなど、フェイスの世界は少しずつ広がっていった。文字を通じて二人は交流を重ねて愛を育むが、ついに彼の正体が判明する日が訪れる。ほんのひとときだけ身分の高い男に愛され、悲惨な最期を迎えた母を思い、フェイスは絶望に打ちひしがれた。それでも字の練習のためとルシアンに乞われ、二人は密かに手紙のやり取りを続けていくが……。

『愛を綴る』は、2019年度ノベル大賞佳作を受賞した森りんのデビュー作。イギリスのヴィクトリア朝時代を舞台にした身分違いの恋という王道のテーマを、作者は繊細な心理描写と巧みな物語構成で、甘くて苦い大人のロマンスに仕上げてみせた。文字すら読めないメイドに貴族の長子と、立場が異なる二人の前に立ちはだかる壁は高く、また母を通じて残酷な現実を知りすぎているフェリスは、ルシアンとの恋に夢や幻想を抱くことができずに苦悩する。フェリスの現実的な認識や行動が物語にビターな読み口を与えており、さらにはルシアンの姿や家庭の事情を通じて、貴族社会の光と影もあぶり出されていく。

フェイスはルシアンと出会ったことで文字を覚え、物語を読み、自らの想いを綴る喜びに目覚めていった。文字を知ることで彼女の世界が豊かに色づく様が、小説という形式を最大限に活かして表現されているのも、本作の大きな読みどころだ。最初はたどたどしかった手紙が、少しずつうまくなり、やがては流暢《りゅうちょう》に言葉を綴るようになる様には胸が熱くなるだろう。

物語にはルシアンの日記も頻繁に登場し、彼の視点も綴られることで物語に奥行きが生まれている。本作では手紙や日記が物語を動かすキーアイテムとして巧みに使われており、とりわけ終盤にかけて怒涛《どとう》の展開と、そこに至るまでの丁寧な伏線には舌を巻く。練り込まれたストーリーと作者の手腕に唸《うな》らされる、極上のロマンス小説である。（嵯峨景子）

key word▼［英国］［純愛］［身分差］［サスペンス］

独自の中華世界で少女の才能が開花する

『詩剣女侠《しけんじょきょう》』春秋梅菊 *Baigiku Syunju*

装画：新井テル子／2021年／全1巻／集英社オレンジ文庫

key word▼［中国・明］［武侠小説］［身代わり］［仇討ち］

中華風ファンタジーではなく、女性向け武侠《ぶきょう》小説というべきか。春秋梅菊のデビュー作は、そのような作品である。

そもそも武侠小説とは何か。雑にいってしまえば、中国の時代小説だ。内容は多様だが、近世以前を舞台にして、冒険やチャンバラを繰り広げる作品が多い。〝武林〟という武術者たちの社会を使って、独特の物語世界を創り上げている。本書には武林は出てこないが、その代わりに〝剣筆《けんひつ》〟がある。舞いながら岩紙に彫書剣で詩を刻む芸術だ。時は天下泰平の明代。剣筆は大衆の娯楽として、広く知られるようになっている。多くの道場があり、競技としての大会が開かれるほどの人気を獲得しているのだ。

そんなとき、剣筆の名門・斐家《ひけ》が、妹夫婦に乗っ取られた。当主は死んだが、その原因も妹夫婦にある。斐家の娘の斐天芯《ひてんしん》に仕えていた侍女の春燕《しゅんえん》は、二人で当主の兄弟子だった『七光天筆』こと崔天明《さいてんめい》のいる杭州《こうしゅう》をめざす。だが病で衰弱した天芯が自害。彼女の遺言により、春燕は天明に剣筆を学び、天芯の身代わりとして剣筆の技を競う金陵大会に参加することをめざす。ある理由から、斐家の仇《かたき》を討てると信じてのことである。だが、辿《たど》り着いた杭州で、天明は亡くなっていた。いたのは、天明の弟子だが仲の悪い陸破興《りくはこう》と韓九秋《かんきゅうしゅう》だ。話の流れで天芯に成りすました春燕は才能を見込まれ、二人から剣筆を学ぶことになる。

剣筆は作者の創作だろう。おもしろいことを考えるものである。社会に浸透した剣筆は、大衆の娯楽となり、金儲《もう》けの道具にする剣筆の一門もある。また、権勢の道具にしようとする者もいる。天明の名を貶《おとし》める衝天剣門や、斐家を乗っ取った段玉鴻《だんぎょくこう》など、剣筆を汚す存在が、次々と春燕たちの前に立ち塞がる。その障害に挑む方法が剣筆である。芸術としての剣筆の高みへと、一生懸命に登っていく春燕。ちょっかいを出してきた衝天剣門と試合をするが、天芯の身代わりになっていることの引け目と迷いにより敗北。しかし破興と九秋の言葉によりやる気を取り戻し、金陵大会へと向かうのだった。

という粗筋からわかるように、本書はスポ根小説といっていい。破興と九秋という美男子に挟まれながら、恋愛方向に行かないのは、物語の本質がスポ根だからだ。巧みな展開で春燕だけではなく、破興と九秋も、剣筆の新たなる道へと進ませるストーリーが気持ちいい。『覇王長嘆』『虞姫翻袖』といった、武侠小説を彷彿《ほうふつ》とさせる剣筆の技の名前も愉快であった。（細谷正充）

若き女王と〝番犬〟の中世戦記風ファンタジー

『女王の番犬』青木杏樹 *Anju Aoki*

装画：藤ケ咲／2022年／全1巻／マイナビ文庫

e-book

かつて一つの国であったヴァルファーレン皇国とオリヴィア王国、そしてエルンスト諸侯同盟は、領土をめぐる醜い争いを続けていた。エルンスト諸侯同盟の奴隷兵士ヴァイスは、オリヴィア王国の女王エリザベス一世と第一王女暗殺の罪で捕らえられる。だが死刑執行の寸前、わずか10歳でエリザベス二世に即位した第二王女に命を救われ、ブラッドフォードという新たな名前を与えられた。以後彼は人の言葉を話す白《はく》狼《ろう》シドと共に女王の「番犬」として仕え、内外から命を狙われているエリザベス二世を守り続けている。

若き女王は徹底した防衛策を取り、即位から5年でオリヴィア王国を堅牢《けんろう》かつ豊かな国へと作り変えた。そして彼女の根回しが実を結び、戦乱が続いていた三国はついに停戦条約を結ぶことになったのである。ところが会議の迫ったある日、オリヴィア王国の君主の証である「エリザベスの鏡」が失われた。女王から密命を受けたブラッドフォードは、停戦条約締結の日までに「エリザベスの鏡」を取り戻そうとするが……。

作者の青木杏樹は《ヘルハウンド》シリーズや『純黒の執行者』など、犯罪心理学を下敷きにした現代サスペンス小説で活躍中の書き手である。中世西洋風ファンタジーの『女王の番犬』はこれまでの作風とは異なるが、駒崎優と《足のない獅子《しし》》シリーズへのラブレターのようなあとがきを読めば、この選択も頷《うなず》けるだろう。中世イギリスを舞台にした《足のない獅子》をきっかけに小説を書き始めたという作者の、駒崎優へのリスペクトが微笑ましく、読者と作者の距離近いあとがきまで含めて少女小説の古きよき伝統を受け継いだ作品として印象深い。

エリザベス二世はうら若き少女であるが、卓越した政治センスを持ち合わせており、随所で垣間見える彼女の知力や末恐ろしいまでのカリスマ性が痛快だ。そんな彼女に忠誠を誓うブラッドフォードと、優れた知能を持つ白狼シドの掛け合いも楽しく、そこに戦災孤児のたくましい少年リオや、旅の途中で出会うブラッドフォードの奴隷兵士時代の仲間イーサン、エルンスト諸侯同盟フィールズ領の若き領主代行アルフォンスなど、個性豊かなキャラクターたちが絡んでいく。

物語には剣や弓を使ったバトル要素もふんだんに登場し、さらには「エリザベスの鏡」をめぐるミステリ的な展開や、対立する三国の政治的な駆け引きも盛り込まれている。全1巻というコンパクトな内容ながら厚みを感じさせる、骨太なファンタジー小説である。（嵯峨景子）

key word▼［異世界］［戦記］［主従］［政治］［謎解き］

アナスタシア伝説を下敷きにした歴史ロマン

『皇女アナスタシア――もう一つの物語』一原みう *Miu Ichihara*

key word▼［ロシア］［謎解き］［殺人］［初恋］

装画：凪かすみ／2014年／全1巻／集英社コバルト文庫

ロマノフ王朝最後の皇帝ニコライ二世とその家族は、ロシア革命後の1918年、廃帝奪還を恐れた革命政府によって極秘に銃殺された。だがその死の真相は謎に包まれ、皇帝一家は生き延びているという噂《うわさ》がまことしやかに囁《ささや》かれ、とりわけ第四皇女アナスタシアの生存とその真偽は世間を賑《にぎ》わせた。

　時は1927年。グレブ・ボトキンは皇帝一家に仕えた侍医の息子で、アナスタシアの幼馴染《おさななじみ》だった。9年前に別れた彼女を今も探し続けているグレブのもとに、アナスタシアを名乗る女性の情報がもたらされる。果たして彼女の正体は……？

　悲劇的な運命を辿《たど》った皇帝一家の中でもアナスタシアをめぐる伝説は広く知られ、1956年に公開された映画『追想』を筆頭に、さまざまなアナスタシアものが生まれた。元サンクトペテルブルグ在住で、18世紀ロシアを舞台にした『大帝の恋文――ロマノフ大公皇女物語』でデビューした一原みうは、ロシアに対する深い愛と造詣で知られる作家である。本作はそんな一原がアナスタシア伝説に真正面から取り組み、独自の解釈を交えて紡いだ「もう一つの物語」だ。

　おしのびで街歩きを楽しむ皇女らしからぬアナスタシアは、血友病を患う聡明《そうめい》な弟アレクセイを思う優しい少女である。グレブはそんなアナスタシアに振り回されつつ、献身的に寄り添っていた。ところが母のアレクサンドラ皇后は活発なアナスタシアを疎み、不治の病に苦しむ皇太子アレクセイを溺愛。皇后はアレクセイの治療で目覚ましい成果をあげた、怪しげな僧侶ラスプーチンに絶大な信頼を寄せているのだが……。皇女と侍医の息子の淡いロマンスと、第一次世界大戦やロシア革命にまつわる政治状況を織り込んだ骨太なストーリー、そして謎めいたラスプーチンと娘マトリョーナの行動や、アナスタシアの生存をめぐるミステリ的な展開。史実を下敷きにした物語は、ヒストリカル好きはむろんのこと、ロシア史を知らない読者をもぐいぐい引き込んでいくだろう。物語には史実の人物が多数登場するが、中でもユニークな存在感を放つのがラスプーチンだ。ラスプーチンはロシア帝国が崩壊する一因を作った人物として、多くの物語では徹底した悪役として描かれるが、本作ではより人間くさい造形になっているのが興味深い。またアナスタシアとアレクセイの姉弟愛も美しく、病弱な少年が最後にみせた奇跡が美しい余韻を残す。切ない余韻の中に希望の光を残す、歴史ロマンの佳作である。（嵯峨景子）

貴族令嬢と奴隷剣闘士の壮絶な身分差ラブ

『アーレイティカの剣闘士と女神姫――運命のディザスター・ロマンス』相羽鈴 Rin Aiba

key word▼［古代ローマ風］［恋愛］［神話］［身分差］［ヤンデレ］

装画：凱王安也子／2010年／全1巻／集英社コバルト文庫

海と大地の恵みを享受し、交易の街として栄える古代都市アーレイティカ。街の政を執る名家の娘アリアセラは、漁業と海運の安全を司る海の女神イースラェカの化身として人々に崇められている。有力な商家の息子セーディラスとの婚儀を目前に控えた彼女は、15歳の若さで美貌も富も名声も手に入れていたが、心は晴れなかった。

ある日、アリアセラは視察に行くセーディラスに連れられて、剣闘ショーが行われる円形闘技場に初めて足を踏み入れた。享楽の街アーレイティカでは市民は貪欲に刺激を求め、奴隷同士や奴隷と猛獣が殺し合うさまが見世物にされている。この日のメインの興行は、注目の若手剣士サラーガと白い虎の戦いだった。残虐なショーに怯《ひる》みつつも、アリアセラは少年の壮絶な戦いぶりから目を離せなくなった。諦観の中にも闘志を捨てなかったサラーガは、血だらけになりながら猛獣と死闘を繰り広げ、見事勝利した。

死ぬまで戦い続けねばならない奴隷と、結婚が決まった貴族令嬢。異なる世界で暮らし、本来は交わるはずのない二人の運命は、この日を境に大きく動きす。アリアセラはサラーガに生きてほしいと願うが、彼女の気持ちに気づいた婚約者はサラーガをより過酷な状況に追い込んでいき――。

これまでは両親や婚約者に従順だったアリアセラは、恋をしたことで強くなり、自らの意思でサラーガのために動き出す。恵まれた令嬢でも逃れられない男尊女卑の社会構造の中で、己の無力さや世間知らずぶりに打ちのめされながらも、愛しい相手を救いたいとアリアセラはもがくのだ。二人の恋は、海の女神と火山の神の悲恋という太古の神話と絡みながら、甘く激しくに展開する。アリアセラの婚約者セーディラスが嫉妬して壊れていくヤンデレ要素にも注目したい。

アーレイティカのモデルは、古代ローマの都市として栄え、ベスビオ火山の噴火で火砕流に埋め尽くされたポンペイ。大きな震災をたびたび経験している今日の私たちが、エンターテインメントに描かれる震災や津波をいかに受け止めればよいのか、その距離感を問われる作品ではある。他方、身分差の禁断の恋を描いたロマンスとしての魅力は今も色褪《あ》せず、単巻完結の濃密なロマンスとして隠れた佳作である。

相羽鈴は2007年ノベル大賞を受賞してコバルト文庫でデビュー。他の作品にオレンジ文庫の『函館天球珈琲館』、みらい文庫の《てっぺん！》シリーズなどがある。

（嵯峨景子）

日本ファンタジーを変えた世紀の一作

『後宮小説』酒見賢一 *Kenichi Sakami*

（上）装画：安野光雅／1989年／全1巻／新潮社、（下）装画：駄場真弓／1993年／新潮文庫

作品の登場自体が事件だったのだ。今でも冒頭をそらんじることができる。
「腹上死であった、と記載されている。」『後宮小説』はこの一文から始まる。日本ファンタジーノベル大賞第一回受賞作、のっけから腹上死。これは何事!? と読み進めてみれば、めちゃくちゃおもしろい。一気呵成《いっきかせい》に読み進み、読後はしばし放心状態。

架空の歴史、架空の国、架空の時代。そこはかとなく中国っぽさを漂わせる、素乾《そかん》国。その皇帝が腹上死したことから物語は幕を開ける。

新皇帝の選出に伴い、後宮も一新されることとなった。緒陀《おだ》県という片田舎で悠々と生きていた銀河《ぎんが》はこの宮女募集に名乗りを上げる。同室となったのは泰然自若とした江葉《こうよう》、貴族出身でツンデレな世沙明《セシャーミン》、美しく冷たい玉遥樹《タミューン》。時折見かける不思議な雰囲気を持つ双槐樹《コリューン》や、銀河の良き師である飄々《ひょうひょう》とした角先生、角先生の一番弟子で腹の底が読めない美貌の宦官《かんがん》・菊凶《きくきょう》など、銀河の周りは個性的な人々ばかりだ。

宮廷内では野心と打算に満ちた奸佞《かんねい》たちの暗躍、宮廷外では幻影達《イリューダ》による反乱、新しい皇帝の治世は波乱のうちに幕を開ける。その波が後宮まで達したとき、銀河たちはどうなるのか。

さくさくと小気味よい文体で、ドライに、淡々と猛烈な情報量を叩《たた》き込んでくる。造語や当て字、架空の文献のセンスのいいこと。双槐樹をコリューン、玉遥樹をタミューンと読ませるなど、漢字の持つイメージと、片仮名の持つ音の響きも見事に一致している。ユーモアと衒学《げんがく》に満ちていて、読んでいて何とも心地よい。

選考委員の一人高橋源一郎は「作品の出現自体が一種のファンタジーであった」と選評で語っている。多くの素晴らしい作品を生み出した日本ファンタジーノベルの嚆《こう》矢《し》となるべき、そしてその後を方向付けたエポックメイキングな第1回受賞作といえる。

1990年にはアニメ化もされた。主役の銀河を佐野量子が、双槐樹を市川笑也、玉遥樹を高畑淳子が演じた。アニメなので後宮の描き方や、双槐樹と玉遥樹の関係性は変わっているものの、当時スタジオジブリに関わっていたスタッフが多く参加しており、話題を集めた。佐野量子が透明感のある声で歌い上げる主題歌「雲のように風のように」も名作。（池澤春菜）

key word▼［中華］［ロマンス］［ミステリ］［シスターフッド］

女王と王配の切なくも端正なロマンス

『斜陽の国のルスダン』並木陽 *Yo Namiki*

key word ▼［ジョージア］［戦争］［すれ違い］［悲恋］

（上）装画：T.soup／2016年／全1巻／密林社、（下）装画：トマトスープ／2022年／星海社FICTIONS

時は13世紀、ヨーロッパの東の果てにあるジョージア王国。

美しい王女ルスダンは、モンゴルの侵略によって命を落とした兄王ギオルギから国を託される。ギオルギの遺言によって即位したルスダンの王配になったのは、イスラム教国ルーム・セルジュークの王族ディミトリ。ジョージアに人質として出されていた彼との婚姻は廷臣たちから歓迎されなかったが、ルスダンにとって幼馴染《おさななじみ》のように育った彼との関係はかけがえのないものだった。

ルスダンはディミトリに支えられながら女王として奮闘する。そんな中、ジョージアにモンゴルによって瓦解した国家の再興をめざす亡国の帝王《スルタン》ジャラルッディーンがやって来る。拠点を求めるジャラルッディーンの求婚を断ったルスダンは、戦況が思わしくない中、夫が敵国に内通しているという忠告を受ける。

若くして即位したルスダンのよりどころは、王配であるディミトリだけ。ディミトリは献身的にルスダンを支え、二人の間には子どもが生まれる。幸せも束の間、ジョージアには次々と敵の手が迫る。ディミトリが敵国と内通していると思ったルスダンは、悲しみから白人奴隷と密通してしまう。ルスダンに幽閉されたディミトリは、彼を救い出したジャラルッディーンの寵愛《ちょうあい》を受けることになる。

どんなに後戻りしたいと思っても巻き戻せない歴史の渦の中、ルスダンはディミトリと再会する。美しかった王都で共に過ごした時間が重なる再会から続く結末は、切なくも力強い。美しい結末が照射するのは、年を重ねたルスダンを描いた冒頭の静けさだ。なぜ死を覚悟したルスダンがその毒を選び、なぜ侍女にささやかな願いごとをしたのかがわかるとき、作中では描かれていない時間の長さが胸に迫るように感じられる。

実在した女王の記録に着想を得た本作はもともと同人誌で発表され、ラジオドラマ化を経て、宝塚歌劇の原作にもなった。詳細な経緯はあとがきに詳しい。

西洋史への見識と愛情を感じる著者の物語は、15世紀のラグーザ共和国が舞台の漫画『フローラの白い結婚』（LINEマンガ）でも楽しめる。合間に挟まる作画担当・辻八雲との制作秘話も楽しく、『斜陽の国のルスダン』とは異なる切り口で、今は遠い時代に生きる人々のドラマが描かれる。こちらも書籍化を期待したい作品だ。

（七木香枝）

column

夢みた夢のあとさき

文＝市川沙央

　赤川次郎『ふたり』（新潮文庫）を少女小説に括れるものかどうかわからないが、胸の奥に響く切なさを文章から受けとった経験は記憶に残る限りでそれが初めてだった。姉の死、死者との共生、少女の成長。現実世界に少しの不思議を混ぜ合わせて語られる物語は子どもの心に精神の遊び場を育てながら、やがて自分も辿《たど》るだろう成長の道筋に憧れを抱かせ、脱皮と自立を予習させる。

　私はがちゃがちゃした小学校の教室が嫌いで、早く高校生になりたかった。講談社X文庫ティーンズハートのヒロインたちみたいな高校生に。コバルト文庫なら《クララ白書》のしーのたち、《丘の家のミッキー》のミッキーやうららみたいな高校生に。身体の事情で高校生活の夢を閉ざされてからは、90年代コバルト文庫のファンタジーブームを享受して異世界の神話、魔法、異能、権謀術数、ロマンス、過酷な宿命とエモーショナルな関係性の世界に遊んだ。水杜明珠、響野夏菜、ゆうきりん、金蓮花――購読する誌上にはコバルト・ノベル大賞から綺羅星《きらぼし》のようなファンタジー小説の才能が現れた。ロマン大賞（旧ファンタジーロマン大賞）、コバルト短編小説新人賞も含めて、選評と共に入選作を読んでは今年の新人は完成度が高いな、などとワシが育てた青田買いムーブをしちゃう習慣がついたが、自分も応募してみようという気持ちを私はさらさら持たなかった。小説家には向いていない。小説家にはならないと決めていた十代の頃、コバルト文庫は私を楽しませる幸福な夢だった。ただの消費者のそのまま大人になって卒業すればよかったのに。

　夢という言葉は多義だ。あんなに小説家になることを忌避していたのに、社会に出る道を塞がれていた私は、自分の細腕で動かせるものは現実ではなくファンタジー世界のあれこれだけと悟り、博打と同義の夢を手にして活路を拓こうとした。少女小説レーベルの新人賞に総当たりで投稿し続け、一次落ちはほとんどしない代わりに最終選考には絶対に残れないまま10年、20年。夢は抜け出せない蟻《あり》地獄になった。募集側はジャンルを切り拓く新しいものを求めているって言うけど真に受けて新しいものを書いたって最終にも残してもらえない。だからって少女小説ど直球どんでん返しあり喜怒哀楽クライマックスどっかんどっかんの完璧な球を投げても、「完成度が高く、このまま本にできるレベルだが、新規性が……」。角度を変えてあらゆる試行錯誤を重ね、やれることは全部やってそれでもだめなんだから諦めればいいのに諦め方がわからなかった。高校にも大学にも行けなかったから卒業して大人になっていくという成長の仕方がわからない。

　ぐだぐだ言い訳したところで結局、敗因は私が少女小説の肝を理解していなかったことに尽きるが、それが何なのかは今だに謎のままである。少女小説で育って、少女小説を青春代わりにし、少女小説に半生を捧《ささ》げながら、少女小説から繰り返し延々と否定され続けたことで私の精神は闇を抱えたし、この闇はそう簡単に消えるものではなく、笑いごとにするつもりもない。私の書いてきた物語の何が、どこがそんなに嫌われていたのか、少女小説のセントラルドグマに侵入して直接問い詰めてみたいけど……。

ついぞ少女小説の何たるかをつかめなかった人間が少女小説ガイドのコラム執筆陣に加わることに居心地の悪さを感じているが、長く新人賞の動向を定点観測してきた者の眼から、少女小説の開放性について少々述べたい。少女小説家の登竜門として歴史のあるコバルト短編小説新人賞および現ノベル大賞までの中編・長編賞は、選考委員の人選において少女小説家に頼らないことを伝統としてきた。漫画家、脚本家など異業種の起用に加えてより多く一般文芸の作家を揃《そろ》える中には、芥川賞作家の大岡玲、花村萬月も存在感を見せていた。レーベル出身作家が複数入ったのは2015年〜が初となる。後発の角川ビーンズ小説大賞やビーズログ小説大賞（旧エンターブレインえんため大賞ガールズノベルズ部門）と比べて、cobaltブランドの新人賞選考結果には売れ線を重視しない振れ幅、いわゆる「懐の深さ」がみられ、老舗の貫禄《かんろく》ともいえる無傾向さはコバルト文庫からオレンジ文庫への移行を経た現在までも維持されている。女性向けライトノベルではなく少女小説、とコバルト出身者がたびたび語ってきた矜持《きょうじ》に値する物語であることが、唯一の傾向と言えるものかもしれない。思うに少女小説とは、明治の誕生以来錆《さ》びない「少女小説」という神聖な言葉に閉じながら、同時に多様なジャンルと接続してボーダレスに開かれてもいる世界だ。閉じながら開かれた小説を書く芸当の難易度の高さよ。

しつこいようだが私は少女小説家になれなかった。隔月締切だったコバルト短編小説新人賞ですら一度たりと最終選考にも残らなかったから驚異的な才能のなさだ。けれども12歳から読みこんできた新人賞の選評、特に花村萬月時代の短編小説新人賞選評に教えられたいくつかのこと——肝に銘じているのは、紋切り型の比喩は使うな、ということ——が小説家としての血肉になっているのを今ひしひしと実感しているし、これはコバルトがSF、ファンタジーから一般文芸、純文学的リアリズムまでを広く選考対象としてきたことと無関係ではない。開放性、枚数の挑戦しやすさ、チャンスの多さ、選考プロセスの可視化、熱意ある選評。若年者やビギナーが創作の可能性に目を向け、質の高い指導にふれる機会がそこにはあった。活躍中の直木賞、本屋大賞作家にもここにルーツを持つ人は少なくないから、出版界全体がその育成システムの益を多少なりと受けているのである。コバルト編集部が激務のなか隔月の選考と選評公開を続けてきて、紙の本誌を休刊してからもウェブ上で投稿者育成の試みに力を尽くしたことは少女小説史において正当に評価されるべきだ。以上、コバルト出身です、と言える資格を得られなかった落第者の捨て台詞である。

市川沙央（いちかわ・さおう）
芥川賞作家。

Ⅸ 異世界

銃を抱えたお嬢さまと用心棒の幌馬車旅

《レディ・ガンナー》茅田砂胡 *Sunako Kayata*

（上）装画：草河遊也／2000-2011年／全8巻＋外伝1巻／角川スニーカー文庫、（下）装画：烏羽雨／2014-2016年／全3巻／角川文庫

e-book

ある日、隣国のマクシミリアン公爵からウィンスロウ家に届けられた一通の手紙に記されていたのは、マクシミリアン公爵家の一人息子フランツとウィンスロウ家の一人娘キャサリンへの結婚の申し込みだった。フランツとは幼い頃に結婚の約束をした覚えはあるものの、それは子ども同士の戯れ。公爵もそんなことは百も承知だが、フランツが実力者の娘から意に染まぬ結婚を迫られ、穏当に断る方便としてキャサリンに婚約者のふりをしてほしいというのだ。幼馴《おさな》染《じみ》の窮地に「義を見てせざるは勇なきなり、です！」と立ち上がったキャサリンは、早速、メイドのニーナをお供にヴェルドナ国を目指す。ところが、ヴェルドナ国までは船で4日の道のりのはずが、悪天候で出港の見通しが立たない。弱ったキャサリンは、たまたま出会った少女の申し出を受け、風変わりな四人組の用心棒を雇い、匪賊《ひぞく》が横行する荒野を突っ切る道を選択した。

物語の舞台は建国当時のアメリカを連想させる大陸だ。ただし、東にあった大陸が沈んでしまったために、大陸の各地から大挙してこの大陸に移民が押し寄せ、以前と同様に複数の国家を形成している。ところがこの新世界には、動物に変化できる異種人類がすでに暮らしており、無形種（つまり普通の人間）と異種人類の間で大戦が勃発した過去もある。現在は協定によって平和に棲《す》み分けがなされている。物語の背景にあるのは異質なものを排斥しようとする植民地主義や根深い差別感情と、旧弊な身分制による性差別や個の権利への蹂躙《じゅうりん》だ。そんな世界で、44口径のリボルバーを手にした進歩的なお嬢様と、常識破りの異種人類四人組が、不正や世の歪《ゆが》みに立ち向かう、胸のすく勧善懲悪展開。西部劇ばりの幌馬《ほろば》車《しゃ》旅行に、異種格闘技のような獣人たちのアクション、宮廷陰謀劇に殺人事件など、エンターテイメント要素満載で、キャラクターも個性豊かで、ユーモラスな語り口も抜群に楽しい。

『デルフィニア戦記』で人気を博した茅田砂胡が、スニーカー文庫でスタートさせた一話完結のシリーズ。２０１４年から角川文庫版の刊行も始まったが3巻で途絶している。その角川文庫版『レディ・ガンナーと宝石泥棒』には書下ろしの短編「チェリーザの求婚」が、『茅田砂胡全仕事１９９３-２０１３』にも「レディ・ガンナー外伝 けむけむ大作戦」が収録されている。（三村美衣）

key word▶［西部劇］［冒険］［獣人］［差別］［旅］

少女は広大な沙漠へ運命の旅に出る

《沙漠の国の物語》倉吹ともえ *Tomoe Kurafuki*

key word▶［男装］［恋愛］［冒険］［バトル］［ヒューマンドラマ］

装画：片桐郁美／2007-2010年／全9巻／小学館ルルル文庫

水の恵みをもたらす奇跡の聖樹シムシムは、人の感情に反応する植物で、おだやかな気質の人が暮らす町でしか育たない。このシムシムを護り育てる聖地カヴルは、不毛な沙漠の地中に位置する唯一の楽園として知られていた。5年に一度種子が実ると、〝シムシムの使者〟が選ばれ、広大な沙漠の中から聖なる樹を託すに相応しい町を探し出す旅に出る。だが年々シムシムの種子は減り続け、今年はついに一つしか実らなかった。

カヴルで暮らす16歳のラビサは、この地ではめずらしい太陽色の髪と瞳を持つ男装の少女。彼女の唯一の肉親で兄のハディクは、5年前に〝シムシムの使者〟を務め、その時に「砂嵐旅団」という盗賊に襲われ、足が動かなくなってしまった。危険だが重要な使命を帯びた〝シムシムの使者〟に、今年はラビサが選出される。

だが旅立ちの直前、カヴルは砂嵐旅団に襲われ、ラビサは突如現れたジゼットという名の少年に命を救われた。ジゼットはとある目的のために一人で沙漠を旅しており、ラビサの案内人を名乗り出る。天真爛漫《らんまん》な少女と、見事な剣さばきをみせる謎の少年による、沙漠の運命をかけた旅が始まった――。

動乱の沙漠を舞台にした《沙漠の国の物語》は、人の想いが交錯するドラマチック冒険ファンタジー。ラビサとジゼットをはじめさまざまなキャラクターが登場し、時にシビアな、そして時に温かい人間ドラマが展開されていく。

本作の見どころといえるのが、単純な善と悪の対立には落とし込めない価値観の描写だ。ラビサはシムシムを擁するカヴルに生まれたことを誇りに思い、兄に害をなした砂嵐旅団を憎む。だが物語が進むにつれて、真実が白日のもとにさらされ、正しいと信じ込んでいたものが覆されていく。ラビサはそれでもある種のきれいごとを手放さず、現実と向き合いながらも奮闘を続けていく。その姿はいわくつきの過去を持つジゼットの心をもとらえ、彼は何をおいてもラビサを守ろうとする。

第4巻『星のしるべ』より、「星読みの徒」と呼ばれる教団と、先見の力を持つ正巫女《みこ》リードゥとが登場。この「星読みの徒」と、砂嵐旅団の壊滅後に結成された盗賊「砂嵐の後継者」が、最後まで波乱を巻き起こす。第7巻『暗夜流々』は、これまでに登場した伏線が一気に結びつく転機の巻。互いに想い合うがゆえに離れ離れになってしまうラビサとジゼットが、最後にどのような選択をするのか、怒涛《どとう》の結末まで見届けてほしい。(嵯峨景子)

流されて魔王就任！ノンストップ異世界トリップ

《まるマ》喬林知 *Tomo Takabayashi*

（上）装画：松本テマリ／2001-2009年／17巻～＋外伝5巻／角川ビーンズ文庫（※2巻のみ、2000-2001年／角川ティーンズルビーあり）、（下）装画：六七質／2013-2014年／全5巻（未完）／角川文庫

e-book

水洗トイレに吸い込まれて流れ着いたのは、魔族が暮らす異世界だった。

野球が好きで正義感の強い高校生・渋谷《しぶや》有利《ユーリ》はカツアゲを仲裁するはずが、異世界にトリップしてしまう。しかも、黒髪黒目の「双黒」を持つ有利は魔王の生まれ変わりで、眞魔国《しんまこく》の次期魔王だというのだ。

右も左もわからない有利が出会うのは、前魔王の息子である三兄弟を筆頭とした超絶美形の魔族たち。厳格そうな外見に反して可愛いもの好きの長男グウェンダル、有利の名付け親でもある秘密多き次男コンラッド、有利の婚約者となる三男ヴォルフラム。ほか有利を盲目的に敬愛する教育係のギュンターなど、個性の立ちすぎた面々に振り回されながらも魔王になると決めた有利だったが……。

「なんとか言えよ渋谷有利！」「じゃあ原宿は不利なのかよ」という一度読んだら忘れられない台詞をはじめ、流れるような勢いで読ませる一人称が癖になること請け合いの角川ビーンズ文庫代表作。

そこかしこに時事ネタやパロディが埋め込まれ笑いどころに事欠かないが、今読み返してもその語り口の小気味よさは鮮やかで、唯一無二の個性を持っている。たとえ元ネタがわからなくとも、異世界トリップものをひと通り読んできた人にこそ新鮮に響くはずだ。

外出先ではとても読めないコメディパートや有利を中心に混線する関係性が魅力の《まるマ》だが、中盤から加速するシリアスなおもしろさも忘れてはならない。魔族と人間の共存をめざす有利の熱さに胸を打たれる一方で、世界を滅ぼす力を持つ禁断の兵器「箱」の存在や思わぬ人物の失踪、地球との意外な関わりが明らかになるなど、謎が謎を呼ぶ展開にハラハラさせられる。

箱とその鍵をめぐる謎については、第二次世界大戦中のドイツを舞台にトレジャーハンターの少女エイプリルが主役の外伝『お嬢様とは仮の姿！』が深く関わる。一見違う物語と思いきや重要な1冊のため、刊行順に読んでおくことをおすすめしたい。

2巻までは角川ティーンズルビー文庫で発行、その後角川ビーンズ文庫で展開された。書き下ろし付きの角川文庫版はビーンズ版を網羅していないため、今から読む場合は注意が必要。アニメ化やコミカライズ、ドラマCDなどメディアミックスも盛んだが、残念ながら続刊はなく未完。そんな中、グッズや漫画版の再始動といった新規展開もあり、詳細は公式Xで確認できる。

（七木香枝）

key word▼〔異世界トリップ〕〔コメディ〕〔魔王〕〔魔族〕

男子のみが罹る病気が流行した世界で女性たちが国を担う！

《女王陛下》秋津透 *Toru Akitsu*

key word▼［**中華**］［**コメディ**］［**戦争**］［**友情**］［**女性の立身**］

装画：藤田和子／1994-1996年／第一部3巻＋第二部3巻＋外伝1巻／キャンバス文庫

男子のみが罹《かか》る疫病が広まり、男が激減してしまった範《ファン》王国。若き女王のエリザベス十八世が王位を継ぎ、国政や軍事も女性たちが担っていた。

ある日岐侯《チー》のアグネスはエリザベスに呼び出され、突如財務卿《きょう》に指名される。強力な軍事国家である宇帝国の皇帝アレクサンダー一世は、宿敵である烈国を攻め滅ぼし、続いて範王国にも侵攻した。四方鎮の中で唯一の男性であった西鎮侯が寝返り、範王国は滅亡の危機に瀕《ひん》していたのである。

エリザベス十八世の指示のもと、範王国は宇帝国に立ち向うが、国の防衛を司る軍師や将軍は奇人変人揃《ぞろ》いだった。天才軍師のジャネットは吟遊詩人の追っかけを生きがいにしており、猛将として知られる白虎将軍ジョセフィーヌはお酒に目がない酒豪、勇将と名高い玄武将軍ジェシカは方向音痴の美少年好きで、朱雀《すざく》将軍のマリアンは苦労性の皮肉屋。軍費を任されたアグネスは曲者たちに振り回されながらも戦場に赴き、さらには商売上手でやり手の庫国にも兵と軍費を出させるべく、交渉を試みるのであった……。

《魔獣戦士ルナ・ヴァルガー》などで知られる秋津透が少女小説レーベルで発表した《女王陛下》シリーズは、男子のみが罹る疫病が原因で国政が女性たちの手に任された範王国を舞台にした、中華風コメディ小説である。本作は、男子のみが罹るが疫病によって将軍職を女性が担うようになったよしながふみの歴史改変ＳＦ漫画『大奥』を先取りしたような設定を取り、個性豊かな女性たちが活躍する範王国と男尊女卑な宇帝国の戦い、そして宇帝国に攻め滅ぼされた烈国の生き残りで猪突猛進《ちょとつもうしん》型の脳筋王ウィンゲートが巻き起こすさまざまな混乱をコミカルなタッチで描く。フェミニズム的な視座が全面に押し出された作風とは言えないものの、女性が国政と軍事を担い、男性が支配する国に立ち向かう展開は痛快だ。

作中で強いインパクトを残す天才軍師のジャネットと、酒豪で名高い白虎将軍ジョセフィーヌは、それぞれ外伝と第二部の主役として活躍する。『愛憎の罠《わな》——普侯殺害事件』は少女時代のジャネットが名推理を働かせるミステリ調の物語で、シリーズ第二部はジョセフィーヌにかけられた呪いをメインに、ファンタジー色を増したストーリーが展開された。なお《女王陛下》シリーズは、売上不振のために打ち切りとなったが、作者は続編執筆のために同人サークル「範国総領事館」を立ち上げ、同人誌でシリーズを継続中である。（嵯峨景子）

落ちこぼれ巫女、王宮の侍女になる

《天山《てんざん》の巫女《みこ》ソニン》 菅野雪虫 *Yukimushi Sugano*

(上)装画：哫々砂／2006-2013年／全5巻＋外伝2巻／講談社、(下)装画：藤本麻野子／2013-2022年／講談社文庫(2011-2015年／全5巻／講談社ノベルス) e-book

母の胎内にいるときから「夢見」の才能があると期待され、生まれてすぐに巫女となるべく天山に連れてこられたソニン。しかし能力が安定せず、12歳になったときに「見込み違い」の烙印《らくいん》が押され、生家に返されることになった。物心ついて初めて山を降りた彼女は、家族に囲まれ、畑仕事を手伝ったり、友だちを川で遊んだり、ごくふつうの女の子として暮らし始めた。ところが、そんな平穏な暮らしもつかの間、ひょんなことから王子の侍女に取り立てられた彼女は、城に出仕することに。そして王子から、自分の目となり耳となり、城内の人々の動向を報告するように命じられる。まるで密告者のような仕事に戸惑う彼女だったが、王弟陛下とその妃が、隣国の戦争に乗じた悪巧みの計画について話しているのを聞き、さらにその夜、王子たちが酒に仕込まれた毒に倒れる姿を夢で見るのだが……。

沙維《サイ》、江南《カンナム》、巨山《コザ》の三つの国によって分割支配される半島を舞台に、宮廷陰謀劇や、政治的駆け引きの渦中にある若者たちの姿を描いた、アジアンテイストな異世界ファンタジー。

天山の巫女は眠っている間、意識を遠くに飛ばす〈夢見〉と呼ばれる特殊能力を持ち、夢から得た情報を分析して人々にアドバイスすることで報酬を得ている。今風に言えばシンクタンクやコンサルのような組織であり、夢を正しく分析するために広範な知識が求められる。さらに予断を交えないために、常日頃から感情を殺す教育も受け、結婚することも、山から出ることもなく生涯を終える。力はあったはずなのに、落ちこぼれとなったソニンは、この天山の方針に適応していなかった。さらに続巻では、各国の旧弊なシステムや、視野の狭い利権争いに風穴を開けようとする、後継者世代の王族が登場する。自らが置かれた状況に向き合い、困難は承知のうえでそれでも矜持《きょうじ》を持って生きようとする姿勢が描かれる。それぞれが未来に向かって歩みだすラストも爽やかではあるが、願わくば、彼らの10年後、20年後の姿を描いた続編シリーズの開幕を望みたい。

著者は、2006年に本シリーズの第1巻で第46回講談社児童文学新人賞を受賞してデビュー、翌2007年に第40回日本児童文学者協会新人賞を受賞した。全5巻完結後に刊行された外伝2冊はそれぞれ、江南の王子クワン、巨山の姫イェラを主人公とする。(三村美衣)

key word▼［巫女］［薬草］［宮廷陰謀劇］［政治］［外交］

愛する竜を奪われた少女の壮絶な復讐劇

《竜殺しのブリュンヒルド》東崎惟子 *Yuiko Agarizaki*

key word ▶［竜］［永遠の愛］［復讐］［親子］［神］

装画：あおあそ／2022年-／4巻〜／KADOKAWA電撃文庫

その世界の海には、エデンと呼ばれる島が点在していた。まるで楽園のようなその島には、生命の樹が生え、知恵の果実が実り、小川にはネクタルが流れる。島は竜によって守護され、神の寵愛《ちょうあい》を受けた生き物たちが穏やかに暮らしていた。ところがその豊かな資源に目をつけた人間たちは、競うように島を襲い始めた。最初は竜の圧勝だった。ところが人間の技術は年々向上し、やがて竜は一匹、また一匹と討たれ始めた。竜が死ぬと同時に島は発火し、灰燼《かいじん》に帰してしまうのだが、その灰もエネルギー資源となるため人間はエデンの襲撃を止めようとはしなかった。

貴族の娘ブリュンヒルドは3歳で誘拐され、エデンに連れてこられた。島の守護者との闘いで一人生き残った幼子は、銀の竜によって慈しみ育てられた。そして成長した娘は、次第に竜に父娘以上の想いを抱くようになる。ところが彼女が16歳となったある日。島は帝国軍の襲撃を受けて竜は殺されてしまう。殺したのはシギベルト・ジークフリート。〝竜殺し〟と呼ばれる一族の当主にして、何とブリュンヒルドの実の父だった。しかし、ブリュンヒルドとシギベルトの対面は、親子の再会などではなかった。娘にとってその男は最愛の父を殺した仇《かたき》だったのだ。人間界に戻されたブリュンヒルドは、差し伸べられる手も愛情もすべて拒み、使えるものはすべて利用して復讐《ふくしゅう》へと突き進んでいく。

「憎しみの炎を燃やしてはならない」島での日々、父竜は繰り返し娘にそう教えていた。たとえ今生での別れが訪れようと、次の世界で結ばれるからと。しかしブリュンヒルドは穢《けが》れなき竜の娘であると同時に、悲しい人の子でもあった……。

『竜殺しのブリュンヒルド』は、ハヤカワ文庫FTのシリーズ通巻ナンバー1番にして、ファンタジーの歴史に名を残す名作マキリップ『妖女サイベルの呼び声』を彷彿《ほうふつ》とさせる狂おしい愛の物語だ。愛は人を追い込み破滅させる。それでも、人は誰かに愛されたという記憶さえあれば、暗闇を歩き続けることもできる。厳しく、悲しく、そして幸せなエピローグを幾度も反芻《はんすう》せずにはいられない傑作。

続編『竜の姫ブリュンヒルド』と『クリムヒルトとブリュンヒルド』はジークフリート家がまだ竜殺しではなかった時代を描く前日譚《たん》。お伽噺《とぎばなし》のような舞台の上で愛と復讐が交錯する人と竜の闘いが描かれる。

（三村美衣）

恋人よりも対等な騎士として共に歩みたい！

《リーリエ国騎士団とシンデレラの弓》瑚池ことり *Kotori Koike*

key word▶［騎士］［兄妹］［陰謀］［落ちこぼれ］［成長］［溺愛］

装画：六七質／2019年-／第一部／全7巻、第二部（電子版のみ）1巻～／集英社オレンジ文庫

　優秀な騎士を数多く輩出する村で生まれ育ちながら、ニナは17歳になっても子どものような体格で、剣を握る筋力もなく、扱える武器は短弓のみ。同年代の少女たちの間ですら「出来そこない」扱いを受けていた。ところが何と、国家騎士団の騎士リヒトが彼女の抜きんでた視力と弓の正確性に着目。劣等感の塊であるニナは、自分に騎士団員が務まるわけがないと、リヒトの強引な勧誘から逃がれようとするのだが……。

　物語の舞台は、〈戦争〉に代わり騎士団同士がルールにのっとり戦う〈裁定競技会〉が開かれる、いわばスポーツ戦争によって勝敗が決する世界だ。国家連合が管理をしているとはいえ、強い騎士を抱える国が私欲のために仕掛けても、勝てばそれがまかり通ってしまう。正義が勝つわけでもなければ、国力の強い側が勝つわけでもない。それでも戦争が起きるよりはマシだと、皆がその矛盾を呑《の》み込んできた。その裁定競技会で国家の命運を担って戦うのが国家騎士団だ。そしてここ何年、騎士団は隣国の化け物級の騎士〝赤い猛禽《もうきん》〟に苦しめられていた。正対して勝てない相手に、リヒトは自分が盾となりその背後からニナに弓で敵を狙い撃ちさせようと考えたのだった。

　体格も劣り非力なニナは、幼いころからまわりの人すべてが自分より強くて立派だと思ってきた。羨むことも妬むこともなかったが、同時に、強者の心中を慮ったこともなかった。

　強敵を前に手の震えを抑えられない騎士を見た彼女は、初めて綺羅星《きらぼし》のごとき騎士たちにも、弱みもあれば、敵を恐れる気持ちがあることを知り、共に戦う覚悟を決める。

　と、覚悟を決めたニナは着実に歩みを進めていくのだが、そう簡単にいかないのがニナの周囲の男たちだ。ニナを一人の騎士として、同等の存在として扱うか、護る対象としてみるか。騎士団の柱でもある兄のロルフは、苦悩しながらも騎士としての本分を優先させニナの選択を尊重しようする。ところがニナに一目惚《ぼ》れしたリヒトは「恋人は護る」の一択。喪失への恐怖を克服できないのだが、しかしそれはニナが望むことではない。

　矛盾を抱える裁定競技会で騎士団は闘い続けることができるのか、自立したニナにリヒトは追いつくことができるのか。オレンジ文庫版は第一部が完結。現在は電子版にて第二部継続中である。（三村美衣）

エリート貴族に求婚された地味眼鏡少女の正体

《マリエル・クララックの婚約》桃春花 *Haruka Momo*

key word▼［ラブコメ］［作家］［妄想］［変人］［真面目不憫］

装画：まろ／2017年-／12巻〜／一迅社アイリスNEO

e-book

手に職を持って社会の荒波を渡っていく女性の物語は幾つもあるが、作家という職業をよりどころに社交界を渡っていく女性の物語はなかなかない。

子爵家に生まれたマリエルは、眼鏡をかけた地味な風貌で、家柄的にもたいしたことがないため、縁談の一つもないまま18歳まで過ごしてきた。パーティーでも壁に溶け込んでしまうような薄い存在感しか持っていなかったが、それがマリエルにとって絶好の保護色になっていた。

実はマリエルは、別名アニエス・ヴィヴィエという小説家として貴族たちの生態をネタに小説を書き、リアリティのある作品を生み出して大人気となっていた。これなら弱小貴族と政略結婚させられても、最悪どこにも嫁げなくても充実した日々を送っていけると諦観していたマリエルに、驚くような縁談が持ち上がる。名門伯爵家の嫡男で、近衛騎士団副団長として活躍しているシメオンという27歳の青年が、なぜかマリエルに結婚を申し込んできた。

作家としてはこれに勝るネタはない。冷静沈着に見えて権謀術数にも長けた腹黒男を近くで観察して、小説に書きたいと願うマリエルの作家魂が燃え上がる。一方で、どうして女性にモテモテのシメオンが、地味眼鏡の自分を見初めたのかがわからず、弱みを握られ脅されたのかとか想像をめぐらせる。猜疑心《さいぎしん》が渦巻く交際の果てにわかったシメオンの意外な真意とは？

無能と誹《そし》られ虐げられていた少女が誠実さを認められ、高貴な家に嫁ぐストーリーはシンデレラの時代から人気のジャンルだが、「マリエル・ククラックの婚約」シリーズの鍵は誠実さでも謙虚さでもない。秘められていた異能でもなく、〝変〟というパーソナリティーが決定打となったところがとてつもなく異例。貴族の青年や令嬢の振る舞いを観察し、そこに萌《も》えを見出して小説に書こうとする作家としての貪欲さが、媚《こ》びを売るだけの普通の貴族令嬢たちにはない魅力とされている。そこが、萌えたり腐ったりしている女子の心を捉え、同時に〝変〟な子好きの男子の気持ちにも刺さって、展開から目を離せなくさせる。

シメオンは本気でも、自分を諦めているマリエルは本気になっていいのかを迷う。それで違っていた関係が、解消され相思相愛になってもマリエルの作家魂は燃えて萌え続ける。結婚しても収まらない〝変〟さで進み続けるマリエルの言動が、誰の心にもある自分を信じたい気持ちを喚起する。そんなシリーズだ。（タニグチリウイチ）

チートなし転生令嬢の波乱万丈ライフ

《転生令嬢と数奇な人生を》かみはら *Kamihara*

key word▼［転生］［陰謀］［シビア］［恋愛］［波瀾万丈］

装画：しろ46／2021年－／全6巻＋短編集1巻＋続編2巻～／早川書房

e-book

中流貴族キルステン家の次女カレンは、日本人として生きた前世の記憶を持つ転生者。ただし、神様から与えられた使命もなければ、便利なチート能力もない。そのうえ、実は母と浮気相手との間に生まれた子どもであることが発覚し、家から追い出されて貴族の身分まで失ってしまった。その後、平民として学校に通いながら気ままな一人暮らしを満喫していたカレンだったが、16歳の春にまたもや人生の転機が訪れる。姉のゲルダが国王に見初められて側室となり、妹であるカレンの名誉が回復されて再びキルステン家に戻ることになったのだ。

同時にカレンにも縁談話が持ち上がり、嫁ぎ先として二つの選択肢が示される。一人は、ローデンヴァルト侯爵家の次男で、金髪の美青年ライナルト。もう一人は、祖父と孫ほどに年の離れたコンラート辺境伯カミル。将来的には国を出て自活する日々を夢見るカレンは、自分よりも先に死ぬだろうからという理由で、コンラート辺境伯に嫁ぐことを決断するが――。権力を取り巻く王侯貴族たちの思惑と、過去の戦争から連なる暗い因縁。平穏な人生を望むカレンの数奇な運命が動き出す。

「小説家になろう」発の人気作『転生令嬢と数奇な人生を』。異世界に転生したカレンが過酷な運命に抗いながら生きる物語は、国内外の政治的陰謀が複雑に絡み、衝撃に次ぐ衝撃の展開をみせる。カレンはコンラート辺境伯夫人となるが、彼女に平穏な生活は訪れない。物語は第1巻の終わりで急展開を迎え、以後も巻が進むごとに非情さを増していくのだ。特殊能力のないカレンは状況に打ちのめされながらも決して諦めず、さまざまな出会いと別れを経ながら悲惨な運命に立ち向かう。それぞれの思惑から共犯者となったライナルトや、同じ転生者である友人エルネスタ、帝国の秘密を握る魔法使いのシクストゥスなど、複雑な人間関係も本作の読みどころだ。

物語は大団円を迎えるが、容赦がなさすぎる展開に定評のあるシリーズは、ここでは終わらない。続編『元転生令嬢と数奇な人生を』として新たなスタートを切り、カレンにさらなる試練を与えていく。続編第1巻では、カレンは転生令嬢がいない平行世界に飛ばされ、最新刊『元転生令嬢と数奇な人生を2　精霊の帰還』では、ライナルトの身に異変が起こり、カレンは皇帝代理という重い任務を背負うことになる。皇妃となっても彼女の人生は相変わらず波乱万丈で、その一方で甘やかさを増したライナルトとの関係性からも目が離せない。

（嵯峨景子）

楽園伝説に翻弄される世界を旅する少年と少女

《新世界》本沢みなみ *Minami Honzawa*

key word▶［楽園］［予言］［王宮陰謀劇］［傭兵］

装画：高星麻子／1997-2001年／全4巻（未完）／集英社コバルト文庫

ストリートチルドレンのルーイは、仲間たちと一緒に泥棒に入った貴族の屋敷から、一人の少女を連れ出した。淡いピンク色の瞳をした少女は、ひと言もしゃべらないために名前もわからず、ルーイは彼女をリリアと名付け、宝物のように扱った。ところが半年ほど経ち、少年たちの警戒も薄れたある日、軍服を纏《まと》う若い将校にリリアは連れ去られてしまう。リリアは伝説の楽園「新世界」へ到達するために不可欠な〈鍵見の少女〉であり、帝国の王子の命令で幽閉されていたのだ。ルーイと親友のライは、王城で開かれる鍵見の少女〉のお披露目パーティの席上からリリアを奪還しようと企むのだが……。

桃源郷伝説、貴種流離譚《たん》、王宮陰謀劇、ボーイ・ミーツ・ガール、巫女《みこ》、予言、兄弟の相克に、裏切り、友情と信頼、異世界成長冒険ファンタジーにあったら嬉《うれ》しい要素をこれでもかと積み上げ、そこに、素直で優しくて実は王位継承者という物語好きな少女の脳内に棲息《せいそく》する理想を形にしたような少年、親友第一のツンデレな兄貴分、キャスティングボードを握る美形の策士、喪失感を抱え旅を続ける傭兵《ようへい》など魅力溢《あふ》れるキャラクターを放つ。これだけ詰め込んでおきながら、全5巻（予定）と展開が早くて物語に勢いがあり、なおかつ適度な余白が読者に想像の余地を与える。外連味溢れる少女向けエンタメ小説の楽しさを凝縮したような作品である。

東の青き帝国エリスニアから始まった物語は、大陸にある四つの帝国を順にめぐり、旅の仲間を増やしながら最終目的地をめざし、予言者に会うために北の帝国に向かおうというところで途絶した。あとがきによるとあと1巻。新世界は本当に存在するのか、帝国の第2位継承権を持つ少年たちは残虐な兄を退けるのか、裏切りを重ねるロマンチストな策士はこの世界をどうしたいのか、そして予言者マザーとリリアの力とリリカの正体などなど、この盛大に広げた大風呂敷をあと1冊でいかにしてたたむつもりだったのか。著者・本沢みなみは、2005年の《東京ANGEL》完結後は単著がなく全巻入手困難となっている。絶望的なのは承知で、それでもときどき、電子の海のどこかにまだ見ぬ新世界が浮上していないかと探さずにはいられない。

（三村美衣）

対照的な二人が織りなす〝入れ替わり〟劇

《ふつつかな悪女ではございますが——雛宮蝶鼠とりかえ伝》中村颯希 *Satsuki Nakamura*

key word▼［中華］［悪女］［入れ替わり］［鋼のメンタル］［痛快］

装画：ゆき哉／2021年-／8巻〜／一迅社ノベルス

　五つの名家から集められた姫君たちが、雛女《ひめ》として次代の妃となるべく教育を受ける学び舎・雛宮《すうぐう》。雛女たちの中でも整った容姿と優れた学才をもち、純真で善良な心根の玲琳《れいりん》は次期皇后の呼び声が高く、雛宮内でも広く慕われていた。だが、そんな玲琳を妬んだ同じく雛女の慧月《けいげつ》は、道術を操って自身と玲琳の心と身体を入れ替えてしまう。慧月の姿にさせられた玲琳は、入れ替わりのいきさつを周囲に理解してもらうこともできず、慧月のなした所業ゆえに罪人の嫌疑をかけられ劣悪な環境に置かれる。

　もとより人々から嫌われ蔑まれていた慧月の姿になり理不尽に遇される玲琳だが、同時に本来の自分が持っていなかった健康体をはからずも手にすることになり、また住居としてあてがわれた荒れた廃屋と雑草地も、持ち前の学究心で楽しんでしまう。一方、この上なく恵まれているはずの玲琳の姿を得た慧月だったが、玲琳の身体は思っていた以上に脆弱《ぜいじゃく》で、想定を超えた体調不良に苦しむことに。しばし互いの身体で過ごすことで、それぞれに新たな視野を手にする玲琳と慧月。二人の間にそれまでとは違う感情が芽生え始める中、心身の入れ替えを仕組んだ真の黒幕が明らかになる。

　家柄から容姿、能力、人格まであらゆる「強い札」を持つかに見える玲琳だが、実は唯一のウィークポイントである病弱な身体を、日々の鍛錬と鋼のメンタルで支えている。他方の慧月にもまた、劣等感を醸成し強い屈折を抱くに至る背景があり、双方いずれのキャラクターも一面的にならない人間的な魅力に溢《あふ》れている。

　道術により入れ替わりの事実を口にすることさえも封じられた玲琳だったが、その振る舞いから莉莉《りーりー》や冬雪《とうせつ》ら女官たちは異変を感じ取り、正体を見抜いてゆく。だが、玲琳を強く愛しているはずの皇太子・尭明《ぎょうめい》は当初、入れ替わりを見通すことができず、慧月の姿をした玲琳を「悪女」と罵ってしまう。やがて事件が解決を迎えた際に、玲琳が申し出る「悪女」としての爽快な仕返しは、チャーミングでもあり彼女の慈愛深さを示すものでもある。

　しかし、本シリーズで最も強い絆《きずな》で結ばれているのは、やはり玲琳と慧月の二人だ。いつしか一風変わったバディのようになっていくその関係性は、巻を追うごとに味わい深さを増す。最初の事件に決着がついたのちも、玲琳と慧月の入れ替わりはたびたび波乱を呼び、引き続き物語を駆動する。

（香月孝史）

本への愛に溢れた異世界転生の金字塔

《本好きの下剋上》香月美夜 *Miya Kazuki*

装画：椎名優／2015年-／本編33巻（第一部3巻・第二部4巻・第三部5巻・第四部9巻・第五部12巻）〜＋外伝1巻＋短編集2巻＋番外編1巻〜／TOブックス

e-book

本須麗乃《もとすうらの》は、「どうせ死ぬなら本に埋もれて死にたい」と思うほどの重度の本好き。司書資格を取り、念願だった大学図書館への就職が決まっていたが、大地震が起きて大量の本に押しつぶされて死んでしまう。念願の死に方ではあるがまだまだ本を読み足りない彼女の願いが通じてか、気づけば異世界の少女マインとして転生していた。

また本が読めると喜んだマインだったが、転生した先は中世ヨーロッパに近しい世界で、羊皮紙による本は高価で平民には手が届かない。本がなければ作ればいいと一念発起したマインは、まずは紙作りから取り組むことにする。

「本好き」の愛称で親しまれる本作は、本が好きという情熱に突き動かされたマインが兵士の娘から巫女《みこ》見習い、領主の養女、貴族院の自称図書委員を経て女神の化身に至るまで出世していく大人気ファンタジー。

前世の知識を活かした発明やものづくりは異世界転生ものの醍醐味《だいごみ》だが、《本好きの下剋上《げこくじょう》》は読者にとって身近なものからパピルスの作り方などのコアなものまで、物語に溶け込む知識は多岐にわたる。読者はストーリーを楽しみながら、さまざまな分野の本を読んでいるかのような心地にさせられる。作者の知識欲に裏打ちされた描写と、系統立てて蓄積した知識を実践に活かせるマインの行動力に引っ張られるようにして、気づけば物語に入り込んでしまうこと請け合いだ。小さな平民の少女の情熱が周囲を巻き込み、家族関係をはじめとする人間模様が丁寧に、いきいきと描かれる。《本好きの下剋上》は本編が五部構成の全33巻と大長編で、登場人物の数も多い。だが、緻密に張り巡らされた伏線と世界観が絡み合い、登場人物の行動と共に連鎖していくストーリーテリングの巧みさで、飽きることなく読み進められる。

群像劇としてのおもしろさが随所に光る物語では、登場人物たちが繰り広げるドラマが読者の心をくすぐる。とりわけ心憎いのは、恋愛感情がわからないマインと家族というつながりを渇望する神官長フェルディナンドの関係だろう。本作のテーマの一つである家族のあり方に注目しながら、変化する関係性を追ってみてほしい。

これから読むなら、まずはアニメや漫画から入るのもおすすめ。アニメやコミカライズ、ドラマCDのほかにミュージカル化も決定するなど、メディアミックス展開も多彩。まだまだ勢いの止まらない、「小説家なろう」発のファンタジーの代表作だ。

（七木香枝）

key word▼［異世界転生］［本］［司書］［魔法］［家族愛］

鮮やかに描かれる異世界の色彩

《水使いの森》庵野ゆき *Yuki Anno*

装画：禅之助／2020-2021年／全3巻／東京創元社 創元推理文庫

e-book

庵野ゆきは、フォトグラファーと医師の共同ペンネームだ。執筆においてはそれぞれ担う役割が違い、作品は往復書簡のようにして書かれるそうだ。

風の匂いまで感じさせる鮮やかで豊かな異国の描写、印象的な衣服や食べ物、個性豊かな人物造型と、細かな設定の積み重ね、さまざまな魅力を持つ庵野作品はだからこそ生み出されるのかもしれない。

『水使いの森』で主人公となるのは少女ミイアことラクスミィ。イシヌ王家に生まれた双子の姉として、妹を補佐する立場にある。だが双子は忌み子。自分がいては内乱の火種になりかねない、とミイアは出奔する。彼女を拾ったのは伝説的な水蜘蛛《みずぐも》族の彫り手タータと族長のラセルタ。ミイアを追うカラマーハ帝国、そしてイシヌ王家に滅ぼされた風ト光ノ民の末裔《まつえい》、光丹術士のウルーシャ、風丹術士の〈式要らず〉ハマーヌ。絡み合う各自の思惑と野心、混乱と戦いの中でミイアが見出した答えとは。

続く『幻影の戦』の舞台は10年後。18歳になったラクスミィとアラーニャの双子に国の運命を託して、女王が逝去した。ほどなくしてもたらされるカラマーハ帝国出陣の報。突きつけられたのは〈残虐帝〉ジーハ帝に、アラーニャが嫁ぐという条件。

カラマーハの手は水蜘蛛族にも伸びる。舞い手のアナンは、タータとの息子ナーガを連れて水の森から逃げ出した。彼らとラクスミィたちの出会いが、世界を動かす大きな流れとなっていく。母から託された〈万骨の術〉を切り札に、ラクスミィはすべてを背負って進み続ける。

『叡智《えいち》の覇者』では、第1巻に出てきた〈式要らず〉ハマーヌが再び登場する。頭領となり、民と共に賑《にぎ》やかな生活を送る日々。一方、ラクスミィはカラマーハ帝国の女帝となっていた。ある日、国を支える源である青河が枯れ始めていることに気づいたラクスミィは、国を守るため、ハマーヌたち南境の民の命綱である水路を枯らす決断をする。

ハマーヌとラクスミィ、丹導術を異なる方向から理解する二人の天才。滅ぼしたものと滅ぼされたものの末裔。そして今再び滅ぼそうとするものと、滅ぼされるものが対峙《たいじ》するとき、下される決断とは。

3巻それぞれを表紙を飾る印象的な二人、ミイアとタータ、ラクスミィとナーガ、ハマーヌとウルーシャ。読み終わったあと、万感の思いで表紙を眺めた。

本を読んでいる間、異世界を生きる、というファンタジーの醍醐味《だいごみ》を存分に味あわせてくれる壮大な三部作。（池澤春菜）

key word▶［双子］［魔法］［砂漠］［陰謀］［戦い］

転生した難波っ子が後宮に革命を起こす!?

《大阪マダム、後宮妃になる！》田井ノエル *Noeru Tai*

装画：カズアキ／2020-2024年／全6巻／小学館文庫

e-book

　大阪・難波で生まれ育ち、女手一つで育ててくれたオカンのような大阪マダムをめざしてたこ焼き屋の雇われ店長を務める華《はな》。阪神タイガース悲願の優勝の日、彼女は歓喜にわく戎橋《えびすばし》で、道頓堀《どうとんぼり》に投げ入れられそうになるカーネル・サンダース像の身代わりになって溺れてしまう。落命した華は、貿易大国・凰朔国《おうさくこく》の豪商である鴻《こう》家の令嬢・蓮華《れんか》として転生していた。蓮華の父は彼女の才覚を頼みに、皇帝の心を射止めるべく蓮華を後宮に送り込む。皇帝陛下の天《てん》明《めい》は蓮華を「御しやすい」相手と見込んで、正妃として自身の寵愛《ちょうあい》を受けているふりをするよう持ちかける。蓮華はいぶかしく思いながらも承諾、交換条件として後宮で鴻家が商売する許可を得る。

　自らの商才と前世の趣味嗜好《しこう》を活かして、お好み焼きやタコパ、さらには野球や漫才までも凰朔国に浸透させていく蓮華。一方、かねてより政治が苦手な天明は、国の実権を握る実母であり皇太后の秀蘭《しゅうらん》に、とある強い思いを抱いている。そんな天明の名目上の寵妃として生きる蓮華はやがて、宮中の政争に巻き込まれていくのだった。

　中華後宮の世界観をベースにしながら、生粋の大阪っ子としての記憶を持つ蓮華のノリのよい台詞が物語全体にテンポをもたらしている本作。往年のレジェンド選手を下敷きにしたエピソードから、野球ファンにはおなじみのフレーズ、あるいは吉本新喜劇を踏まえた小ネタなどを散りばめて蓮華のパーソナリティを伝えつつ、それらの要素が不思議と作中世界や物語展開に溶け込んでいく。また、蓮華とは著しく対照的な特徴を持つ、同じ日本からの転生者・傑《けつ》の存在は、後宮内に野球が根づくうえでのアクセントにもなり、また凰朔国における転生者の意味づけを知るための手がかりともなっている。

　他方で、中華後宮の世界設定がもたらすシビアさも描きこまれ、登場人物たちの背景には、政争に絡む策謀や宮廷外の貧民街、花街の悲惨さが深く影を落としている。そんな凰朔国に、蓮華が持つ前世の知識と才覚はいかなる変化をもたらすのだろうか。

　自らの蓮華への思いになかなか向き合えない皇帝・天明と、彼以上に鈍感な蓮華との関係もクライマックスに向けての注目ポイント。本物のたこ焼きを作るために、凰朔国では入手困難な蛸《たこ》を探し求めてはハズレを引くお約束のような展開が、いつしか二人の仲のもどかしさに重なっていくのも微笑ましい。（香月孝史）

key word▼［**中華後宮**］［**転生**］［**大阪**］［**野球**］［**痛快**］

真摯に生きる道を探す少女たちの冒険

《シューマ平原》濱野京子 *Kyoko Hamano*

key word▼［政治］［女性の生き方］［男装］［三角関係］［身分差］

（上）装画：丹地陽子／2009-2012年／全3巻／カドカワ銀のさじ、（下）2014年／角川文庫

e-book

大小さまざまな国が穏やかに交流し、共存していたシューマ平原。独立を保っていた平和に亀裂が入ったのは、アインス王国が周辺国家を属国にし始めてからのことだった。

アインスの半属国となったユイ自治領に生まれた領主の娘・メイリンは、常ならぬ怪力の持ち主。女の幸せは結婚だと説く父に反発したメイリンは、男装に身を包んで出奔する。辿《たど》り着いたシーハン公国で、メイリンは車椅子の若き首長・ターリと出会い、彼の「足」になると決める。（『碧空《へきくう》の果てに』）

アインスに併合されたトール領で暮らす笛の名手・マーリィは、シーハンで密かに生き延びていた王子・ハジュンと10年ぶりに再会する。ハジュンとマーリィに笛を習いに来るアインスの王子・カリオルは互いに正体を隠したまま友人になり、三人は音楽を通じて仲を深めるが、国同士の争いに巻き込まれていく。（『白い月の丘で』）

神託を重んじる王国ファスールで「国に仇《あだ》なす」「国を救う」という相反する神託を授かった王女・アスタナは、母の従姉妹の子と密かに入れ替えられる。成長したアスタナは、国の学寮でシーハンから来た留学生・サルーと出会う。（『紅に輝く河』）

シューマ平原を舞台に繰り広げられる本シリーズは、迷いながらも自分らしい生き方を探す少女を主人公に据えた三部作だ。政治や争いによって断絶する文化や歴史へのまなざしが物語に奥行きを与えており、端々で前作の登場人物や国が交差するのが楽しい。

生まれた性の役割に縛られることをよしとせず国を出たメイリン、二人の王子と国の狭間で揺れるマーリィ、与えられた運命の先を生きようと行動するアスタナの姿は、現代を生きる読者から見ても清々しい。物語には恋愛要素も含まれるが、三人の主人公が選ぶ愛のありようはわかりやすい形をしていない。世間的な正しさや王道ではなく、あくまで彼女たちの生き方に沿った愛のありようが、爽やかな読後感をもたらしている。

児童書で精力的に執筆を続ける濱野京子の物語は、現実を見つめて生きていこうとする人の背中をそっと後押ししてくれる。本作の政治や歴史描写に惹《ひ》かれた人には、戦後の難民が集まる島で教鞭《きょうべん》を執る教師が主人公の『アギーの祈り』（偕成社）がおすすめ。現代に密接な物語を読みたい人には、ヤングケアラーの少女が登場する『ｗｉｔｈ ｙｏｕ』（講談社文庫）を次の本としておすすめしたい。（七木香枝）

有能すぎる婚約者の囲い込み系溺愛

《弱気MAX令嬢なのに、辣腕婚約者様の賭けに乗ってしまった》小田ヒロ *Hiro Oda*

key word▼［**乙女ゲーム転生**］［**モブ悪役令嬢**］［**溺愛**］［**腹黒**］

装画：Tsubasa.v／2020-2024年／全7巻（未完）／KADOKAWA ビーズログ文庫

e-book

前世の記憶を思い出した伯爵令嬢のピアは、ヒロイン至上主義の乙女ゲームの世界に転生したことを知る。婚約者の侯爵子息・ルーファスはゲームの攻略者の一人で、ピアは立ち絵どころか名前もないモブ悪役令嬢。このままでは公衆の面前で断罪され、国外追放になる運命を憂えたピアは、婚約解消を願い出る。

しかし、ルーファスは表面上の理由では納得せず、事情を洗いざらい話すはめになる。婚約を解消した後は、古生物学を研究していた前世の経験を活かして化石を探すつもりだと説明するが、ルーファスは納得しない。それどころか、本当に婚約破棄することになるのか賭けようと言い出し、あれよあれよという間に契約書を交わすことになる。

本作は、乙女ゲームの世界に転生した悪役令嬢が破滅を避けるために頑張る王道を踏襲しつつ、ひと捻り加えた溺愛もの。モブの悪役令嬢に転生する物語はめずらしくないが、前世の記憶を打ち明けたことで婚約者の闘志と恋心に火が点く展開がおもしろい。

自己評価は低いが芯の強さを持っているピアと、彼女の可愛さにすっかり落ちたルーファスのいちゃつきは可愛らしく、読みながらにやにやすること請け合いだ。持ち前の有能さで断罪フラグをたたき折っていくルーファスの囲い込みっぷりは、実に鮮やか。ルーファスのちょうどよいさじ加減の腹黒具合となかなかに強い独占欲は、読者にもしもの展開を思い浮かばせない。

また、前世の経験を発揮する分野が考古学というのもユニークなポイント。ルーファスに「君の大事なものが欲しい」と言われたピアが泣く泣くサメの歯の化石をさしだすシーンは、彼女の探究心と鈍さがよく表れていて笑いを誘う。

テンポ良く進む原作の良さをそのまま漫画にした村田あじによるコミカライズ（FROS COMIC）は、ころころと変わるピアたちの表情が可愛らしく、原作ファンも納得のおもしろさだ。

著者は、《転生令嬢は冒険者を志す》（カドカワBOOKS）で書籍化デビュー以降、《草魔法師クロエの二度目の人生》、『死神騎士は運命の婚約者を離さない』（ビーズログ文庫）を執筆。2024年6月に急逝。《弱気MAX令嬢なのに、辣腕婚約者様の賭けに乗ってしまった》は惜しくも未完となったが、物語の魅力は変わらずそこにある。さみしくなったときには本を開いて、いきいきと動き回る登場人物たちと再会したい。（七木香枝）

罪を背負った恋人たちのやり直し

《狼領主のお嬢様》守野伊音 *Iomi Morino*

装画：SUZ／2017-2019年／全3巻／カドカワBOOK

　悪逆の限りを尽くして領民を苦しめる領主の一人娘は、使用人・ヘルトと恋に落ちる。だが、使用人は偽りの姿で、ヘルトの正体は領主の圧政に立ち上がった革命軍の指揮者・カイドだった。屋敷の奥で暮らし家族の悪行を知らなかったことも罪だと考えた一人娘は、してもいない罪を告白して処刑される。

　だが、罪はそこで終わらなかった。領主の一人娘は、前世の記憶を持ったまま孤児のシャーリーとして生まれ変わってしまう。

　修道女になって罪を購《あがな》うつもりでいたシャーリーだが、何の因果か新しい領主の屋敷でメイドとして働くことになる。

シャーリーは、たった15年で領地を立て直し、「狼《おおかみ》領主」と呼ばれるようになったカイドと再会する。痩せ細ったシャーリーを心配したカイドは、彼女を自分直属のメイドにすると言い出して……。

　無知の罪を背負ったまま生まれ変わった前領主の娘と、彼女を死なせてしまった罪に苛まれる新領主。共に後悔を飲み下して生きる二人が15年の時を経て再会する本作は、転生ものの中でも重苦しく、シリアスな物語だ。

　転生することで前世の悪行がリセットされたり、ポジティブな変化のきっかけとなったりする物語も多い中、シャーリーは悲しいまでに自分の罪と向き合おうとする。

　シャーリーはメイドとして働くうちに、前世で関わりの合った人々と再会する。温かい人々に囲まれながらも、彼女はどうすれば自分の罪が購えるのか、答えのない問いに迷い続ける。シャーリーがかつての「お嬢様」だと知ったカイドとの関係も少しずつ変化していくが、共に罪を背負う二人は自分の幸せを安易に許そうとはしない。しかし、二人が別れを決めた直後、シャーリーと同じく前世の記憶を持つ人物が事件を起こしたことで、物語は急転する。

　1、2巻は、上下巻構成でシャーリーとカイドの再会から始まる恋の決着を描く。1巻は続きが気になりすぎるところで区切られているため、2巻まで確保してから読むことをおすすめする。物語が一段落したその先を描く3巻も、すんなりとめでたしめでたしには行き着かない展開を見せ、ハラハラさせられること必至。3巻はウェブ掲載時の内容が一部省略されているため、ウェブ版も併せて読むと、作中に登場する宝石店のエピソードを補完できる。

（七木香枝）

key word ▶［転生］［前世の罪］［一途］［シリアス］

異種族間交流から始まる両片想いラブコメ

《炎帝に嫁ぎましたが、どうやら小動物だと思われているようです》東原ミヤコ *Miyako Tsukahara*

key word▼［異種族］［竜人］［両片想い］［あまあま］［カブトムシ］

装画：餅月はるか／2023年／全2巻／ミーティアノベルス（※電子書籍のみ、完全版／2024年もあり）

公爵令嬢アンネリアは、国王から隣国の炎帝ジゼルハイドに嫁いでもらえないかと頼まれる。隣国は竜人が住む国で、中でもジゼルハイドは炎を吐く強い竜だという噂《うわさ》で恐れられていた。アンネリアに打診が来たのは、ひとえに彼女の理想が周囲とややズレているからだった。男性も女性のようにたおやかであることが美徳とされる国に生まれたものの、アンネリアの理想は「体格が良く筋肉質で、自分を片手で抱き上げて肩に乗せられるような大きな男性」だったのである。

隣国でアンネリアを迎えたジゼルハイドは、まさに彼女の理想通りだった。しかし、竜人と人の異種族間には驚きがいっぱい。食べるものや習慣一つをとっても認識が異なる嫁ぎ先で、アンネリアはとても優しく扱われる。抱っこスタイルがデフォルト、食事は逐一口に運ばれるかいがいしさ。もしかしなくとも、小動物のように思われているのでは……？　と疑問を抱いたアンネリアは、愛玩動物からの脱却をめざす。

「お前たちは、……カブトムシを食べるのか？」「食べないわよ！」というインパクトのありすぎる出会いから始まる本作は、竜人と人の異種族間ギャップが楽しい両片想いのち溺愛ラブコメ。

アンネリアは優しく接してくれるジゼルハイドに惹《ひ》かれて、早く本物の夫婦になりたいと懇願するが、あまりにも何も起こらない。一方ジゼルハイドはと言えば、アンネリアが可愛くてたまらない。けれども、竜人よりもか弱い人族に迂闊《うかつ》に触れたら壊してしまうのでは？　と懸念してもいる。

「人族がカブトムシを獲りに来るのは食料にするためだと思っていた」をはじめとする異種族間の認識の差が生む笑いを挟みつつ、両思いであることは自明のまま深まる溺愛が楽しめる。2巻では、なぜ人族の花嫁が求められたのかという理由と共に、竜人たちが抱える問題が明かされるが、恋愛面の甘さもしっかり加速している。

ミーティアノベルスは、宇都宮ケーブルテレビが運営する電子書籍レーベル。電子のみで2巻が刊行されたのち、書き下ろしを加えた完全版が発行された。完全版の書き下ろしは、本編後の幸せな日々の物語が綴《つづ》られている。

東原ミヤコ作品はいずれもキャラクターへの愛が深く、とりわけややズレているところが可愛いヒロインへ注がれる情熱が眩《まぶ》しい。趣味が合いそうだと思った人は、ぜひ著作を追ってみてほしい。（七木香枝）

天然な本好き令嬢が広げる世界と成長

《虫かぶり姫》由唯 *Yui*

装画：椎名咲月／2016年-／7巻〜／一迅社アイリスNEO

e-book

ベルンシュタイン家の血は、活字でできている——。

そう噂《うわさ》される根っからの読書家一族に生まれた侯爵令嬢エリアーナは、本の虫から転じて「虫かぶり姫」というあだ名で呼ばれている。エリアーナは派閥や権力と縁遠い家から婚約を結ぶことで権力争いを避けたいという王太子クリストファーの提案を受けて、偽りの婚約関係を結んでいた。最低限の社交さえこなせば王宮書庫に出入りでき、読書時間もたっぷり確保できるとあって、エリアーナは仮初めの婚約者生活を満喫していた。

ある日、エリアーナはクリストファーが行儀見習いの子爵令嬢と楽しそうに過ごしている様子を目撃する。ついに婚約解消のときが来たと悟ったエリアーナだが、クリストファーへの想いに気づいてしまい……。

本好きゆえに豊富な知識を持つ侯爵令嬢と、聡明《そうめい》だが腹の底は黒い王太子の恋を描く人気シリーズ。

偽りの婚約関係が本物になる様子が語られる1巻は、当て馬令嬢の登場で婚約解消の危機が訪れる「ざまぁ」展開を踏襲するが、エリアーナの知識と偽りの婚約の裏事情が絡むことでやや変則的な結末を迎えるのがおもしろい。天然と掛け合わされたエリアーナの本狂いぶりと、そんな彼女にだけは通じていなかったクリストファーの隠れ溺愛、そして二人を見守る側近たちを筆頭とする人々の掛け合いが楽しい。

しかし、《虫かぶり姫》はただ甘やかなだけの物語ではない。本作の真価は、物語が大きく動く4巻以降にある。

連作となる4巻以降は、離れればなれになった婚約者たちが好戦的な隣国との外交問題や二人を引き裂こうとする陰謀、原因不明の流行病に立ち向かう。思わぬ人の裏切りや新たな婚約者候補の登場と波乱の展開が続くが、エリアーナは何度躓《つまず》きかけても起き上がろうとする強さを失わない。初めは本から得た知識を提供し、クリストファーたちを介して影ながら変化をもたらしてきたエリアーナが、甘さや無謀さを指摘されながらも自ら表に立って成長していく様には、心を打たれずにはいられない。溺愛ぶりをいかんなく発揮する一方で、ただ庇護《ひご》するだけが愛情ではないと気づいていくクリストファーの変化も読みどころだ。

アニメ化に至った人気には、繊細かつ華やかな絵の力と巧みな再構成で原作を補強する喜久田ゆいが手がけるコミカライズの功績を忘れてはいけないだろう。漫画と併せて、今後の展開に期待したい。（七木香枝）

key word▼［**天然**］［**本**］［**溺愛**］［**陰謀**］［**成長**］

剣の鞘に選ばれた令嬢と皇子の恋

《軍神の花嫁》水芙蓉 *Suifuyo*

装画：セカイメグル／2023年－／3巻～／KADOKAWAメディアワークス文庫

e-book

オードル家の次女・サクラは、美しい姉と妹と比べて平凡で、疎外感を感じながら息を潜めるように生きてきた。少しだけ人と違うところを挙げるとすれば、魔獣と心を通わせられること。

妹のお披露目の日、サクラは手負いの白い魔獣の手当をする。華やかな披露目の場で寄る辺なく過ごしていたサクラは白い魔獣と一緒にいるところを目撃され、襲われているのではないかと勘違いされてしまう。魔獣を庇《かば》ったサクラは放たれた剣に胸を貫かれて意識を失い、次に目を覚ましたときには見知らぬ部屋にいた。

混乱するサクラは、自分を貫いた剣の持ち主であるオッドアイの男——大国キリングシークの第二皇子にして、魔を討つ狩人たちを束ねる「漆黒の軍神」カイから、破魔の剣の鞘《さや》に選ばれたと教えられる。

カイは、鞘となったサクラを側に置くために妻に迎えると告げる。妻とはいえ形式上のことで、それ以外には何も求められていないと理解しながらも、サクラは少しずつカイに惹《ひ》かれていく。

《軍神の花嫁》は、投稿から13年後に書籍化を果たした人気ウェブ小説。あの頃読んでいたタイトルを見て手に取った人から店頭やコミカライズで知って読み始めた人まで、幅広く人気を得ているシリーズだ。

物語の舞台は、翼竜や魔獣が人に使役される異世界。主人公のサクラは、小さな魔獣を友人としている貴族の令嬢らしからぬところはあるものの、凡庸な少女として登場する。サクラは自分の立場を弁えようとする意識が強い一方で、自分に許される範囲で意見を通す一面も持っている。ただ自己肯定感が低いだけではない、どこかアンバランスな魅力を持つサクラに興味を持つのは読者だけではない。何も求めないサクラのことが気になりつつも、なかなか恋だと自覚しないカイは、自分の中にある感情を確かめるようにサクラの髪に触れる。言葉が足りていないがゆえにじりじりと近づいてはすれ違う関係にはもどかしさが募るが、カイの側近やサクラの侍女・ホタルと共に見守ってほしい。

2巻以降は、狩人・イトとサクラの妹・アオイ、カイの側近・シキとホタルといった周囲の人々にもスポットを当てながら話が進む。書籍化を機に少しずつ物語は広がりを見せ、気になる伏線や謎が垣間見える。サクラと魔獣の謎がどのように明かされていくのか楽しみだ。（七木香枝）

key word▼［**形式上の妻**］［**魔獣**］［**じれじれ**］［**溺愛**］

傷ついた心を温める大人のお伽話

《スープの森》守雨 *Shuu*

key word▼［食事］［傭兵］［異能］［動物］［じんわり］

装画：むに／2023年-／2巻〜／主婦と生活社PASH！ブックス

e-book

街道沿いで食堂「スープの森」を営む25歳のオリビアには、人や動物の心の声が聞こえるという秘密がある。家族から疎まれたオリビアは、5歳の頃に修道院に連れて行かれる途中で逃げ出し、食堂を営む老夫婦に保護されたという過去を持つ。

　養父母の亡き後、一人食堂を続けるオリビアは、ある日雨の中を歩く男性を見つける。アーサーと名乗った男性は28歳で、傭《よう》兵《へい》を辞めて当てもなく彷徨っていたという。アーサーを招き入れたオリビアは、彼をヤギ小屋に泊めることにする。その夜、助けを求めてきた動物と森の中へ向かったオリビアは、心配して後をつけてきたアーサーに動物と会話する姿を見られてしまう。《スープの森》は、共に心に傷を持つオリビアとアーサーが、食堂にやってくる人々や動物たちが持ち込む出来事を介してゆっくりと心を通わせていく物語。

　オリビアが植物に囲まれた食堂でスープを作るのは、養父母に助けられた日に食べさせてもらったスープの思い出があるからだ。幼い自分が力をもらったように、身も心も元気になれるスープを作り続けたいと決めたオリビアは、それだけが間違って人間に生まれてしまった自分が唯一前向きに人と関われる手段だと考えている。

　そんな彼女が作る日替わりのスープは、自家製のベーコンと三種の豆のスープ、マスのチャウダーをはじめ、ほっとする味。美味しい香りのする店を訪れる人々や動物たちは、さまざまな事情を抱えている。彼らの話に耳を傾け、必要があれば手助けを厭《いと》わないオリビアの中でアーサーの存在が少しずつ大きくなっていく様子が丁寧に、優しく描かれる。愛犬ロブやオリビアの心のよりどころだった金色の鹿を筆頭とする動物たちとの交流も、ほっこりと胸を温める。

　自分の心がどういったことで傷ついてしまうのかは、実際に痛みを感じるまでわからない。いざ傷ついたとき、すぐに傷が癒えるとは限らない。それでも、人には日々を重ねながら前を向いていける勁《つよ》さがある。そんな、温かいお皿を手で包んだときのような優しさに満ちた物語は、痛みを知る読者の心にもそっと届く。現時点では、ウェブ連載の第二章まで書籍化済み。

　守雨は、２０２２年の商業デビュー以来、魅力的な物語を次々と送り出している。本作が響いた人には、重い過去を持つ二人が心を通わせる『海辺の町で間借り暮らし』（富士見L文庫）もおすすめ。（七木香枝）

故郷を失った主従のさすらいと冒険

《Tales From Third Moon》小沢淳 *Jun Ozawa*

key word▼［バディ］［主従］［旅］［トラブル］

装画：紫堂恭子・中川勝海／1991-2008年／全18巻／講談社X文庫ホワイトハート

e-book

かつて、空には金と銀の月、それから第三の青い月が輝いていた世界。いつしか青い月は砕け散り、その地に住んでいた人々は地上に移り住み、《月の民》と呼ばれるようになった。

リウィウスの第三王子として生まれたリューシディクは、彼を疎む兄の陰謀と味方の裏切りから逃れ、忠実な副将・エリアードと共に別の世界に通じていると噂《うわさ》される魔窟に足を踏み入れる。時と空間の歪《ゆが》みに存在する青白い花園を通り過ぎた二人は、気づけば地上に降り立っていた。

故郷を失った二人は、金の髪と瞳を持つ精悍《せいかん》な青年・リューと、銀の髪と瞳を持つ繊細な美貌の青年・エリアードとして旅をする中で、さまざまなやっかいごとに巻き込まれていく。

「金銀」の通称で知られる《Tales From Third Moon》は、講談社X文庫ホワイトハートで刊行された全18巻から成るファンタジー。《ムーン・ファイアー・ストーン》五部作と《ムーンライト・ホーン》八部作は連作。《ムーン・ファイアー・ストーン》のみ商業版の電子書籍と、加筆修正を加えた個人出版がある。個人出版では、商業未発表の物語も刊行されており、紙の本が欲しければペーパーバックで注文できるのも嬉《うれ》しい。

シリーズの時系列はばらばらで、連作以外は単独でも読めるが、《ムーン・ファイアー・ストーン》から読むのがおすすめだ。作中の時系列は著者HPに詳しい。

月に纏《まと》わる神秘的な設定もさることながら、本シリーズの特長は何と言っても月から地上に降り立った金銀の二人の関係性だろう。主従からスタートした二人の関係は、頼れる旅の相棒であり、恋人同士としての面も併せ持つ。二人は互いに唯一無二の存在だが、その関係性は絶対的でありながら流動的に変化する。それぞれが別の女性と関係を持ち、互いに複雑な気持ちを抱くことで自分たちの関係を見つめる……と聞くとドロドロした展開を思い浮かべそうになるが、リューとエリアードの関係はあくまでさっぱりとしている。そこには、多少の波風があろうとも互いが互いの一対であるという信頼がある。

気の置けない二人の軽妙なかけ合いが楽しく、作中の恋愛描写は淡め。男性同士の恋愛を読み慣れない人も、まずは本作にふれてみてほしい。

独自の設定が光るファンタジー描写と揺らぎながらも決して分かたれないバディの関係性が何とも魅力的な、他に代えがたいシリーズだ。（七木香枝）

どんな願いも叶える鏡を手に入れた少女たちの数奇な運命

『傾国の美姫』夢野リコ *Riko Yumeno*

key word▼［中華］［ファンタジー］［恋愛］［友情］［切ない］

装画：野田みれい／2010年／全1巻＋続編1巻／集英社コバルト文庫

農村で暮らす少女秀瑛《しゅうえい》は、容姿が醜いために村の人々から蔑まされ、辛い思いをしながら生きていた。ある時、人の言葉を喋《しゃべ》る命鏡蘇千《めいきょうそせん》という不思議な鏡を拾い、どんな望みでも叶《かな》えてやろうと持ちかけられる。秀瑛は「美しくなりたい」と願い、十年分の寿命と引き換えに絶世の美貌を手に入れた。

そこから彼女の運命は変わり、貴族の養女、そして王太子・楊安《ようあん》の妃へと昇りつめていく。江安の現国王・典王《てんおう》は、政治をおろそかにする好色な愚王だが、その息子の楊安は真面目な青年で、国のために尽くそうと心を砕いていた。当初は贅沢三昧《ぜいたくざんまい》な暮らしを好み、夫とも溝があった秀瑛だが、ある女官を助けたことをきっかけに改心し、心から楊安を愛するようになる。ところが楊安の遠征中に典王は秀瑛を自分のものにしようとし、夫への愛を貫くために彼女は再び鏡の力を借りた。それでも楊安は妻の不貞を疑い、夫婦関係は破綻する。楊安から憎まれているのを知りながら、秀瑛は典王の寵《ちょう》愛《あい》を逆手に豪奢《ごうしゃ》を諫《いさ》め、自分にできる形で国と夫のために尽くそうとするが……。

寿命と引き換えにどのような望みでも叶えてくれる鏡を手にしたとき、人はどのような決断を下すのか？　傾国の美女となった少女が辿《たど》る数奇な運命をほろ苦いタッチで描く表題作は、２００９年度ノベル大賞を受賞した夢野リコのデビュー作。秀瑛は美しくなりたいという切実な願いを叶え、当初は美貌を手に入れて喜ぶも、やがて満たされない胸のうちに気づく。彼女は何を手に入れて、何を失ったのか。やるせなさが漂う物語の結末に刻まれた、ほのかな救いが胸を打つ。

魔鏡・命鏡蘇千をめぐる物語は、『傾国の美姫』収録の書き下ろし作「奏でる龍《りゅう》の歌、興国の調べ」、そして『孤蝶《こちょう》の園の寵姫《ちょうき》たち』と書き続けられた。「奏でる龍の歌、興国の調べ」は「傾国の美姫」の数十年後を舞台にした作品で、こちらはハッピーエンドを迎える爽やかな作風が特徴。また『孤蝶の園の寵姫』たちは、後宮で暮らす身分の低い二人の妃たちの友愛を描いた作品で、後宮小説でありながら恋愛よりも同性との絆《きずな》に重きを置いたストーリーがユニークだ。

これらの物語に登場するキャラクターは、秀瑛とは異なり、叶えたい願いのために己の寿命を命鏡蘇千に差し出すことはできずに苦悩する。大切な人を救いたい気持ちと、死期が近づくことへの恐怖。そのジレンマが切ない余韻を残す。安易なハッピーエンドには走らない作風と、哀切に満ちたストーリーが心に残るシリーズだ。（嵯峨景子）

最強ヒロインの痛快純愛物語

『伝説の最強令嬢、運命の番のために無双します』リコピン *Rikopin*

key word▼［番］［政略結婚］［最強ヒロイン］［ざまぁ］

装画：ゆん／2022年／アルファポリス レジーナブックス

玉突き事故で番と結婚。これは棚から牡丹餅《ぼたもち》というべきか。主人公のルアナ・ロイスナーは16歳の伯爵令嬢。幼い頃から領地の屋敷に引き籠っているが、環境はすこぶる悪い。王都にいる父親は母親以外に関心がなく、異父兄はルアナを嫌っている。屋敷の使用人は異父兄に心酔しており、彼女は蔑ろにされてきた。ところが王立学園在学の殿下が、卒業祝賀会で婚約破棄の騒動を起こす。それに異父兄も加担したことから、父親は騎士団長を辞めることになる。さらに次期当主の座が回ってきたルアナは、次の騎士団長に抜擢《ばってき》された平民出身のガリオンとの結婚が決まった。

実はルアナが領地に引きこもったのは、6歳のときにガリオンを見かけて、己の番だと確信しながら、結ばれることは不可能だと確信し、自分の心を抑えるためだった。しかし千載一遇のチャンスが転がり込んできた。自身の悪い噂《うわさ》も何のその。喜び勇んで王都に向かったルアナだが、そこには異父兄のやらかしや、結婚の裏にある思惑など、さまざまな問題が待ち構えているのだった。

本書は、近年の女性向け異世界ファンタジーの題材である、「婚約破棄」「乙女ゲームの世界に転生」「番」など、多くの要素が盛り込まれている。ただし先の2点は、トッピングと言っていい。重要なのは「番」だ。ロイスナーの血に秘密があるらしいのだが、ひたすらガリオンにこだわるルアナ。聡明《そうめい》な美少女だが、彼が絡むと、途端にポンコツになるのが可愛い。例えばガリオンの腹心のアルバンは、ルアナの悪い噂を信じて、何かと突っかかってくる。ところがアルバンの言動がガリオンのためだとわかっているので、むしろ嬉《うれ》しく思ったりするのだ。このようにガリオン大好きなルアナだが、自身の血の秘密が心の壁になってしまっている。一方のガリオンも、ある秘密が心の壁になっていた。互いに相手を想う二人の、ジリジリした関係が、一つの読みどころだ。

さらに、ストーリーの組み立ての巧みさも見逃せない。いくつもの困難を飄々《ひょうひょう》と乗り越えていくルアナの行動から、次第に彼女の凄さが露わになっていく。そして結婚の裏の事情が明らかになったとき、ルアナが最強のヒロインとしての力を発揮するのだ。終盤の〝ざまぁ〟展開は痛快である。なお本作はネットの小説投稿サイト「カクヨム」に掲載されたものであり、そちらに何話か後日談がアップされている。さらなる〝ざまぁ〟を求める人は、そちらもチェックしてもらいたい。（細谷正充）

恋心をのみ込み作られた儚く美しい三角関係

『傍観者の恋』ナツ *Natsu*

key word▶［契約結婚］［友情］［すれ違い］［両片想い］［切ない］

装画：あき／2017年／全1巻／ジュリアンパブリッシング

e-book

儚《はかな》くて悲しいけれど、だからこそ美しくて尊い三角関係が心を揺らし涙ぐませる。

貿易業を営んでいるメイスフィールド家の一人娘、レイチェルは20歳になった時に家族ぐるみで付き合っていたハーシェル家の三男、ノアと結婚することになった。6年前に出会った二人は、最初は子ども同士の遊び相手だったけれど、やがてレイチェルは美貌のノアに恋心を抱くようになる。

そんな相手と結婚できるのだから、さぞやレイチェルも嬉《うれ》しかったかというと、その心境は恐ろしく複雑だった。ノアにはレイチェルと同じ2歳年上のアリシアという姉がいた。そしてノアはアリシアに血のつながりを超えた恋心を抱いていた。レイチェルのことは友だち程度としか思っておらず、そのことをレイチェルも感じていた。

けれどもレイチェルはノアを諦められなかった。余命幾ばくもないアリシアに転地療養が勧められたとき、レイチェルはノアと結婚して新居にアリシアも呼んで暮らすことを提案した。アリシアを看取れるならとノアも提案を受け入れ、仮面夫婦となった。

ノアを愛しても届かないレイチェルは苦悩し続けた。だからといって〝恋敵〟のアリシアを憎むことはなかった。ノアと暮らせるのならという打算がなかったわけではないけれど、アリシアのこと大好きで、一緒に暮らすようになって前にも増して献身的に尽くした。そんな二人の関係を見るうちに、アリシアしかいなかったノアの心にレイチェルの姿も映るようになっていく。そして遂に訪れたアリシアの死。残された二人はこれからどうするべきなのかを考える。

もしもレイチェルが最初からノアを好きだと言っていたら？　アリシアしか見えていなかったノアは拒絶しただろう。もっとも、許されない恋心を外に向かって言えない苦悩に苛まれ、そんなノアの姿にアリシアも苦しんだだろう。それはノアの本意ではないし、アリシアのことも好きなレイチェルも避けたかったシチュエーションだ。

だから想いを心に秘め続け、傍観者の立場を選んだレイチェルの強さにとても惹《ひ》かれる。アリシアが優しさに包まれながら最期を迎えることができたのも、レイチェルの強さがあったからだ。そして同時に、アリシアの儚くも尊いその生に、感謝の気持ちを贈りたくなる。ノアの禁断の愛情もレイチェルの複雑な感情も無垢《むく》な心でのみ込んで、二人をいつしかお互いに向き合わせるようにしたからだ。

喪ったからこそ得られた本当の愛を感じられる物語だ。（タニグチリウイチ）

ら

わ

さ

た

か

作家別作品 INDEX

※前巻『大人だって読みたい！ 少女小説ガイド』に収録している書評などは、頁の頭に［前］と付けています。

あ

【編著者】

嵯峨景子（さが・けいこ）
1979年生まれ。フリーライター、書評家、大学非常勤講師。東京大学大学院学際情報学府博士課程単位取得退学。近現代の少女小説研究をライフワークとし、出版文化やポップカルチャーなどをテーマにさまざまな媒体に寄稿する。著書に『コバルト文庫で辿る少女小説変遷史』（彩流社）、『氷室冴子とその時代 増補版』（河出書房新社）、『少女小説を知るための100冊』（星海社）、編著に『少女小説とSF』（星海社）など。

三村美衣（みむら・みい）
1962年生まれ。レビュアー。ファンタジー、SF、ライトノベル、YAなどの分野で書評や文庫巻末解説などを執筆。創元ファンタジイ新人賞など、各社の新人賞選考にも携わる。著書に『ライトノベル☆めった斬り！』（共著／太田出版）。『この本、おもしろいよ！』（岩波ジュニア新書）、『SFベスト201』（新書館）などのブックガイドにも寄稿している。

七木香枝（ななき・かえ）
1989年生まれ。ライター、デザイナー、豆本作家。本好きが高じて製本をはじめ、大学院では明治・大正期の少女雑誌について研究。雑誌『彷書月刊』掲載の本にまつわる随想「本の海で溺れる夢を見た」のほか、同人誌『少女文学　第一号』（少女文学館）への寄稿などがある。

【執筆協力】

池澤春菜（いけざわ・はるな）
声優。エッセイスト。第二十代日本SFクラブ会長。『SFのSは、ステキのS』で星雲賞受賞。5月に初短篇集『わたしは孤独な星のように』刊行。

香月孝史（かつき・たかし）
1980年生まれ。ポピュラー文化を中心にライティング・批評を手がける。著書『乃木坂46のドラマトゥルギー』（青弓社）など。日本大学芸術学部非常勤講師。

タニグチリウイチ（たにぐち・りういち）
1965年生まれ。書評家・ライター。元新聞記者。ライトノベルを中心にエンターテイメント小説、漫画、アニメといった分野に関するレビューや取材記事を雑誌やウエブで執筆。

細谷正充（ほそや・まさみつ）
1963年生まれ。文芸評論家、アンソロジスト。書店員生活を経て、執筆活動を始める。歴史時代小説とミステリーを中心に、エンターテインメント・ノベル全般を扱う。著書に『必殺技の戦後史 昭和〜平成ヒーロー列伝』など。

これからも読みたい！　もっと少女小説《しょうじょしょうせつ》ガイド

2024年10月11日　初版発行

編著者　嵯峨景子・三村美衣・七木香枝
発行者　花野井道郎
発行所　株式会社時事通信出版局
発　売　株式会社時事通信社
〒104-8178　東京都中央区銀座5-15-8
電話03(5565)2155　https://bookpub.jiji.com/
印刷・製本　中央精版印刷株式会社

執筆協力　池澤春菜・香月孝史・タニグチリウイチ・細谷正充
ブックデザイン　松田　剛（東京100ミリバールスタジオ）
イラスト　丹地陽子
編集・DTP　天野里美

ISBN978-4-7887-1992-7　C0095　Printed in Japan

時事通信社のブックガイド

大人だって読みたい！ 少女小説ガイド

嵯峨景子・三村美衣・七木香枝（編著）

定番の氷室冴子や折原みと、みんな大好き小野不由美・須賀しのぶ、
直木賞作家の知られざる傑作からマニアックな逸品まで…
目利きが選んだ珠玉の名作が勢揃い!

◎作家インタビュー　津原泰水・若木未生

◎豪華コラム　青柳美帆子・池澤春菜・コイケジュンコ・小池みき・小松原織香・桜井宏徳・高橋かおり・土居安子・ひらりさ

◎紹介作品

Ⅰ 妖　ゴーストハント／鬼舞／封殺鬼／かくりよの宿飯…他
Ⅱ 宮廷　なんて素敵にジャパネスク／（仮）花嫁のやんごとなき事情／後宮の烏…他
Ⅲ 仕事　伯爵と妖精／茉莉花官吏伝／女王の化粧師／薬屋のひとりごと…他
Ⅳ 謎解き　ルピナス探偵団／宝石商リチャード氏の謎鑑定／まんが家マリナ…他
Ⅴ SF　星へ行く船／キル・ゾーン／西の善き魔女／ティー・パーティー…他
Ⅵ 青春　丘の家のミッキー／マリア様がみてる／グラスハート…他
Ⅶ 恋愛　アナトゥール星伝／身代わり伯爵の冒険／わたしの幸せな結婚…他
Ⅷ 歴史　彩雲国物語／十二国記／炎の蜃気楼／金星特急／風の王国…他
Ⅸ 異世界　影の王国／乙女ゲームの破滅フラグしかない悪役令嬢に転生してしまった…他

A5判／230頁／定価：本体1,800円＋税／ISBN 978-4-7887-1704-6